vorbereiten, und dann bekommt jeder von uns vierundzwanzig Stunden Zeit."

Ich schluckte leer. „Oh, okay", sagte ich. „Ähm, ja. Wir können dann anfangen."

Exos grinste. „So begierig."

„Du musst zuerst allen Proben zustimmen, kleine Königin", murmelte Cyrus. „Und wir müssen auch die Sicherheit haben, dass du mit dem Folgen einverstanden bist. Bist du bereit, ein Kind mit uns zu haben?"

„Okay, ich glaube, du musst mir die Orgasmus-Probe noch einmal erklären." Es waren andere Proben erwähnt worden, aber das war der Wettstreit, der mein Interesse am meisten geweckt hatte.

Titus grinste. „Es ist genau das, wonach es sich anhört. Und wir hatten vor, heute Nacht in dieser Hütte anzufangen." Er deutete auf die Hütte, zu der meine Gefährten mich gebracht hatten. Ausgerechnet nach Island.

Nachdem wir für das Essen und die Getränke im Feenpub – ich weiß, ein echt origineller Name – bezahlt hatten und Cyrus sich von seinem Cousin verabschiedet hatte, hatten mich meine Gefährten mit Hilfe eines Portals mitten in einen Wald bugsiert. Darin erwartete uns eine Hütte mit einem riesigen Bett.

Ich hatte die Vermutung, dass sie die Betten aus den Schlafzimmern gehievt und sie in der Mitte des Wohnzimmers zusammengeschoben hatten, denn die Laken passten nicht zusammen und die Größe der Matratze schien mir nicht üblich für die Welt der Sterblichen.

Wie auch immer … Es erfüllte seinen Zweck.

Und ich wollte die Orgasmus-Probe sehnlichst beginnen. Am liebsten sofort.

„Also wollt ihr alle einfach … herausfinden, wie viele Orgasmen ihr in den kommenden fünf Tagen aus mir kriegen könnt." Ich konnte keinen Haken an diesem Plan erkennen. Überhaupt nicht.

„Sechs Tage", korrigierte Titus mich. „Wir haben beschlossen, dass der erste Tag aufgrund der Aufregung nicht zählt. Also werden wir dich einen Tag lang anständig

# KÖNIGIN DER ELEMENTEFEEN

## DIE NÄCHSTE GENERATION

USA TODAY BESTSELLER AUTORINNEN

## LEXI C. FOSS & J.R. THORN

Bei diesem Werk handelt sich um eine fiktive Geschichte. Die Personen und die Handlung des Buches sind frei erfunden. Etwaige Ähnlichkeiten mit tatsächlichen Begebenheiten, Namen, Unternehmen, Orten oder lebenden oder verstorbenen Personen wären rein zufällig.

*Königin der Elementefeen: Die nächste Generation*

Cover Design: Covers by Jay

Cover Photography: Wander Aguiar

Cover Models: Joli, Pat, Forest, Alex, Camden, & Philippe

Veröffentlicht von: Ninja Newt Publishing, LLC

eBook:

ISBN: 978-1-68530-066-1

Taschenbuch:

ISBN: 978-1-68530-067-8

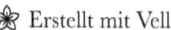 Erstellt mit Vellum

*Für alle Frauen, die eine Schwangerschaft durchlebt haben, sich gewünscht haben, dass ihre Ehemänner ihnen mehr unter die Arme gegriffen hätten und sich ein Team von unterstützenden, sexy Männern herbeifantasiert haben. Dieses Buch ist für euch.*
*Und für unsere Ehemänner – dafür, dass sie sich um alles gekümmert haben, während wir mit Feen gespielt haben.*

# KÖNIGIN
## DER
# ELEMENTEFEEN

## DIE NÄCHSTE GENERATION

# KÖNIGIN DER ELEMENTEFEEN

**Alles, was ich mir zu Weihnachten wünsche, ist,
meine Beine zu spüren.
Denn meine Gefährten haben mich total
geschafft.**

Nach Jahren der Verehrung und der Liebe – und jeder
Menge intimer Stunden – haben meine Jungs einen
speziellen Feiertagswunsch.

*Ein kleines Feenbaby.*

Wie eine totale Idiotin stimme ich zu. Aber ich kann auf
keinen Fall entscheiden, wer der Vater sein soll. Also haben
meine Jungs sich eine Lösung einfallen lassen. Mehrere
Wettkämpfe sollen entscheiden, wer die Tat vollbringen
soll. Diejenige im Schlafzimmer, versteht sich. Ich bin mir
nicht sicher, ob meine sensiblen Stellen überhaupt bereit
sind dafür. Im Moment kann ich meine Beine kaum
spüren.

Aber ein Blick zu meinen Gefährten lässt mich einknicken.

Der Gedanke daran, wie sie als Väter sein werden, lässt mich zu einer Pfütze aus Claire-Glibber schmelzen.

Auch wenn ihr Timing nicht schlechter sein könnte, ist mein Ziel, eine Interreichsfeenakademie zu gründen, in greifbarer Nähe. Doch meine Schwangerschaft bringt eine überraschende Wendung mit sich.

Ich werde mich mehr denn je auf meine Jungs verlassen müssen, dass sie mich durch dieses Chaos durchbringen werden.

Wünscht meinen Gefährten Glück. Sie werden es brauchen. Denn eine schwangere Fee mit Kontrolle über alle fünf Elemente ist eine Herausforderung wie keine, der sie sich je haben stellen müssen.

Etwas sagt mir, dass es ein unvergessliches Fest werden wird.

**Anmerkung der Autorin:** *Königin der Elementefeen: Die nächste Generation* ist ein unabhängiges ‚Warum wählen'-Werk mit einem Happy End. Es kommen Charaktere aus der Welt von ‚Königin der Elementefeen' darin vor, aber für das Buch ist kein Vorwissen aus der Trilogie nötig.

Lieber Leser,

Königin der Elementefeen; Die nächste Generation ist ein eigenständiger paranormaler Reverse-Harem-Liebesroman. Er dreht sich um Charaktere aus dem Königin-der-Elementefeen-Universum und beinhaltet ein paar Kurzauftritte von Figuren aus Akademie der Mitternachtsfeen sowie Akademie der Schicksalsfeen.

Obschon diese Geschichte Feen aus mehreren Universen beinhaltet, spielt die Geschichte in der Zukunft und bedarf daher keinem Vorwissen aus vormalig erschienenen Büchern. Die Geschichte spielt zudem nach den Ereignissen in den anderen Buchreihen. Die Geschehnisse in diesem Buch sind daher nicht gleichlaufend mit den Zeitachsen der übrigen Bücher und spielen in einer Zeit nach den Ereignissen darin.

Dieses Buch beinhaltet eine Feiertagsgeschichte mit heißen Szenen, emotionalen Drehungen und Wendungen sowie einen Hauch Feenpolitik. Das Buch beinhaltet MMF-Szenen – mit Betonung auf MM. Claires Gefährtenzirkel ist sich in den vergangenen Jahren nähergekommen.

Viel Spaß!
Jen & Lexi

# TEIL I

ZUR GEISTERSTUND WERDEN WIR DICH NECKEN, BIS DU UNS
GIBST WAS ZU SCHLECKEN.

# PROLOG
# CYRUS

*S*ex mit Claire war meine Lieblingsbeschäftigung. Aber etwas daran, sie danach in meinen Armen zu halten und sie vollends befriedigt schlafen zu sehen, war unbeschreiblich schön.

Ich konnte durch unsere Bänder spüren, dass Exos und Titus meine Meinung teilten. Sogar Vox und Sol schienen zufrieden, obwohl sie derzeit woanders waren und eine Überraschung für unsere Claire vorbereiteten.

Unser kleiner Halbmensch liebte die Feiertage, und wir

wollten sie dieses Jahr besonders speziell für sie machen. Wir hatten einen Hintergedanken – einen, von dem wir alle hofften, dass sie ihn begrüßen und unserem Vorschlag zustimmen würde.

*Ein Kind.*

Wir hatten im Gefährtenzirkel im Geheimen darüber gesprochen, die Idee aber noch nicht Claire gegenüber erwähnt. Und wir wollten die Vorbereitungen dafür jetzt starten.

Was erforderte, dass unsere kleine Königin in guter Stimmung war.

Darum auch das Fickfest, das Titus, Exos und ich gerade veranstaltet hatten.

Ich sah über Claires Schulter in die saphirblauen Augen meines Bruders. Er blickte mich wissend an. Titus befand sich irgendwo zwischen ihren Beinen, benutzte ihren Oberschenkel als sein Kissen. Aber als ich nach unten blickte, sprühten aufgeregte Funken in seinen dunkelgrünen Augen.

Wir hatten Claire einen Vorschlag zu unterbreiten.

Und wir hofften, dass unsere Gefährtin einwilligen würde.

*Morgen*, dachte ich. *Morgen werden wir ihr sagen, was uns vorschwebt.*

Und dann konnten die Proben beginnen …

# CLAIRE

*K*ürbisse.

*Meine Gefährten haben Kürbisse geschnitzt!*

Fasziniert musterte ich den Anblick, war überrascht, dass Sol Vox erlaubte hatte, eine Kreation der Mutter Natur derart zu entweihen. Das einzige Mal, dass ich ihm gegenüber Halloween erwähnt hatte, hatte er einen totalen Schock erlitten, bevor er mir einen Vortrag darüber gehalten hatte, wie die Menschen keinen Respekt für die Erde und ihre raffinierten Schöpfungen hatte.

„*Erst fällt ihr Bäume und dekoriert ihre Leichname mit kitschigen Girlanden und Ornamenten für das Winter-Festivus – oder Weihnachten – wie auch immer ihr es nennt … Und jetzt sagst du mir, dass ihr Kürbisse* ausweidet *und ihre heilige Schale mit einem* Messer *durchbohrt? Warum bei den fünf Quellen würde jemand so etwas tun?!*"

Und das hatte unserer Diskussion über Halloween-Traditionen ein Ende gesetzt.

Aber jetzt stand er vor mir, hielt einen großen orangen Kürbiskopf in den Händen.

Vox stand mit einer andersartigen Kreation neben ihm. Er hatte eine Glocke in seinen Kürbis geschnitzt, was mich wundern ließ, ob er den Weihnachtsschmuck fälschlicherweise mit Halloween-Festlichkeiten in Verbindung gebracht hatte. Aber ich lächelte dennoch wie eine Verrückte.

„Sie sind perfekt", sagte ich, hocherfreut über die festlichen Dekorationen. Ich wollte etwas, dass die Feenreiche heute alle zusammenbringen würde, und das hier würde genau das bezwecken. Denn wir alle hatte eines gemeinsam: das Reich der Sterblichen. Warum sich also nicht etwas von ihren spaßigen Traditionen borgen, um für die richtige Stimmung zu sorgen?

„Wir wollen dir noch mehr zeigen", murmelte Vox mit einer heiseren Note in seiner Stimme, die meine Knie immer dazu brachte, weich zu werden.

Meine Luftfee hatte einfach eine Begabung dafür, Klänge zu erzeugen. Ich war überzeugt, dass er sich die Winde um uns zunutze machte, um das hervorzuheben. Er war in den vergangenen Jahren noch mächtiger geworden. Sein Band zu mir und zur Quelle hob seine ehemalige königliche Abstammung hervor und stärkte seine Bänder zum Element, das wir teilten.

Sogar jetzt konnte ich die Kraft in seinem langen

dunklen Haar sehen. Heute hatte er sein Haar nicht zu seinem üblichen Pferdeschwanz zusammengebunden, sondern ließ sein Haar lose über seine starken Schultern fallen.

„Ja." Sol räusperte sich. „Wir, ähm, haben dein Büro ebenfalls dekoriert."

Ich zog meine Augenbrauen hoch. „Wirklich?"

Sie nickten beide.

„Willst du es sehen?", fragte Vox.

„Haben wir genug Zeit dafür?" Wir hätten uns zur neutralen Zone im Reich der Sterblichen begeben sollen, um uns mit den anderen Feen für die jährliche Versammlung des Interreichsfeenrats zu treffen. Etwas, das erst vor ein paar Jahren ins Leben gerufen war.

„Wir haben zwei Stunden", erwiderte Vox. „Also jede Menge Zeit."

„Und es wird eine gute Ablenkung sein", ergänzte Sol mit seinem erdfarbenen, wissenden Blick.

All meine Gefährten konnten spüren, wie nervös ich war. Genauso, wie ich spüren konnte, dass sie mir alle beruhigende Energie sandten. Aber es kam nicht jeden Tag vor, dass ich der gesamten Feenwelt einen Vorschlag zu unterbreiten hatte.

Eine Ablenkung war mehr als willkommen, also nickte ich. „Ich würde es mir gerne ansehen. Aber bitte lasst mich nicht zu spät kommen."

Vox lachte höhnisch, seine Augen, die von einem silbernen Glimmern umrandet waren, funkelten wissend. Er war nie zu spät. Und genau daran erinnerte er mich mit dem Blick, den er mir jetzt zuwarf.

„Okay, zeigt es mir", sagte ich neugierig.

Ich hatte vor etwa zwei Jahren damit angefangen, während der Festtage festliche Gegenstände aufzustellen. Nur kleine Erinnerungen an mein Zuhause. Obschon ich meine Feen und ihre Feierlichkeiten liebte, wurde ich beim Gedanken an meine vergangenen Traditionen des Öfteren nostalgisch. Ich war bei meinen Großeltern in Ohio aufgewachsen und hatte stets das Erntedankfest, Weihnachten und eine Unmenge anderer Feiertage zelebriert.

Hier waren die Dinge anders.

Das hieß nicht, dass sie schlecht waren.

Nur … anders.

Sol und Vox stellten ihre Kürbisse auf die Stufe vor unserem Zuhause an der Akademie der Feen der Elemente und führten mich dann ins Zentrum des Campus, wo sich mein Büro befand.

Mehrere Feen winkten uns auf dem Weg dahin zu. Alle waren fröhlich und zufrieden, genossen das herbstliche Wetter. Wetter, das mich ebenfalls an mein Zuhause erinnerte.

Bis auf die Tatsache, dass die Bäume hier – anders als in Ohio – ihre Farbe nicht veränderten. Sie blieben grün und es schneite auch nie wirklich auf dem Akademiegelände. Die Elemente sorgten dafür, dass alles konstant blühte und florierte. Das Leben hier hatte einen anderen Kreislauf als jenes im Reich der Sterblichen.

Ein Hauch Nostalgie machte sich in meinem Herzen breit. Etwas, das jedes Jahr um diese Zeit zu passieren schien. Ich hatte gelernt, das Gefühl größtenteils auszublenden, träumte aber noch immer von verschneiten Bäumen, Weihnachtskerzen und sogar dem Weihnachtsmann.

Ja, lächerlich.

Aber einige Kindheitserinnerungen blieben für immer.

„Okay. Schließe deine Augen", sagte Vox und führte mich zur Tür meines Büros. „Nicht schummeln."

„Ich schummle nie", erwiderte ich.

„Schon klar", säuselte Sol und seine tiefe Stimme koste meine Sinne. Er stellte sich hinter mich und griff nach meiner Hüfte. Mit seinem mächtigen, muskulösen Körper war er der größte meiner Gefährten. „Glaub ja nicht, dass ich das mit der Augenbinde vergessen habe."

„Ihr habt mich nicht gefragt, ob ich durch sie hindurchsehen kann", erinnerte ich ihn und eine heiße Empfindung machte sich in meinem Bauch bemerkbar, als ich daran dachte, wie Vox und Sol mit Reizentzug gespielt hatten.

Mein Erdfeen-Gefährte war der Fels unseres Gefährtenzirkels. Er war im Stillen dominant und stark, und durch und durch Sol. Vox hingegen war mein philosophischer, weiser Gefährte. Er dachte immer alles durch und war oft die Stimme der Vernunft, die ich in meinem Leben brauchte.

„Nichts als Ausreden", grummelte er mir ins Ohr. Sein erdiger Geruch legte sich wie ein behaglicher Mantel um mich. „Du wusstest, was wir von dir erwartet hatten, kleine Blume. Und du hast geschummelt."

„Das kann man wohl kaum schummeln nennen. Ich hätte so oder so gewusst, wer wer ist." Sie hatten ein sinnliches Spiel spielen wollen, während welchem ich hätte erraten sollen, wer in mir ist.

Sols Umfang verriet ihn immer – genauso wie Vox seine Länge.

Zur Hölle, alles an ihnen war einzigartig. Sogar ihre Zungen und wie sie mich berührten. Sol hielt sich immer etwas zurück, fürchtete, dass er mich mit seinem massiven Körper erdrücken könnte, und Vox zog es vor, mich sinnlich zu streicheln und mir Windküsse zuzuwerfen.

Was natürlich dazu führte, dass ich meine Schenkel anspannte. Denn jetzt wollte ich Sex.

Und etwas sagte mir, dass das Sols Absicht gewesen

war, als er seine Brust an meinen Rücken drückte und seine Arme um meine Taille schlang. „Wir werden nochmal spielen müssen, um es herauszufinden", summte er mir ins Ohr.

„Aber zuerst die Dekorationen", insistierte Vox. „Jetzt schließe deine Augen, Claire."

Ein Schaudern rann mir den Rücken hinab, als ich seinen befehlshaberischen Tonfall vernahm. Alles in mir spannte sich an angesichts der vielversprechenden Aussicht darauf, was vor uns lag.

Meine Gefährten mochten es, zu spielen.

Und ich auch.

Ich schloss meine Augen und entspannte mich in Sols Umarmung. Meine spitzen Ohren – etwas, an das ich mich noch immer nicht vollends gewöhnt hatte – zuckten, als die Tür geöffnet wurde. Dann vernahm ich den subtilen Geruch von Blättern.

Sol hatte etwas erschaffen. Meine Affinität zur Erde erwachte zum Leben, versuchte die unbekannte Substanz zu identifizieren. Sie entstammte nicht der Welt der Feen, war unbekannt. Aber auch nicht aus dem Reich der Sterblichen.

Ich verzog den Mund, während ich versuchte, die Wurzeln zu finden. Aber dann drängte mich Sol mit seinem weitaus größeren Körper dazu, einen Schritt nach vorne zu nehmen, und schubste mich ins Büro.

Trotz meiner geschlossenen Augen konnte ich Lichter ausmachen und die Tür fiel leise hinter uns ins Schloss.

„Okay", sagte Vox. „Du kannst die Augen jetzt aufmachen."

Ich öffnete meine Augen nervös, dann riss ich sie auf, als ich mein völlig verändertes Büro erblickte.

Ein Baum stand neben meinem Schreibtisch. Seine Äste ähnelten Weinreben, die sich an der Decke ausbreiteten und sich um die Zierleisten an den Wänden schlangen. Gelbe, rote und orangefarbene Blätter zierten die Äste. Ihre Farben waren das Sinnbild von Herbst. Eine Brise streifte durch sie hindurch, versprühte den Duft von Zuhause in meinem ganzen Büro.

„Oh, es ist wunder–"

Ich erschrak, als ein skelettähnliches Ding in der Ecke auftauchte und in einem geisterähnlichen Zustand im Wind waberte.

Meine Augen weiteten sich. „Was zum Teufel ist das denn?"

Vox und Sol folgten meinem Blick. Vox runzelte die Stirn und sagte: „Es soll ein Skelett darstellen. Du weißt schon, für Halloween. Exos hat es mittels seiner Seelenmagie heraufbeschworen. Hat er es falsch gemacht?"

Ich blinzelte. „Er hat …?" Ich verstummte. Denn, ja, jetzt konnte ich ihn spüren – den Hauch seines Elements, der durch das Skelett strich und ihm befahl, wahllos zu erscheinen und wieder zu verschwinden.

Ein Halloween-Streich.

„Oh." Ich grinste. „Das ist ganz schön clever." Ich musterte den Baum erneut. „Und der Baum ist fantastisch. Was für eine Art ist das?" Ich drückte meine Handfläche gegen die Rinde, bat den Baum, zu mir zu sprechen. Doch alles, was er tat, war, Sols Namen zu flüstern.

„Ich, ähm, habe ihn erfunden. Du hast mir einmal erklärt, wie der Zyklus von Blättern bei dir zu Hause vonstattengeht. Aber unsere Bäume können das nicht. Also habe ich einen Baum erschaffen, dessen Blätter die Farben eurer Herbstpalette tragen. Er wird immer so aussehen. Ich schätze, wir können ihn Herbsteiche nennen?"

„Herbsteiche", wiederholte ich mit pochendem Herzen. „Ja. Oh, Sol, danke dir!"

Ich wirbelte in seinen Armen herum, um ihn zu küssen, nur um von glühenden Kürbislaternen abgelenkt zu werden, die um meine Tür herum hingen. Meine Augen weiteten sich angesichts der äußerst echten Flammen, die das Innere der ausgehöhlten Mini-Kürbisse erleuchteten. Sie alle waren mit Wassersträngen zusammengeflochten worden und strotzten nur so von Seelen- und Luftmagie.

„Wow", gab ich keuchend von mir, war hin und weg von der fantastischen Verwendung von Elementen.

„Gefällt es dir?", fragte Vox leise. Seine Brust berührte meinen Rücken, als er mich zwischen sich und Sol einfing.

„Es war Vox' Idee", sagte mein Erd-Gefährte mit einem leicht genervten Tonfall. „Er hat mich dazu gezwungen, all die Kürbisse zu erschaffen, nur damit Titus sie ausweiden konnte."

„Und wir können Kuchen aus den Überresten machen", ergänzte Vox mit aufgeregtem Tonfall. „River hat uns ein Rezept gegeben. Ich habe zu Hause bereits angefangen."

„Kürbiskuchen." Ich konnte mir den aufgeregten Tonfall in meiner Stimme nicht verkneifen. „Werden wir … dieses Jahr ein Erntedankfest feiern?" Wir hatten es bisher nie wirklich zelebriert.

„Wir denken darüber nach", erwiderte Sol, griff nach einer meiner blonden Strähnen, um sie um seinen Finger zu wickeln. „Aber wir wollen uns zuerst auf Halloween konzentrieren."

„Ja, definitiv", murmelte Vox und seine Lippen berührten meinen Hals. „Ein unvergessliches Halloween."

Ich runzelte die Stirn. „Was meinst du damit? Die Feen feiern kein Halloween."

„Das bedeutet nicht, dass wir das nicht können",

flüsterte mein Luft-Gefährte mir ins Ohr, bevor er an meinem Ohrläppchen knabberte. „Gefällt es dir, Claire?"

„Ich liebe es." Ich versuchte mich zu ihm umzudrehen, doch seine Hände umschlangen meine Hüfte, zwangen mich, an Ort und Stelle zu verbleiben.

Sols Hand glitt aus meinem Haar und an meine Wange. Er nahm mein Kinn mit seiner allzu typischen Sanftheit in seine Hand. „Haben wir es richtig gemacht, kleine Blume?"

Das geisterhafte Skelett beschloss in diesem Moment durchs Zimmer zu schweben und verschwand in einer Wand. Meine Wangen brannten, weil ich so doll lächelte. „Es ist perfekt", sagte ich und meinte es auch so. „Aber ich verstehe nicht, warum ihr das getan habt."

„Können wir nicht etwas Nettes für unsere Gefährtin organisieren?", fragte Vox und seine Lippen strichen an meinem Hals hinab.

„Ihr tut immer nette Dinge für mich", erwiderte ich, lehnte mich an Sols Hand und verlängerte meinen Hals etwas, um Vox' Mund mehr Platz zu geben.

„Dann sollte das hier keine so große Überraschung sein", antwortete Vox.

„Aber es ist weitaus mehr, als wir üblicherweise tun." Letztes Jahr hatte ich einen Kürbis auf meinem Schreibtisch. Dann hatte ich in Sachen Weihnachtsdeko etwas über die Stränge geschlagen, nachdem ich dringend etwas Sterbliches in meinem Leben gebraucht hatte.

Ich hatte vorgehabt, es dieses Jahr wieder zu tun, und von Erinnerungen an den Herbst umgeben zu sein, machte mich jetzt nur noch begieriger darauf, mit winterlichen Ornamenten zu spielen und unsere Heime mit Weihnachtsstimmung zu versehen.

Das war das Gute daran, an mehreren Orten zu wohnen … Ich konnte viel mehr dekorieren.

„Vielleicht wollen wir das diesjährige Fest besonders speziell machen." Vox' Mund begab sich zurück an mein Ohr. „Unser Gefährtenzirkel wird bald fünf."

„Ja", stimmte Sol zu und sein erdiger Blick folgte den Bewegungen seines Daumens, während dieser eine Linie über meine Unterlippe zog. „Sieh das hier als eine Art Jahrestagsgeschenk an."

„Ein verfrühtes", flüsterte Vox. Sein Tonfall ließ mich Gänsehaut bekommen. Ich schmolz in ihren Armen dahin. Ihre verführerischen Berührungen verliehen mir ein friedliches Gefühl, das nur meine Gefährten mir geben konnten. Sie taten das hier, um mich zu beruhigen. Um sicherzustellen, dass ich entspannt sein würde, bevor ich der Versammlung des Interreichsfeenrats beiwohnen würde.

Das war nur einer der vielen Gründe, warum ich sie liebte.

Sie wussten immer, was ich brauchte. Ihre Instinkte waren an ihre Fähigkeiten geknüpft, sodass sie meine Gedanken lesen konnten – und ich ihre. Ich spürte, dass sie mir etwas vorenthielten. Eine große Überraschung.

Ich hakte nicht nach, weil ich genießen wollte, was sie für mich geplant hatten.

Sol belohnte meine stillschweigende Billigung mit einem Kuss. Seine Zunge glitt langsam in meinen Mund, um meine Zunge auf diese mächtige Art zu dominieren, die ihn auszeichnete.

Vox knabberte an meiner Schulter und seine Hände schoben mein Kleid hoch. Die Seide kitzelte an meinen Schenkeln. „Sie trägt schon wieder keine Unterwäsche", sagte er, als er meine Hüften entblößte.

„Wie ungezogen, Claire", sagte Sol und legte dann seinen Mund erneut auf meinen, bevor ich etwas entgegnen konnte.

*Ihr Jungs reißt mir immer wieder das Höschen vom Leib*, sagte ich in ihren Gedanken. *Es ist viel kostengünstiger, wenn ich es einfach ganz weglasse.*

„Mh, wir beschweren uns nicht", sagte Vox und seine Hand legte sich auf meinen Schenkel, bevor sie in Richtung meiner heißen Mitte wanderte.

Seine Berührungen waren immer so – präzise und wissend.

Genauso wie Sol seinen besitzergreifenden Griff aufrechterhielt und seine Hand von meiner Wange zu meinem Nacken wandern ließ, um mich auszurichten, damit er mich küssen konnte.

Ich verlor mich in ihnen, ließ sie mich in den sinnlichen Akt führen, nach dem unsere Körper sich alle sehnten.

Vox steckte zwei Finger in mich, knurrte an meinen Hals gelehnt. „Fuck, Claire."

„Ja, genau so", erwiderte Sol und ließ seine Zähne über meine Unterlippe streifen. „Ich will, dass du dich tief in ihrer heißen Mitte versenkst, während ihr wunderschöner Mund um meinen Schwanz geschlungen ist."

Mein Blut erhitzte sich angesichts des Bildes, das seine vulgären Worte zeichneten.

Über die Jahre hinweg war Sol wirklich über sich hinausgewachsen und übernahm die Führung, wenn er wollte, bot mir aber immer die Sicherheit und Wärme, die ich brauchte.

Er war buchstäblich mein Fels in der Brandung.

Ich küsste ihn erneut und in meiner Seele entfachte sich ein Inferno der Lust, als Vox einen dritten Finger in mich schob. Sol berührte meine Schultern, zog die Träger meines Kleids an meinen Armen zu meinen Handgelenken hinab, entblößte meine BH-losen Brüste. Er gab ein tiefes, zustimmendes Geräusch von sich, bevor er meine Brüste in seine Hände nahm und sie sinnlich drückte. Ich presste mich an ihn, stöhnte seinen Namen und gab dann einen lusterfüllten Laut von mir, während Vox mich zwischen meinen Beinen stimulierte.

„Oh, bei den Feen", keuchte ich, erzitterte angesichts des Drucks, der sich in meinem Unterbauch ausbreitete. Aber meine Gefährten ließen mich nicht über den Abgrund der Wonne fallen. Stattdessen drehten sie mich herum, um mich auf meinen Schreibtisch zu drücken. Meine harten Nippel protestierten gegen das Holz.

Ich sah über meine Schulter, wollte mich gerade beschweren, doch die Worte wollten nicht herauskommen, als ich Vox dabei sah, wie er den Reißverschluss seiner schwarzen Anzughosen öffnete. Sein heißer Blick war auf meine sinnliche Mitte gerichtet.

Es gab mir immer den Rest, ihn angeheizt zu sehen.

All meine Gefährten hatten denselben Effekt auf mich.

So auch Sol, der jetzt um den Schreibtisch lief und seine Hose vor mir öffnete. Seine Finger streichelten federleicht über meine Wange, bevor sie sich in meinem Haar vergruben. Seine braungrünen Augen sahen in meine, wollten wissen, ob ich dem hier zustimmte.

Was auch immer er auf meinem Gesicht sah, musste ihm bestätigt haben, dass ich es wollte. Denn seine Hand glitt wieder in mein Haar und packte meine Strähnen. Er zog mich nur ein kleines bisschen zur Seite, brachte mein Gesicht an sein Gemächt, während Vox sich von hinten zwischen meine Beine stellte.

Den Feen sei Dank für den Schreibtisch unter mir. Er gab mir den nötigen Widerstand und die Standhaftigkeit, die ich für das hier brauchte.

„Öffne deinen Mund, kleine Blume", sagte Sol mit sanfterem, weniger autoritärem Tonfall.

Es war schon immer eine Herausforderung gewesen,

seinen breiten Schwanz zu schlucken. Eine Herausforderung, die ich äußerst genoss. Etwas, das er jetzt sehen konnte, als er mir in die Augen blickte und ich meine Lippen mit meiner Zunge befeuchtete.

Vox' Hände legten sich an meine Hüften und sein Schwanz neckte meinen Eingang, während Sol sich in meinem Mund vergrub.

Ihre Stöße waren zunächst sanft. Ihr stetes Tempo machte klar, dass ich ihnen etwas bedeutete. Aber als unsere Lust anstieg, wurden ihre Bewegungen schneller und rauer. Sol presste sich gegen meinen Rachen, während Vox von hinten in mich rammte.

Es war versaut. Heiß. *Wunderschön.*

Meine Sinne standen in Flammen, angesichts der uns umgebenden Herbstelemente, die allesamt von meinen Gefährten zu meinem Vergnügen kreiert worden waren.

Vox ließ Wind um meinen stimulierten Körper streifen. Seine Luftmagie streichelte meine Klitoris mit einer Brise, die meine Seele gen Himmel steigen ließ. Dann erdete mich Sol mit seinem Schaft. Etwas von seiner erdigen Essenz floss in meinen Hals – ein Vorgeschmack darauf, was kommen würde.

Ich stöhnte und erzitterte zwischen den beiden, überwältigt von unserer Verbindung. Unser Gefährtenzirkel erwachte in meinem Herzen zum Leben und koste jede einzelne Nervenzelle in mir.

Cyrus, Exos und Titus waren sich allesamt bewusst, was sich im Moment abspielte, und ich konnte ihre kollektive Neugier spüren. Titus sandte feurige Küsse in meine Seele, erinnerte mich an die heißen Zungenschläge gegen meine Klitoris letzte Nacht. Cyrus flüsterte mir eisige Gedanken und kalte Versprechen zu, zwang mich dazu, mich daran zu erinnern, wie er Eis benutzt hatte, um Titus' Zunge zu kontern. Die dualen Empfindungen hatten mich in den Wahnsinn getrieben.

Und Exos' Seele streichelte meine. Sein spirituelles Wesen schloss sich Vox' Luft-Essenz an und streichelte meine sensible Mitte, was mich aufschreien ließ.

Sie alle waren in mir, auch wenn sich nur Sol und Vox in diesem Raum befanden. Ich spürte, wie wir alle miteinander spielten, uns immer mehr einem Höhepunkt näherten, der mir den Verstand rauben würde.

Sol bewegte seine Hüften, versenkte sich noch tiefer in meinem Rachen und zwang mich, mehr von ihm in mir aufzunehmen. Ich schlang meine Hände um seine Wurzel, massierte im gleichen Rhythmus, wie ich ihn lutschte.

Vox' Hände brannten an meinen Hüften. Sein Schwanz war so lang, dass er diese gewisse Stelle tief in mir erreichte, die die süchtig machendste Lust von allen heraufbeschwor.

Er wusste, wie er sich ausrichten musste, streichelte mich immer wieder und trieb mich näher … und näher … und näher an den Abgrund.

Ich konnte spüren, wie auch sie sich dem Höhepunkt näherten. Ihre Lust stieg stetig mit meiner an. Unsere Empfindungen tanzten auf einer Ebene der elementaren Existenz, die nur unser Gefährtenzirkel verstand.

Und dann durchfuhr uns alle eine mächtige Welle. Cyrus sandte einen sinnlichen Schub durch uns, der uns alle drei über den Abgrund und in eine Wonne sandte, die von Leidenschaft und Liebe unterstrichen war.

Sol gab zähneknirschend ein Fluchen von sich, Cyrus' Namen auf seiner Zunge.

Vox stöhnte.

Und ich schrie um den Schaft geschlungen, der sich in meinen Rachen entleerte.

Es war intensiv und überwältigend und perfekt,

bugsierte mich in ein Delirium, aus dem ich nie wieder herausfinden wollte.

Ich schluckte alles, was Sol mir gab. Drückte jeden einzelnen Tropfen aus Vox' Schwanz, der sich zwischen meinen Schenkeln befand. Und dann brach ich auf meinem Schreibtisch zusammen.

Der erdige Geruch von Herbstblättern strich durch meine Sinne, entfachte ein erneutes Feuer in mir. Ich lag zufrieden zwischen meinen Gefährten.

Vox beugte sich zu mir herunter, um meine Schulter zu küssen, und Sol streichelte mir mit seinen Knöcheln über die Wange, während er sich vorsichtig aus meinem Mund zurückzog.

*Ich brauche ein Nickerchen*, dachte ich in ihre Richtung.

Sie beide lachten und dann ging Sol vor mir auf die Knie, um seine Nase an meine zu drücken.

„Du kannst auf dem Weg ins Reich der Sterblichen schlafen. Ich werde dich tragen."

Ich nickte und meine Augen schlossen sich.

Dann erinnerte ich mich daran, was ich tun musste, wenn wir dort ankamen, und ich ächzte. Ein Laut, der sich in ein angenehmes Stöhnen verwandelte, als Vox aus mir glitt. Alles in mir kitzelte daraufhin. Mein Körper bereitete sich schon auf die nächste Runde vor.

Jahre des Beglückens von fünf Gefährten hatten mich darauf konditioniert, multiple Orgasmen mit offenen Armen zu empfangen.

Kein schlechtes Leben.

Aber es wurde definitiv problematisch, wenn ich wichtige Dinge zu erledigen hatte, weil keine weitere Zeit für Sex blieb.

*Du bist unersättlich, kleine Königin*, sinnierte Cyrus in meinen Gedanken.

*Hör auf, meine Gedanken zu lesen*, erwiderte ich.

*Wir lesen deine Seele*, korrigierte Exos. *Du windest dich praktisch im Seelenreich, flehst darum, nochmal gefickt zu werden.*

*Ich frage mich, warum*, schoss ich zurück.

*Ich habe nicht die geringste Ahnung*, erwiderte Cyrus, seine Stimme der Inbegriff von Unschuld.

*Mh-hm*, säuselte ich, erschauderte, als Vox mit seinen Fingern an der Rückseite meiner Schenkel hochfuhr.

„Dreh dich um, Claire", sagte er. „Wir werden dich mit unseren Mündern saubermachen."

Sol grinste, mochte die Idee ganz offensichtlich. „Ja, dreh dich um, kleine Blume. Ich werde mit deinen Brüsten anfangen."

*Viel Spaß*, flüsterte mir Cyrus in meinen Gedanken zu. Dann verschwand er, und Vox und Sol nahmen Kontrolle über meinen Körper, drehten mich auf meinen Rücken und vernaschten mich, wie sie es versprochen hatten.

Als sie mit mir fertig waren, konnte ich mich nicht einmal mehr an meinen eigenen Namen erinnern.

Was völlig in Ordnung war.

*Wer braucht schon einen Namen?*

# CYRUS

„Na, unser Plan scheint zu funktionieren", sagte ich im Plauderton.

„Nach einem guten Fick ist sie oft umgänglicher", meinte Titus und seine Hand schob sich in die Tasche seiner Anzughose. Er hatte beschlossen, schwarze Hosen und ein Hemd zu tragen. Die Ärmel waren hochgekrempelt. Keine Krawatte. Das war, was die Feuerfee unter professioneller Garderobe verstand.

Meine hob sich von seiner ab. In meinem Kleiderschrank befanden sich über ein Dutzend Anzüge für Anlässe wie diesen. Exos hatte einen ähnlichen Stil wie ich. Was auch der Grund war, weshalb wir beide in einem Dreiteiler dastanden.

„Ist für heute Abend alles bereit?", fragte mein Halbbruder. Seinen saphirblauen Augen lag einen weitaus dunklerer Glanz inne als meinen eisblauen. Aber wir beide hatten dasselbe blonde Haar, welches wir unserer Seelenfeen-Mutter zu verdanken hatten.

„Jepp", erwiderte Titus, der Inbegriff von Gelassenheit, mit seinen zerzausten kastanienbraunen Locken und dem unbekümmerten Lächeln. „Ich habe die Schlüssel zur Hütte. River hat mir dabei geholfen, den Kühlschrank mit beliebten sterblichen Esswaren auszustatten, und wir haben zwei breite Doppelbetten aus den Schlafzimmern geholt und sie im Wohnzimmer zusammengeschoben. Alles ist bereit."

Ich nickte. „Hervorragend. Jetzt müssen wir nur noch unsere kleine Königin davon überzeugen, die Proben anzunehmen."

„Lasst uns hoffen, dass alles gut geht", antwortete Exos und sein Gesichtsausdruck wurde ernster. „Wir müssen dafür sorgen, dass sie glücklich und umgänglich gestimmt ist."

„Ein paar Orgasmen werden dafür sorgen", säuselte Titus.

„Nicht, wenn sie diese nicht annehmen will", schoss Exos zurück. „Diese Akademie zu gründen, ist ihr wirklich wichtig. Außerdem ist sie auch für uns und unseren potenziellen Nachwuchs von großer Bedeutung."

„Wir sind uns bewusst, was auf dem Spiel steht", murmelte ich. „Ma sehen, wem wir Honig ums Maul schmieren können, um den Erfolg unserer Gefährtin zu garantieren."

Titus verzog das Gesicht. „Ich würde die Konkurrenz lieber in Flammen stecken."

„Vielleicht heben wir uns diesen Plan für Notfälle auf, hm?", schlug ich vor.

Die Feuerfee gab ein tiefes, gequältes Seufzen von sich. „Na gut. Ich werde es zuerst auf die diplomatische Art versuchen. Aber wenn heute jemand auch nur irgendetwas gegen Claire sagt, werde ich denjenigen in Flammen stecken."

Ich dachte darüber nach, zu bemerken, dass das zu einem Kampf der Feenkräfte im Reich der Sterblichen führen könnte – was äußerst verheerend wäre –, beschloss aber, nichts zu sagen.

Titus würde tun und lassen, was immer er wollte – ob wir dem nun zustimmten oder nicht.

Zu versuchen, ihn vom Gegenteil zu überzeugen, war aussichtslos.

Also zuckte ich bloß mit den Schultern und beobachtete wieder die Menge.

Wir trafen uns auf neutralem Boden in Grönland, wo der Interreichsfeenrat sein gut geschütztes Territorium hatte. Die Sterblichen hatten keine Ahnung, dass das Land bevölkert war, und Feenmagie sorgte dafür, dass es so blieb.

Für das menschliche Auge sah das Land so aus, als wäre es ein einziger unbewohnbarer Gletscher. Aber hinter der verhexten Grenze erwartete die Feen eine Stadt voller Wärme und Farben.

Nicht alle Feen hatten sich entschlossen, in ihren Königreichen zu verweilen. Eine Neuentwicklung, die sich durch eine Vielzahl verschiedener Geschehnisse ergeben hatte, hatte mehrere Feen dazu ermutigt, hier zu residieren.

Ich war mir nicht sicher, wie die derzeitige Bevölkerungszahl lautete, aber sie stieg stetig an.

Wir standen im Zentrum der Stadt, in der Nähe der Haupthalle, wo der Interreichsfeenrat sich alljährlich versammelte. Unsere Gefährtin wollte hier eine Schule für jene gründen, die gemischte Fähigkeiten besaßen – anders genannt auch Abscheulichkeiten.

Viele Feen sprachen sich aufgrund von vergangenen Geschehnissen gegen das Kreuzen von Spezies aus. Doch Claire war entschlossen, die Vorurteile zu beseitigen. Sie hatte mehrere mächtige Verbündete auf ihrer Seite, darunter die Mitternachts- und Schicksalsfeen.

Claire hatte das Gefühl, dass ihr Weg zur Herrschaft einfacher gewesen wäre, wenn Abscheulichkeiten und Halblinge in der Gesellschaft akzeptierter gewesen wären. Denn dann wäre sie willkommen geheißen und mit der nötigen Ausbildung versorgt worden.

Ihre Verbündeten aus den Mitternachts- und Schicksalsfeen-Königreichen waren ebenfalls von persönlichen Gründen angetrieben. Die meisten davon Hindernisse, die sie in ihren Leben hatten überwinden müssen.

Claire hatte ihre Idee zuerst den entsprechenden Führungspersonen dieser Reiche vorgestellt und ihre Rückmeldung auf ihre heutige Präsentation verwendet. Und ich konnte es kaum erwarten, meine Gefährtin in Aktion zu sehen.

*Apropos meine Gefährtin*, dachte ich, lächelte, als sie den großen Saal mit Sol und Vox an ihrer Seite betrat.

Sie kam direkt auf mich zu. Ihren blauen Augen wohnte ein Hauch Panik inne, den ich auch in ihrer Seele spüren konnte. Ich drückte sie augenblicklich durch unser Band, tat mein Bestes, um sie zu beruhigen.

„Hast du den Brief?", fragte sie zur Begrüßung.

„Glaubst du wirklich, dass ich den vergessen würde?",
konterte ich und zog eine Augenbraue hoch.

„Cyrus."

„Claire."

Sie starrte mich an und ich starrte zurück. Meine
kleine Königin brauchte etwas Feuer, und wenn das
bedeutete, dass ich sie wütend machen musste, dann war es
eben so.

Beim Brief, den sie wollte, handelte es sich um den
formellen Antrag von den Feen der Elemente, die
Interreichsakademie zu gründen. Ich hatte einen ähnlichen
von den Mitternachtsfeen. Die Schicksalsfeen waren etwas
komplizierter, da sie ihre Reviere zwischen Alpha-
Anführern aufteilten, die mit ihren Omegas gleichrangig
regierten. Gina würde also nur für ihre Region sprechen
und sich anschließend mit ihren anderen Omegas beraten.
Obwohl ich bezweifelte, dass sich jemand einem so hoch
angesehenen Omega wie Gina entgegenstellen würde.

Alle anderen Reiche würden eine ähnliche
Zustimmung benötigen. Andernfalls würden sie ihr Recht
darauf verwirken, in die Schule involviert zu sein.

*Bitte tu das nicht,* flüsterte Claire in meine Gedanken. *Ich
brauche jetzt deine Unterstützung, keine Auseinandersetzung.*

*Was du brauchst, ist eine Erinnerung daran, wer du bist,*
konterte ich durch unsere mentale Verbindung. *Du bist eine
Königin, Claire. Jetzt reck dein Kinn und trage deinen königlichen
Hals zur Schau. Vielleicht werde ich dich dann mit einem Kuss
belohnen.*

Sie sah mich mit zusammengekniffenen Augen an.

Als Antwort darauf zog ich meine Augenbraue kaum
merklich hoch.

Verhielt ich mich wie ein Arschloch? Ja. Lenkte sie das
davon ab, nervös zu sein? Jepp.

Sie näherte sich mir, um in meine Jackentaschen zu

greifen und nach dem Brief zu suchen. Ihre Hände fuhren über meinen Torso und meine Lippen zuckten amüsiert. „Wo ist er?", wollte sie mit leicht hysterischem Blick wissen.

Ich griff nach ihrem Kinn und sah ihr in die Augen. „Atme durch", sagte ich zu ihr. *Lass nicht zu, dass dich jemand in Panik ausbrechen sieht, Claire. Du musst auftreten, als würde dir der Ort gehören. Das ist eine geniale Idee. Reiß ihn an dich.*

Sie blähte ihre Nasenflügel. *Wie kann ich das tun, wenn du den Brief zu Hause vergessen hast?*

*Ich habe ihn nicht zu Hause vergessen, kleine Königin. Ich bewahre ihn sicher auf, wie du es wolltest. Und ich werde ihn dir überreichen, wenn du während des Treffens danach fragst.* Ich ließ von ihrem Kinn ab und legte meine Hand an ihr Gesicht. *Woher kommt diese Nervosität, Claire? Wovor fürchtest du dich?*

*Dass sie die Idee total bescheuert finden werden,* flüsterte sie zurück. *Dass ... dass sie mich oder die Schule nicht annehmen werden. Genau das, wovon ich nicht will, dass es jemandem passiert, der sich in derselben Lage befindet.*

Ich presste meine Lippen auf ihre, versteckte die Tränen, die ihr in die Augen stiegen, vor den anderen. Sie brauchte diesen Moment, um sich zu stärken, und so schenkte ich ihr die nötige Kraft mit meinem Mund, während die anderen sich um uns zusammenschlossen und sicherstellten, dass niemand sehen konnte, wie nervös unsere Königin wegen des Antrags war.

Die Gründung dieser Akademie war von großer Bedeutung für sie, was das Thema zu einer emotionalen Angelegenheit machte. Ich verstand das. Aber sie musste verstehen, dass Königinnen sich vor niemandem verbeugten.

„Du wirst da reingehen und ihnen zeigen, wie eine Königin aussieht", sagte ich mit sanfter Stimme zu ihr. „Etwas anderes werde ich nicht akzeptieren, Claire."

Sie schluckte trocken. „Was, wenn sie die Idee bescheuert finden?"

„Dann wirst du sie dazu bringen, ihre Meinung zu ändern."

Ihre blauen Augen glänzten, die Tränen verwandelten sich in eine leidenschaftliche Emotion. „Ich werde kein Nein dulden", sagte sie langsam. „Ich werde sie dazu bewegen, *Ja* zu sagen."

„Ganz genau", erwiderte ich. „Es ist ihnen nicht gestattet, Nein zu sagen."

„Es ist ihnen nicht gestattet, Nein zu sagen", wiederholte sie, nickte mit mir. „Okay."

„Okay", sagte ich zu ihr zurück, drückte meine Lippen erneut auf ihre. „Du wirst umwerfend sein, kleine Königin. Und wir sind alle für dich da, wenn du uns brauchst."

„Danke", murmelte sie und ein roter Hauch zierte ihre blasse Haut. Sie war nicht beschämt, sondern aufgeregt. „Ich werde das packen."

„Ich weiß, dass du es kannst", stimmte ich zu. „Tritt ihnen in den Hintern. Und wenn irgendjemand etwas dagegen einwendet, wird Titus sie in Flammen stecken."

„Verdammt ja, werde ich", sagte er und nickte hinter ihr.

Claire kicherte. „Das ist nicht besonders diplomatisch."

Die Feuerfee verdrehte ihre Augen. „Bei den Feen, du hörst dich an wie Cyrus und Exos."

„Ich persönlich sehe das als Kompliment", erwiderte mein Bruder. Seine saphirblauen Augen leuchteten zustimmend, während er unsere Gefährtin eingehend musterte.

Ich ließ von ihr ab, war mir bewusst, was er tun wollte, und sah zu, wie er sie in einen rückversichernden Kuss zog.

Titus griff als Nächstes nach ihr. Dann Sol. Und

schließlich Vox, was unsere kleine Königin atemlos zurückließ.

Aber sie sah dennoch aus, als wäre sie bereit für den Kampf.

„Ich bin bereit", sagte sie.

„Ich weiß", erwiderte ich. „Nach dir, kleine Königin."

# TITUS

Claire sah aus wie eine Göttin, während sie Fragen von der Fee am oberen Ende des Tisches beantwortete. Ihre Haltung war selbstsicher und souverän, ihr Gesichtsausdruck triumphierend.

Meine Gefährtin war die geborene Anführerin, genauso wie Exos und Cyrus, die jetzt beide neben ihr standen. Ich hielt mich im Hintergrund, beobachtete Claires Stimmung durch unser Band.

Dieser ganze Rats-Scheiß war nichts für mich. Ich trug

Konflikte lieber mit meinen Fäusten oder geschickten Bemerkungen aus. Es war also gut, dass Claire Gefährten wie Exos, Cyrus und Vox hatte, die sie ausgleichen konnten.

„Ich mag es nicht, wie sich die Formwandlerfee gegenüber unserer Gefährtin benimmt", knurrte Sol neben mir, sein Blick auf den Mann mit vielfarbigem Haar gerichtet, der mit Claire sprach.

„Er ist ein Pfau", erwiderte Vox. „Es liegt ihm im Blut, so herumzustolzieren."

„Na, wenn er seinen Kopf weiterhin so reckt, wird er bald ein gerupfter Vogel sein", murmelte Sol zu ihm zurück. „War das nicht, wovon River gesagt hatte, dass wir es am Sag-Danke-Tag kochen sollten?"

„Er sagte, dass wir einen Truthahn brauchen würden", korrigierte Vox. „Und ich glaube, man nennt es Dankstag, ohne das ‚Sag'."

„Dann eben Dankstag. Aber was ist der Unterschied zwischen einem Pfau und einem Truthahn?", fragte Sol.

„Ich … Ich weiß es nicht." Vox sah um den großen Mann herum, um mich anzublicken. „Was ist der Unterschied zwischen einem Pfau und einem Truthahn? Es handelt sich bei beiden um Vögel, oder?"

„Woher zum Teufel soll ich das wissen?" Ich war nicht der Koch unseres Gefährtenzirkels. Und ich wusste nicht das Geringste über menschliches Essen.

„Wir werden River fragen müssen", meinte Vox.

„Oder wir könnten diesen flirtenden Formwandler rupfen und ihn stattdessen rösten", murmelte Sol. Er kniff seine erdgrünen Augen zusammen, als er zum farbenfroh gekleideten Mann blickte, der seinen gefiederten Kopf lachend zurückwarf.

Meine Lippen zuckten. „Wenigstens scheint er Claires

Idee zu unterstützen." Anders als mehrere andere Mitglieder des Feenrates vor Ort.

Der Gedanke an eine Interreichsakademie wirbelte eine Menge verschiedener Gefühle unter den Ratsmitgliedern auf. Einige waren offen dafür, andere glaubten, dass es das Abscheulichkeits-Problem bloß auf die Spitze treiben würde.

Und dann waren da jene, die beschlossen hatten, dem Treffen fernzubleiben – namentlich die Höllenfeen.

Ich würde den Tag, an dem Cyrus und Exos Claire die verschiedenen Königreiche erklärt hatten und ihre entsetzte Reaktion über die Existenz der dämonischen Feen, nie vergessen.

„Du hast mir gesagt, dass Dämonen nicht echt wären!", hatte sie gezischt. „Und Werwölfe auch. Du … Du hast gesagt, das sei alles nur Unfug, den die Sterblichen erfunden haben oder so."

„Technisch gesehen, existieren Dämonen und Werwölfe nicht, also habe ich nicht wirklich gelogen", hatte Exos mit engelhaftem Tonfall gesagt.

„Ja, die angemessenen Bezeichnungen für sie sind *Höllenfeen* und *Formwandlerfeen*", hatte Cyrus ergänzt. Claire hatte die beiden bloß angefunkelt und war dann davongestampft, um eine beeindruckende Menge an Elementen loszulassen, die uns alle über ihre Fähigkeiten staunen ließ. Danach war sie mit ziemlich vielen Fragen zurückgekommen.

Aber nachdem sie davon erfahren hatte, dass die Höllenfeen gerne Feen für ihre Brautproben stahlen, war sie alles andere als begierig darauf gewesen, sich mit ihnen zu treffen. Also war es meiner Meinung nach gut, dass sie die Treffen immer wieder ausließen.

Bis auf die Tatsache, dass sie erwähnt hatte, dass sie sie

an Bord haben wollte. Etwas von wegen, sie würden die Schule zu schätzen wissen, da ihre Feenrasse ihren Ursprung in mehreren Abscheulichkeiten hatte. Sie hatte das Gefühl, dass sie bei der Organisation der Schulprogramme helfen könnten, und hatte zudem bemerkt, dass ein bisschen Zusammenarbeit zwischen den Reichen vielleicht dabei helfen würde, die wohlbekannte, brodelnde Wut zu dämpfen, die sie gegenüber anderen Feen empfanden.

Ein optimistischer Ausblick. Ich bewunderte sie dafür, dass sie diesen Gedanken geteilt hatte. Aber er würde nicht Gestalt annehmen. Die Höllenfeen hatten kein Interesse daran, sich mit den Königreichen zu versöhnen, die sie sozusagen gezwungen hatten, in der Unterwelt zu leben – daher auch ihr Name.

Sol erstarrte neben mir, als zwei Zeitreisefeen mit glühenden Schwertern an ihren Hüften auf Claire zugingen. Exos schüttelte einem der beiden die Hand, seine Haltung stoisch und königlich. Cyrus tat es ihm gleich.

„Ich habe Zeitreisende noch nie gemocht", murmelte ich, stimmte Sols aggressiver Haltung zu. „Sie sind verschlagene kleine Mistkerle."

Diese Schwerter an ihren Hüften waren Portalschlüssel, die es ihnen erlaubten, Zeitachsen zu verändern, ohne dass es jemand um sie herum mitbekam. Es war unmöglich zu wissen, wie viele Realitäten unter ihrer Aufsicht verändert worden waren. Allein der Gedanke daran ließ mich erschaudern. Als Feuerfee gab es nicht vieles, das eine derartige Wirkung auf mich hatte.

„Sie werden definitiv etwas für ihre Dienste verlangen", sagte Vox mit diplomatischem Tonfall. „Aber sie lieben es, zu verhandeln."

Na, das war eine Meinung über ihre Art. Eine weitaus positivere als meine.

Nachdem die Zeitreisefeen fertig waren, trat ein weiterer Clan von Formwandlerfeen nach vorne. Jeder Tiertyp hatte seinen eigenen Ratsmann oder seine eigene Ratsfrau, und die meisten von ihnen schienen vertreten zu sein.

So ging es immer weiter. Jedes Königreich stellte seine Fragen und tat seine Bedenken kund, und nur wenige stimmten der Idee verbal zu. Andere wollten mehr Zeit, um darüber nachzudenken. Oder sie mussten die Angelegenheit mit ihrem Rat besprechen.

Claire glühte buchstäblich vor Aufregung, als das Treffen zu einem Ende kam. Ihre Wangen hatten einen wunderschönen rosafarbenen Teint angenommen, der mich an die Seelen-Schmetterlinge erinnerte, die sie gerne herbeizauberte.

Ich grinste sie an, begierig darauf, sie zurück zur Hütte zu bringen, die wir für die kommende Woche gemietet hatten. Sie hatte keine Ahnung, was für eine Überraschung sie dort erwartete. Aber zuerst mussten wir etwas essen.

Ein Teil von mir wollte das Mahl auslassen und direkt zum Dessert übergehen. Aber Claire würde ihre Kraft später für unsere erste Probe brauchen.

Vorausgesetzt, sie würde unserem Vorhaben zustimmen.

Mein Bauch spannte sich erwartungsvoll an. Teil des Spaßes würde sein, sie davon zu überzeugen, die Spiele mitzumachen, die wir geplant hatten. Und der Preis würde sie rund werden lassen – als Mutter eines Feenbabys.

Claire war so schon atemberaubend, aber da war etwas am Gedanken, dass sie schwanger mit unseren Kindern sein würde. Sie würde eine wunderbare Mutter sein. Ich konnte es kaum erwarten, es zu sehen.

Ich hoffte bloß, dass sie einwilligen würde.

Das taten wir alle.

Es war schwierig gewesen, unsere Pläne vor ihr zu verbergen. Vor allem, weil sie mit uns allen mental verbunden war. Aber wir hatten es irgendwie geschafft. Vielleicht, weil sie so beschäftigt mit der Interreichsakademie gewesen war.

Sie sah mich an. In ihren blauen Augen funkelte so viel Freude, dass mein Herz einen Sprung nahm. Dann verzog sie ihre Lippen zu einem geheimen Lächeln, während sie Flammen über meine Fingerspitzen sausen ließ. Ich erwiderte die Geste, indem ich ihren Hals sanft streichelte, was sie sichtlich erschaudern ließ.

*Du siehst hungrig aus,* sprach sie in meine Gedanken.

*Ich bin immer hungrig, Schätzchen,* erwiderte ich anspielend. *Willst du meine Vorspeise sein?*

*Ich glaube, ich wäre lieber das Dessert.*

*Du sprichst mir aus der Seele,* säuselte ich, da mir eben erst etwas Ähnliches durch den Kopf gegangen war. *Ich freue mich darauf, dich später zu vernaschen, Claire.*

*Geht mir genauso, Feuer-Gefährte,* murmelte sie und warf mir einen Feuerkuss zu, der auf meinen Lippen landete. Daraufhin zog ich eine Linie aus Feuer über ihre Lippen. Exos lehnte sich zu ihr, um diese mit seiner Zunge aufzulecken.

*Spielverderber,* dachte ich augenrollend.

Er zwinkerte mir zu, dann küsste er sie erneut, bevor er sich umdrehte, um die Gruppe zu uns zu führen.

Zeit zum Essen.

Und dann … Dessert.

# CLAIRE

Die eisige Brise blies unerbittlich auf der anderen Seite der Fenster des Restaurants, zeigte die wahre Natur Grönlands. Und doch war es drinnen warm und behaglich. Wir waren vollends vor den Elementen geschützt. Eine ganze Feenstadt war unter dieser magischen Kuppel gebaut worden. Wir saßen in einem Vorort davon, in einem Pub nahe der Grenze. Was ich an diesem Ort so mochte, war das Essen – sie kochten Gerichte aller Feenarten.

Was auch der Grund dafür war, dass ich einen Teller mit Spaghetti Bolognese vor mir hatte.

Das Gericht war unter Mitternachtsfeenküche aufgelistet gewesen, da die vampirähnlichen Wesen dazu neigten, das Reich der Sterblichen für Blutmahlzeiten zu besuchen. Soviel ich von ihrer Kultur verstand, hatten sie deswegen fast ausschließlich sterbliche Gerichte in ihre Welt gebracht, weil sie praktisch nichts anderes aßen.

Gut für mich.

Aber ich bestellte einen Elfenmet dazu, denn der war schlicht und einfach köstlich.

Meine Gefährten hatten allesamt Gerichte vor sich, die der Welt der Elementefeen entsprangen, während die Schicksalsfeen an unserem Tisch entschlossen hatten, ähnliche Gerichte wie ich zu bestellen.

Und um uns herum saßen verschiedenste Feen an den Tischen verteilt.

Ich liebte es, dieses Gefühl der Zusammengehörigkeit der Reiche. Es gab mir einen Funken Hoffnung, dass die Interreichsfeenakademie vielleicht wirklich Gestalt annehmen könnte.

Ein Funke Winterfeenmagie kitzelte meine Nase, was mich erneut aus dem Fenster blicken ließ. Feenmagie faszinierte mich noch immer. Vor allem, weil ich die Essenz wie ein elektrischer Funke über meine Haut sausen spüren konnte.

Die Wellen ließen einen unbekannten Kuss zurück, der zu meiner Wassermagie sprach. Ein eisiger Wirbel tanzte daraufhin über meine Fingerspitzen. Einer, auf den Cyrus mit einem Hauch seiner Macht antwortete.

Ich verzog meine Lippen zu einem Lächeln. Das Gefühl verführte meine Seele.

*Magst du das, kleine Königin?*, fragte er. Seine eisblauen Augen sahen von der anderen Seite des Tisches in meine.

Ich antwortete darauf, indem ich den Fluss des Wassers verstärkte, das an meinen Fingerspitzen züngelte, nur um zusammenzuzucken, als er sich meinem Tempo anpasste und mit Hilfe seiner Verbindung zur Quelle Kontrolle darüber nahm. Er war der Wasserfeen-König, was ihm unlimitierte Kraft über sein Element zuteilwerden ließ, wenn es um sein Element ging.

Er saß neben seinem Cousin, Kalt, der derzeit Chargierter in einem der anderen Feenreiche war.

*Winterfeen*, dachte ich, sah heute Abend schon zum fünften oder sechsten Mal aus dem Fenster. Sie waren diejenigen, die hinter der Magie hier in Grönland steckten, weil sie eine ähnliche Schildmagie am Nordpol benutzten.

All die Geschichten über den Weihnachtsmann und seine Elfen? Jepp, sie stammten von einem echten Ort. Es hatte mich total umgehauen, als ich davon erfahren hatte. Und ich wollte unbedingt einmal dahin reisen. Sie arbeiteten eng mit den Feen der Elemente zusammen, weil sie auf neutralem Revier im Reich der Sterblichen residierten. Und sie waren zudem ziemlich nett.

Kalt lehnte sich zu Cyrus hinüber, um ihm eine weitere Frage zu stellen. Eine, die mein Gefährte mit einem nachdenklichen Nicken erwiderte, bevor er antwortete.

Die Mentorschaft zwischen ihnen wärmte mir das Herz. Ich mochte diese fürsorgliche Seite meines Wasser-Gefährten. Obwohl mir nicht entgangen war, dass er weitaus geduldiger mit Kalt war als mit mir.

„Oh, also haben die Proben begonnen", sagte Gina, die neben mir saß. Ihrer Stimme wohnte ein Hauch Aufregung inne.

Das Wasser, das um meine Finger gewirbelt war, verwandelte sich in Sprühnebel. Cyrus konzentrierte sich auf die Schicksalsfee und sah sie mit zusammengekniffenen Augen an. „Lass das."

Sie blinzelte, sah ihn mit ihren blauen Augen an. „Was lassen?"

„In die Zukunft zu blicken", zischte er.

„Das ist, als ob ich dir sagen würde, deine Wasser-Fähigkeiten nicht einzusetzen", entgegnete sie stirnrunzelnd.

„Bedeutet das, dass ich voraus bin? Denn der Weg ist ziemlich stark vorgegeben."

„Das stimmt", stimmte Zeke, ihr Gefährte, sanft zu. Sein blondes Haar wehte sanft über seine Schultern angesichts des Windes, den Vox gerade vom anderen Ende des Tisches hochbeschworen hatte. „Aber ich glaube, wir könnten uns jetzt auf dieser Zeitachse befinden, Traumfänger."

„Oh." Sie zog ihre vollen Lippen zur Seite. „Stimmt."

„Was für Proben?", fragte ich, verwirrt über ihre plötzliche Bemerkung. Natürlich ergaben ihre willkürlichen Bemerkungen nur selten Sinn für mich. Die Frau liebte es, in Rätseln zu sprechen, und ergab des Öfteren keinen Sinn. Aber wir waren uns in den letzten Jahren nähergekommen. Vorwiegend, weil wir dieselben politischen Ziele verfolgten.

Aber es war nicht immer so gewesen. Ich hatte sie nicht gemocht, als wir uns das erste Mal begegnet waren. Sie war schon damals so kryptisch gewesen und hatte etwas von einem dunklen Stück gefaselt, das nicht dazu passte. Ein dunkles Stück, das uns weitaus näher gestanden hatte, als uns allen bewusst gewesen war. Zum Glück lag das jetzt in der Vergangenheit.

Ich hatte Gina anfangs nicht leiden können, weil sie so umwerfend gut aussah und Exos und Cyrus ganz offensichtlich eine Vergangenheit mit ihr hatten. Zum Glück waren sie nur Freunde.

Aber diese Freundschaft schien jetzt gefährdet. Sie beide funkelten die Schicksalsfee finster an.

Zeke räusperte sich. „Nur, weil ich blind bin, heißt das nicht, dass ich nicht *sehen* kann", sagte er. „Seht meine Gefährtin nicht so an."

„Okay, was ist hier los?", wollte ich wissen. „Warum seid ihr alle so angespannt? Was für Proben stehen uns bevor? Geht es hier um die Akademie?"

Ein paar Feen am benachbarten Tisch hörten auf, miteinander zu sprechen. Ihre spitzen Ohren reckten sich in unsere Richtung, da mein Tonfall ihre Aufmerksamkeit erregt hatte.

Ich wollte lächeln und die Sache abtun, aber ich war zu besorgt über Ginas kryptische Bemerkung, um mich auf diplomatische Nettigkeiten zu konzentrieren.

Kalt räusperte sich. „Ich werde mir noch einen Elfenmet holen."

Niemand antwortete darauf. Alle waren zu beschäftigt damit, meine Gefährten und Gina abwechselnd anzusehen.

„Ähm ...", summte Aflora zur Begrüßung, dann sah sie zur groß gewachsenen Mitternachtsfee – Wächter Zephyrus – an ihrer Seite hoch. „Ganz offensichtlich haben wir etwas Wichtiges verpasst."

Aflora hatte erwähnt, dass sie sich dem Abendessen etwas später anschließen würden. Sie hatte gesagt, dass sie sich um etwas kümmern müsste. Sie hatte mir keine weiteren Details gegeben, aber dann wiederum tat sie das selten. Die königliche Erdfee, die ich einst gekannt hatte, war zu einer mächtigen, königlichen Frau herangewachsen und besaß sonderbare Magie, die viele Feen fürchteten.

Aber sie war ganz genau der Grund, weshalb eine Interreichsfeenakademie existieren musste: Damit wir

Abscheulichkeiten und das Verbinden von Kräften besser verstehen konnten.

„Machst du wieder Probleme?", fragte Aflora und zog ihre blauschwarze Augenbraue hoch, blickte in Ginas Richtung. Die beiden hatten eine Vergangenheit miteinander. Etwas von wegen Café. Also war ich nicht überrascht darüber, dass sie die Schicksalsfee augenblicklich verdächtigte, ein Silbenrätsel zu treiben. Ihre Art war berüchtigt dafür. Wenigstens hatte sie ihr berühmt-berüchtigtes Kartendeck nicht hervorgeholt.

„Warum glauben immer alle, dass ich an allem schuld bin?", wollte Gina wissen.

„Weil es normalerweise so ist", säuselte eine Zeitreisefee, die an der Bar stand.

„Dich hat niemand gefragt, Kali."

„Ich bin mir ziemlich sicher, dass du gerade eben das ganze Reich gefragt hast", schoss sie zurück.

Gina schnaubte. „Alles, was ich bemerkt habe, waren Proben", murmelte sie.

„Proben?", wiederholte Aflora. Ihre himmelblauen Augen sahen in Zephyrus'.

Er zog eine seiner breiten Schultern hoch. „Ich weiß es wirklich nicht." Er schlang seinen Arm um sie und beugte sich dann zu ihr, um ihr etwas ins Ohr zu flüstern. Was auch immer es war, es veranlasste Aflora dazu, knallrot zu werden. Ich kannte die männliche Mitternachtsfee nicht allzu gut, aber Cyrus und Exos wussten seine Direktheit zu schätzen. Es schien, als ob Aflora das auch tat, denn ihre Augen blitzten angesichts seiner Worte.

Ich wandte meinen Blick von ihnen ab und starrte Gina an. „Was hast du damit sagen wollen?"

„Frag deine Gefährten", erwiderte sie. „Sie wissen, wovon ich spreche."

„Hast du gesehen, wer gewinnen wird?", fragte Titus

plötzlich, was Cyrus ihn anknurren ließ. „Oh, komm schon. Du fragst dich doch dasselbe."

„Ich will es nicht wissen", warf Sol ein. „Ich will das Spiel spielen. Anständig und ehrlich."

„Was für ein Spiel?", fragte ich. „Wovon zum Teufel sprecht ihr alle?"

„Gina braucht den Gewinner nicht vorauszusagen", antwortete Cyrus, sein Blick auf Titus gerichtet. „Wir wissen bereits, dass ich es sein werde."

„Schwachsinn!", schoss Titus zurück. „Ich habe dich letzte Nacht besiegt. Bei mir hat sie lauter geschrien."

Ich rang nach Atem. „Titus!"

Cyrus kicherte bloß. „Rede dir das ruhig weiter ein, Glühwürmchen."

„Wenn du mich noch einmal so nennst, du königlicher Mistkerl …"

„Glühwürmchen", wiederholte er grinsend.

Titus wollte aufstehen, doch Sol legte eine Hand auf seine Schulter, um ihn wieder auf den Stuhl zurückzudrücken, während Vox ein tiefes Seufzen ausstieß.

Exos schüttelte kaum merklich seinen Kopf. „Wir wollen ein Kind mit dir haben, Claire", sagte er. „Und wir haben eine Reihe an Proben entwickelt, die entscheiden sollen, wer die Ehre hat."

Ich blinzelte ihn an. „Tut mir leid … Wie bitte?"

„Ich glaube, ich sollte mich dann mal auf den Weg machen", sagte Gina und rückte ihren Stuhl zurück. „Gern geschehen, übrigens."

„Ich bin mir ziemlich sicher, dass keiner von uns sich bei dir bedankt hat", erwiderte Cyrus.

„Ja, du bist definitiv nicht zum Danke-Tag eingeladen", ergänzte Sol.

„Es heißt Dankstag", korrigierte Vox.

„Wie auch immer", knurrte mein Erd-Gefährte zurück. „Sie ist *nicht* eingeladen."

„Redest du da vom Erntedankfest?", fragte Zephyrus.

„Erntedankfest?", wiederholte Sol und runzelte die Stirn. „Dieses Wort ergibt keinen Sinn."

„Aber Dankestag schon?", konterte Zephyrus.

„Echt jetzt. Ich will wissen, wer gewinnt", sagte Titus, seine waldgrünen Augen auf Gina gerichtet. Er fuhr sich mit den Fingern durch das rote Haar und warf ihr ein bezauberndes Lächeln zu. „Ich gewinne, oder?"

Sie grinste bloß. „Na, es war nett. Wir sehen uns dann nächsten Monat zur Nistfeier."

„Babyparty", sagte Zeke, als er sich neben ihr mit einer flüssigen und irgendwie königlichen Bewegung erhob, obwohl er blind war.

„Ja. Genau. Babyparty", stimmte sie zu.

Nicht, dass ich ihnen Aufmerksamkeit schenkte.

Ich war zu beschäftigt damit, die Feen am Tisch anzustarren.

Moment mal … Was hatten sie eben gesagt? „Babyparty?", wiederholte ich kreischend.

„Ja, aber Feen nennen es Nistfeier", erwiderte sie und lief bereits mit ihrem Gefährten davon. Seine Hand ruhte auf ihrem Kreuz. „Oh, und ihr werdet die Zustimmung der Höllenfeen brauchen. Ich schlage vor, ihr trefft euch mit einem von Lucifers Höllenhunden. Aber lasst Cyrus nicht in ihre Nähe. Wenn er ihre Flammen auslöscht, werden sie euren Antrag ablehnen." Sie winkte kurz und begann dann auf den Ausgang zuzulaufen.

„Warte!", rief ich ihr hinterher.

Aber sie hörte nicht auf mich. Stattdessen ging sie um die Ecke, bevor ich fragen konnte, wovon zum Teufel sie da sprach. Ich rannte ihr um ein Haar hinterher, aber sie war bereits durch die Tür gegangen und im Schneegestöber verschwunden. Binnen der nächsten Sekunden würde sie sich in einem Portal befinden und reisen, wohin auch immer sie wollte.

Kein Wunder, dass sie empfohlen hatte, im Restaurant vor der Grenze zu essen.

Sie hatte gewusst, dass das hier passieren würde.

*Verdammte Schicksalsfeen!*

„Kann mir irgendjemand erklären, was hier los ist?", sagte ich, war nicht in Stimmung für Wortspiele.

„Das habe ich bereits", meinte Exos mit ruhiger Stimme. „Wir wollen ein Baby, Claire. Und anstatt dich zu fragen, wer als erster Vater werden darf, haben wir eine Reihe an Proben entwickelt, die dabei helfen sollen, einen Gewinner zu bestimmen."

Ich sah ihn entgeistert an. „Was, wenn ich kein Baby will?"

Er zuckte nicht einmal mit der Wimper und antwortete: „Dann werden wir die Proben nicht ins Leben rufen." Aber ich spürte augenblicklich, wie Schmerz durch meine Bänder streifte. All meine Gefährten waren plötzlich besorgt, dass ich sie abweisen könnte.

Sogar in Vox' silbern umrandeten Augen lag ein Hauch Skepsis.

Aflora räusperte sich erneut. „Ähm, ich glaube, wir … gehen dann mal." Sie sprach so leise, dass ich sie kaum hörte. Und so unanständig es auch war, konnte ich nicht einmal etwas darauf erwidern. Ich war zu eingenommen von den Empfindungen, die durch meine Bänder streiften.

Mein Gefährtenzirkel hatte in den letzten Jahren mehrere Male über Kinder gesprochen.

Cyrus brauchte einen Erben für das Wasser-Königreich.

Und Exos einen für das Seelen-Königreich.

Vox hatte sich für den Lehrerberuf entschieden, weil er

Philosophie liebte, aber auch, weil er Kinder mochte und ihnen dabei zuzusehen, wie sie lernten.

Sol wollte eine kleine Fee, die er pflegen und der er beim Wachsen zusehen konnte.

Und Titus, na ja, er versuchte so zu tun, als ob er nur an der Kunst des Liebemachens interessiert war. Aber mir entging die Aufregung in seinen Gedanken nicht, wenn er daran dachte, eine kleine Fee zu haben, mit der er Feenball spielen konnte.

Sie alle wollten Kinder.

Nicht unbedingt jeder sein eigenes – außer vielleicht Exos und Cyrus, die königliche Pflichten zu erfüllen hatten. Aber die anderen wollten einfach bloß unseren Zirkel um ein paar kleine Feen erweitern. Sogar meine beiden königlichen Gefährten wollten das – trotz ihren Thronpflichten.

Das hier beruhte auf mehr als bloß Pflichtbewusstsein.

Sie wollten ganz einfach neues Leben erschaffen.

Was das größte Geschenk war, das eine Fee der Elemente machen konnte.

Aber ich konnte auch spüren, dass sie bereit waren, zu warten, wenn es das war, was ich wollte. Sie wollten mich nicht drängen. Sie wollten auch nicht, dass ich wählen musste. Darum auch die Proben.

Ich konnte die Details nicht in ihren Gedanken ausfindig machen, da sie die mentale Verbindung gekappt hatten, die zu ihren Plänen führte.

Dennoch pulsierte Erwartung durch meine Adern. Ich war für alles bereit, was sie vorhatten.

„Okay", sagte ich bedächtig, sah jeden meiner Gefährten an. „Erzählt mir mehr über diese Proben."

# CLAIRE

"Okay, ich glaube, du musst mir die Orgasmus-Probe noch einmal erklären." Es waren andere Proben erwähnt worden, aber das war der Wettstreit, der mein Interesse am meisten geweckt hatte.

Titus grinste. „Es ist genau das, wonach es sich anhört. Und wir hatten vor, heute Nacht in dieser Hütte anzufangen." Er deutete auf die Hütte, zu der meine Gefährten mich gebracht hatten. Ausgerechnet nach Island.

Nachdem wir für das Essen und die Getränke im Feenpub – ich weiß, ein echt origineller Name – bezahlt hatten und Cyrus sich von seinem Cousin verabschiedet hatte, hatten mich meine Gefährten mit Hilfe eines Portals mitten in einen Wald bugsiert. Darin erwartete uns eine Hütte mit einem riesigen Bett.

Ich hatte die Vermutung, dass sie die Betten aus den Schlafzimmern gehievt und sie in der Mitte des Wohnzimmers zusammengeschoben hatten, denn die Laken passten nicht zusammen und die Größe der Matratze schien mir nicht üblich für die Welt der Sterblichen.

Wie auch immer … Es erfüllte seinen Zweck.

Und ich wollte die Orgasmus-Probe sehnlichst beginnen. Am liebsten sofort.

„Also wollt ihr alle einfach … herausfinden, wie viele Orgasmen ihr in den kommenden fünf Tagen aus mir kriegen könnt." Ich konnte keinen Haken an diesem Plan erkennen. Überhaupt nicht.

„Sechs Tage", korrigierte Titus mich. „Wir haben beschlossen, dass der erste Tag aufgrund der Aufregung nicht zählt. Also werden wir dich einen Tag lang anständig vorbereiten, und dann bekommt jeder von uns vierundzwanzig Stunden Zeit."

Ich schluckte leer. „Oh, okay", sagte ich. „Ähm, ja. Wir können dann anfangen."

Exos grinste. „So begierig."

„Du musst zuerst allen Proben zustimmen, kleine Königin", murmelte Cyrus. „Und wir müssen auch die Sicherheit haben, dass du mit dem Folgen einverstanden bist. Bist du bereit, ein Kind mit uns zu haben?"

Alle fünf musterten meine Reaktion. Meine Gefährten stellten mein Wohlbefinden immer über ihr eigenes.

War ich bereit für ein Baby? Ich war mir nicht sicher.

War man jemals bereit dafür?

Aber in meinem Herzen wusste ich, dass meine Gefährten fabelhafte Väter sein würden.

Sie würden mich unterstützen und mich bedingungslos lieben. Allesamt Tatsachen, die ich durch unser Band spüren konnte und bereits vorher gewusst hatte.

Denn sie waren von Anfang an für mich da gewesen – sogar noch bevor wir vollständig miteinander verbunden gewesen waren.

Wir sechs waren wie dafür gemacht, und wenn meine Gefährten ein Kind wollten, dann wollte ich das auch. Wir saßen im selben Boot – für immer und ewig.

Außerdem mochte ich den Gedanken, sie alle zu Vätern zu machen.

Sie alle würden unverschämt heiße Feenväter abgeben.

Aber das war nicht der Grund, warum ich das hier tun wollte.

Ich hatte ganz einfach das Gefühl, dass die Zeit reif war. Ich hatte es bisher nicht bemerkt, aber jetzt konnte ich es spüren. Unser Gefährtenzirkel war bereit, neues Leben zu erschaffen.

„Ich habe Angst", gab ich zu. „Weil ich nicht weiß, was mich erwartet. Aber ich vertraue euch. Und wenn ihr alle bereit seid, bin ich das auch."

„Tu es nicht für uns, Claire", erwiderte Exos, trat näher, um seine Hand an meine Wange zu legen. „Es soll nur geschehen, wenn du es auch willst."

„Ich will es", flüsterte ich, lehnte mich in seine Berührung. „Es … Es fühlt sich richtig an. Feen erschaffen Leben. Ich will Leben mit euch allen erschaffen."

Ich wusste, dass nur einer von ihnen den Samen säen konnte, aber es würde dennoch eine gemeinsame Erfahrung sein. Denn wir waren eine Einheit.

Ich öffnete mein Herz und meine Gedanken für sie

alle, ließ sie meine Akzeptanz und Liebe spüren und schmolz unter ihren darauffolgenden Wellen der Verehrung und Hingabe dahin.

Dann zog mich Exos in einen atemberaubenden Kuss, der die erste Probe zum Leben erwachen ließ. Das hier sollte mich langsam an die Erfahrung heranführen – meinen Körper und Geist befriedigen und mich auf die kommende Wonne und die Schmerzen vorbereiten.

Eltern zu sein, würde nicht einfach sein.

Das war uns allen bewusst.

Hier ging es um Verehrung. Dass meine Gefährten mir beweisen würden, dass sie all meine Bedürfnisse stillen, mir immer zur Seite stehen würden.

Außerdem wollten sie mich bereit und verträglich gestimmt wissen.

Aber vorwiegend wollten sie, dass ich spürte, wie sehr sie mich liebten.

Ich erwiderte ihre Inbrunst mit meiner Seele, nahm alle von ihnen mit meinem ganzen Herzen an, während ich kopfüber in Exos' Kuss fiel.

Es war heiße, brodelnde Leidenschaft, die sich in ein Inferno verwandelte, während Titus sich hinter mich stellte und nach meinen Hüften griff. Exos' Lippen begaben sich an meinen Hals. Seine Hände öffneten den Reißverschluss meiner Jacke, welche Titus sodann von meinen Schultern streifte und sie mir auszog.

Cyrus nahm sie ihm ab, schmiss sie beiseite. Dann tauschte er Plätze mit Exos, drückte seinen Mund auf meinen und ließ seine Hände unter meinen Pullover gleiten. Ich erschauderte unter seiner kühlen Berührung. Meine Haut brannte wie Feuer, während seine eiskalt war. Titus legte seine Hände auf meinen nackten Rücken, streichelte mit seinem Daumen an meiner Wirbelsäule hinab.

Ich stöhnte angesichts des Ansturms von elementaren Kräften, die mich von innen her aufleuchten ließen und meine eigenen Fähigkeiten hervorriefen.

Mein Pullover verwandelte sich in Asche, während Titus' Essenz besitzergreifend über meinen Körper streifte und er seine feurige Berührung an meiner Hose fortführte.

Er zerschnitt den Stoff mit einer feurigen Klinge, zerstörte meine Hose und verwandelte die Überreste in Glut und Asche, die zu Boden fiel.

Cyrus lächelte an meinen Mund gedrückt. „Wie praktisch, Glühwürmchen."

Titus knurrte daraufhin, ließ von meinem Rücken ab und griff nach Cyrus' blondem Haar. „Noch ein einziges Mal, Mistkerl. Noch. Ein. Verdammtes. Mal."

„Glühwürmchen", neckte Cyrus und grinste angesichts des Blicks, den Titus ihm über meine Schulter hinweg zuwarf.

Ihr Gezanke ließ meine Schenkel sich anspannen, da ich die zugrundeliegende sexuelle Spannung spüren konnte. Manchmal spielten sie miteinander, aber nur, wenn ich auch dabei war. Anders als Sol und Vox, die sich manchmal ein Bett allein teilten. Es machte mir nichts aus, denn ich spürte ihre Verbindung zu mir die ganze Zeit über und schlich mich oft hinein, um mich ihnen nach einer anregenden Petting-Session anzuschließen.

Unsere Bänder waren einzigartig, weil jeder von uns den anderen liebte.

Obschon Cyrus und Titus gerne so taten, als wären sie Feinde.

Ich schlang meine Arme um Cyrus' Hüfte und Titus drückte mich fester an ihn, klemmte mich zwischen den beiden ein. Dann brachte er Cyrus an seinen Mund und die beiden tauschten einen animalischen, rauen Kuss aus.

Mein Spitzenunterhöschen war völlig durchnässt. Das

Lustspiel zwischen den beiden Männern genügte beinahe, um mir auf der Stelle einen Höhepunkt zu bescheren.

Dass ich ihre stählernen Körper vor und hinter mir spürte, intensivierte den Moment.

Dann riss mich eine Hand, die sich an meinen Nacken legte, zurück zu einem anderen hungrigen Mund. *Sol.* Mein Fels. Mein Erd-Gefährte. Ich lehnte mich an ihn, während Cyrus und Titus sich weiter duellierten, während sie an je einer Seite von mir lagen.

Es war unheimlich intensiv und wunderschön und erdete mich in der Realität meines Zirkels.

So viel Leidenschaft und Lust.

Einer von ihnen legte seine Hand an meine Brust. *Titus.*

Der andere berührte meine sensible Stelle. *Cyrus.*

Und noch immer duellierten sie sich mit ihren Zungen, während Sol mich mit seiner verführte.

Ich stöhnte, war angeheizt von den Empfindungen und begierig darauf, mehr zu erfahren.

Cyrus schob mein Höschen beiseite, was mich wundern ließ, warum ich mir je die Mühe machte, Unterwäsche anzuziehen, bevor er zwei Finger in mich steckte und sie nach oben führte. Ich schrie, dann wimmerte ich, flehte, wollte mehr.

Er belohnte mich mit einem weiteren Stoß, während sein Daumen sich an meine Klitoris begab und sie massierte. Ein Orgasmus stieß aus mir, als hätte er ihm befohlen, sich in mir breitzumachen. Meine Knie drückten sich durch und mein Körper stand erneut in Flammen.

Titus stützte mich, indem er seinen Arm um meine Taille schlang. Seine deutlich spürbare Erektion war an meinen Hintern gedrückt. Ich legte meine Stirn an Cyrus' Schulter, während Sols Hand noch immer um meinen Hals geschlungen war. Meine Jungs hielten mich aufrecht, ließen das Nachbeben der zu plötzlichen Wonne vergehen.

„Genau darum brauchen wir einen Tag zum Aufwärmen", sagte Titus.

„Jepp", stimmte Cyrus zu. „Zu einfach."

Ich hätte zu gerne eine Bemerkung dazu abgegeben, hatte aber nicht genug Luft in meinen Lungen, um sprechen zu können. Und ich konnte nicht klar genug denken, um eine Gegenbemerkung von mir zu geben. Also begnügte ich mich mit einem Knurren, das all meine Gefährten zum Lachen brachte.

„Zieh ihr den Rest aus", befahl Cyrus.

Titus' feurige Energie wärmte meine Brüste und die Spitze löste sich im nächsten Moment auf. Dann wanderte dieselbe Empfindung nach unten, zu meiner rasierten Stelle, und tiefer, was mich mit einem Stöhnen aufschrecken ließ. „Sie ist wieder bereit", sinnierte er. Seine Kraft streichelte meine feuchten Schamlippen, bevor er seine Fähigkeit dazu benutzte, mein Höschen in Asche zu verwandeln.

Sol ging neben mir auf die Knie, um mich meiner Stiefel und Socken zu entledigen, zog sie mir sanft aus. Dann strich er mit seinen Fingern an meiner Wade entlang zu meinem Schenkel hoch, bevor er seine Hand um mein Bein schlang und mich an seinen Mund zog.

Ein Fluchwort kam mir über die Lippen, als seine Zunge meine Klitoris streifte, und meine Beine gaben unter mir nach. Aber Titus fing mich mit Leichtigkeit auf, während Cyrus beiseitetrat, um Vox am Spaß teilhaben zu lassen. Ich sah mit schweren Lidern zu ihm hoch. Mein Körper bebte und erschlaffte angesichts Sols Bemühungen an meiner sensiblen Stelle.

Ich glaubte, dass meine Luftfee mich küssen wollte, aber stattdessen brachte er seine Lippen an meine Brüste, nahm einen meiner Nippel tief in seinen Mund, bevor er sanft zubiss.

Ich ließ meine Finger in sein langes dunkles Haar gleiten, hielt ihn an mich gedrückt, während er mich mit seiner begabten Zunge neckte.

Sol schien das Tempo zwischen meinen Schenkeln nachzuahmen, sein Rhythmus derselbe wie Vox'. Dann griff Titus von hinten zwischen meine Beine, um etwas der Feuchte an meine andere Öffnung zu führen. Ich stöhnte, als er einen Finger in mich gleiten ließ, um mich auszudehnen und auf die kommende Nacht vorzubereiten.

Sie würden mich benutzen. Und ich sie.

Und zusammen würden wir in einem heißen Gewirr aus Armen und Beinen und nackten Körpern zusammenbrechen.

Und doch war ich im Moment die Einzige, die keine Klamotten anhatte. All meine Gefährten waren noch immer angezogen.

So ging das nicht.

Ich bediente mich Titus' Trick und zerstörte ihre Outfits mit einem einzigen Gedanken. Jedenfalls versuchte ich das. Es funktionierte bei Vox und Sol. Ihre Kleider verschwanden unter dem Einfluss einer Welle meiner Kraft. Ihre Schuhe standen irgendwo neben der Tür, also ließ ich sie unversehrt.

Aber meine anderen Gefährten hatten meinen Schachzug erwartet. Exos und Titus hatten eine Wand aus Feuer geschaffen, die ihre Kleider schützte, und Cyrus hatte mir mit Wasser entgegengewirkt.

Ich schlug meine Augen auf und sah die beiden Könige mich angrinsen. Sie forderten mich heraus, es härter zu versuchen.

Das wirkte wie ein Aphrodisiakum, intensivierte den Moment und eine Lawine des Ehrgeizes und der Neugier regnete auf mich nieder. Sol und Vox ließen nicht von mir ab und ich fuhr mit meinen Fingern durch ihr weiches Haar, hielt sie genau an die Stellen, an denen ich sie brauchte, während Titus mich an Ort und Stelle behielt, damit sie mich lecken konnten. Er verstärkte den Druck an meinem Hintern, woraufhin ich voller durch Schmerz hervorgerufene Lust schrie. Mein Körper stand buchstäblich in Flammen für sie.

Ich wollte, dass sie mich alle füllten. Wollte in den Himmel und zurück gebracht werden von ihnen. Und in einem Haufen schweißgebadeter Gliedmaßen versinken.

Aber ich wusste, dass das hier erst der Anfang war.

Ihre Bewegungen wurden nicht hastiger – ihre Münder und Hände arbeiteten gründlich bis zum Ende.

Sol nuckelte an meiner Knospe tief in seinem Mund, während Vox mit seinen Zähnen über meinen Nippel streifte. Dann schob Titus einen weiteren Finger in mich, dehnte mich aus und wärmte mich auf, damit ich auf einen Abend voller Sex vorbereitet war.

Und doch waren drei meiner Gefährten noch immer vollständig bekleidet. Das musste ich ändern. Aber, oh, ich war mir nicht sicher, wie. Nicht, wenn Sols Zunge sich so bewegte. Und Vox, *bei den Feen*, dieser Mund … *Mmh …*

Titus lachte in mein Ohr. „Konzentrier dich, Schätzchen!" Er machte eine Scherenbewegung mit seinen Fingern. „Du wirst uns alle ausziehen müssen, wenn du willst, dass wir dich ficken."

„Oder Sol und Vox können das für euch übernehmen", erwiderte ich stöhnend. Mein Körper wand sich schamlos zwischen ihnen allen.

„Wäre es dir lieber, wenn ich Titus ficke?", neckte Cyrus, was Hitze durch meine Adern schießen ließ, als das Bild vor meinem inneren Auge aufzog.

Sie zankten sich immerzu und die sexuelle Spannung

zwischen ihnen war unheimlich hoch. Der Gedanke daran, Cyrus dabei zuzusehen, wie er Titus herunterbeugte und in ihn stieß? Ja, das ließ meine Schenkel sich erwartungsvoll um Sol anspannen.

„Ich hoffe, du hast Gleitmittel mitgebracht, Glühwürmchen", murmelte Cyrus mit verruchtem Blick.

„Kommt nicht infrage, königlicher Mistkerl", schoss Titus zurück und knabberte an meinem Hals. „Aber du darfst gerne meinen Schwanz lutschen."

„Ich knie mich nur vor Claire nieder", erwiderte Cyrus und sein Gesichtsausdruck wurde erpichter. „Aber wenn Claire es wünscht, würde ich erwägen, vorübergehend eine andere Position als üblich einzunehmen."

Ich stöhnte beim Gedanken daran. Mein Orgasmus überkam mich, als Sol mich mit seiner Zunge über die Klippe der Wonne fallen ließ. Und dann war ich zu beschäftigt damit, Vox zu küssen, um noch zu wissen, wo oben und wo unten war.

Meine Gefährten vernaschten mich, genauso, wie sie es immer taten. Sie machten mir im einen Moment heiße Versprechungen und lenkten mich im nächsten Moment ab.

Ich versuchte mich auf die Aufgabe zu konzentrieren, nur um dann mit einer weiteren betraut zu werden, als Titus mich zum Bett trug. „Spreiz deine Beine für Sol", verlangte er. „Wir werden sehen, ob sein Schwanz reicht, um dich zu befriedigen."

*Kleider*, dachte ich. *Ich muss ihnen die Kleider ausziehen.*

Das war das Spiel … die heutige Aufgabe … Sie wollten sehen, ob ich mich lange genug konzentrieren konnte, um sie auszuziehen.

Und wenn ich gewann, würden sie mich mit ihren Körpern belohnen.

Sol kletterte über mich. Seine Muskeln spannten sich

an, als er sich hinunterbeugte, um meinen Nippel in meinen Mund zu nehmen, bevor er sich zwischen meine Beine begab. „Du bist so feucht", sinnierte er, küsste sich seinen Weg zu meinem Kinn hoch. „Schling deine Stiele um mich, kleine Blume."

Meine Schenkel schlangen sich um ihn und ich legte meine Knöchel um seinen Arsch, zog ihn zu mir. Er nahm die Einladung an, füllte mich bis zum Anschlag und dehnte mich auf wunderbarste Art und Weise aus. Ich drückte meinen Rücken durch. Meine sensiblen inneren Stellen protestierten gegen die Invasion, hießen ihn willkommen und flehten gleichzeitig um mehr.

Es war rätselhaft.

Meine Gefährten hatten mir beigebracht, wie ich Stunden der Wonne genießen konnte. Sie alle waren imstande, mich wieder und wieder zu nehmen, ohne zu ermüden.

Es war ein ganz neues Level von Stehvermögen, das mich für meine Feenhälfte dankbar machte. Sol küsste mich leidenschaftlich und sein Körper hüllte mich in seinen erdigen Geruch ein, der von Hitze und Sex unterstrichen war. Lebenskraft erblühte in mir, nahm meine Seele ein und erdete mich im Moment seiner Beanspruchung.

Dann aber tanzte Feuer an meinen Armen hinab, gefolgt von etwas Wasser, das mich daran erinnerte, dass noch andere Gefährten auf mich warteten.

Sie neckten mich.

Sahen dabei zu, wie Sol mich fickte.

Forderten meine Elemente heraus und zwangen mich, ihr Spiel zu spielen.

Ich stöhnte. Eine verheerende Welle der Lust rauschte durch meine Seele und rief meine Elemente an die Oberfläche.

*Luft.*
*Wasser.*
*Erde.*
*Feuer.*
*Seele.*

Alle tanzten durch das Zimmer, kletterten in Form von Weinreben, die mit rosafarbenen Schmetterlingen und feurigen Funken versehen waren, an den Wänden empor. Wasser tanzte mit den Flammen und die beiden Elemente bewegten sich im selben Rhythmus wie Sols Hüften. Hitze machte sich in meinem Unterbauch breit, bevor mir ein weiterer Orgasmus den Atem raubte.

Vox erschien aus dem Nichts, legte seinen Mund auf meinen, hauchte mir etwas Luft ein und erfrischte mich mit seiner Essenz, während er neben mir lag. Seine Erektion streifte meine Hüfte, dann griff Sol nach unten, um ihn in seine Hand zu nehmen. Meine Luftfee zuckte zusammen und ein Knurren kam ihm über die Lippen, das direkt in meinen Mund wanderte.

Gänsehaut breitete sich an meinen Armen und Beinen aus. Die Lust der beiden Männer überwältigte mich auf die beste Art und Weise.

Ich ließ sie ihre Lust erfahren, genoss ihr Bedürfnis und ließ mich von einer Wolke der Ekstase einnehmen.

Sol versenkte seine Zähne in meiner Schulter, als er in mir kam. Sein heißer Samen füllte mich mit seiner erdigen Essenz, während Vox neben mir kam. Es fühlte sich gut an, seinen Samen auf meiner Haut zu spüren.

Aber Titus hatte recht gehabt.

Das reichte nicht.

Ich brauchte mehr.

Meine Gefährten, die noch immer Kleider trugen.

Und plötzlich wusste ich ganz genau, was ich tun musste, um sie dazu zu bringen, sich auszuziehen.

# EXOS

*Clevere kleine Gefährtin,* dachte ich, sah, wie sich das kleine Luder in den Decken wand und sich Sols und Vox' Samen über den Körper strich.

Sie hatte damit angefangen, einen Finger durch ihre feuchte Mitte zu ziehen und Sols Essenz über ihren rasierten Hügel und in ihre Haut einzumassieren. Dann hatte sie die Überbleibsel von Vox' Höhepunkt über ihre Rippen geschmiert und ihre rosigen Nippel damit bemalt.

Ich hätte nie gedacht, dass es mich anheizen würde,

meine Gefährtin im Samen anderer Männer getränkt zu sehen. Aber hier waren wir. Und alles, was ich tun wollte, war mich auszuziehen und mich am Chaos zu beteiligen.

Die Anspannung meines Bruders sagte mir, dass es ihm genauso ging.

Meine Krawatte fühlte sich plötzlich zu eng an. Ich löste sie etwas, während Claire mich beobachtete. Ihre blauen Augen glänzten. „Ich weiß, was du da machst, Baby", sagte ich zu ihr.

„Tust du das?", fragte sie mit gespielter Unschuld, als sie ihre Hand wieder zwischen ihre Beine gleiten ließ, um ihre Finger durch ihre hübschen rosafarbenen Schamlippen gleiten zu lassen. Sol und Vox lagen neben ihr, waren für den Moment befriedigt, während ihre anderen Gefährten mit harten Gliedern um das Bett herum verteilt standen und noch immer ihre Klamotten trugen.

Dieses Mal führte sie ihren Finger an ihre Lippen und stöhnte, als sie die Mischung ihrer feuchten Mitte und Sols Samen kostete.

Das ließ mich wundern, warum wir dieses Spiel überhaupt zu spielen begonnen hatten. Alles, was ich tun wollte, war, mich bis zum Anschlag in meiner Frau zu versenken und ihren verlockenden Mund dazu zu bringen, meinen Namen zu schreien.

Ich zog meine Krawatte aus. Cyrus tat es mir gleich. Dann nahm er mir die Seide aus den Händen. Ich verstand sofort, was er vorhatte, als er aufs Bett zuging. „Gib mir deine Hände, kleine Königin."

Sie lächelte. „Nur, wenn du mir dein Hemd gibst."

Er sah sie einen Moment lang an, dann ließ er die Krawatten aufs Bett sinken. „Okay." Er streifte seine Jacke ab und schmiss sie Titus zu. Die Feuerfee fing sie ab und zerstörte sie mit einer seiner Flammen.

Cyrus grinste. „Dafür wirst du bezahlen, Glühwürmchen."

„Ich hasse diesen Spitznamen."

„Oh, ich weiß", erwiderte er, als er sein Hemd aufknöpfte. „Darum werde ich dich für immer so nennen."

„Königlicher Mistkerl", murmelte die Feuerfee. Er schien diesen Spitznamen mal für mich, mal für Cyrus zu verwenden. Mein Bruder liebte ihn. Ich verdrehte bloß meine Augen.

„Bitte schön, kleine Königin", sagte Cyrus, ließ sein Hemd für sie aufs Bett fallen. „Jetzt gib mir deine Hände."

Vox rollte sich über sie, um sich neben Sol zu legen. Ein wissender Blick lag in seinen Augen, als Cyrus nach Claires Handgelenken griff und sie mit unseren Krawatten zusammenband. Sie hatte ebenfalls gewusst, was er beabsichtigt hatte, aber das Funkeln in ihren Augen sagte mir, dass das von Anfang an ihr Plan gewesen war.

Und als seine Hose eine halbe Sekunde später in Flammen aufging, verstand ich, warum. Sie hatte seine kurze Berührung darauf verwendet, seine Wassermagie zu überwältigen und seine Klamotten zu zerstören.

Ich lächelte beeindruckt.

Cyrus belohnte sie mit einem Kuss. Seine Belustigung über ihre Taktik war klar darin zu erkennen, wie er ihr Gesicht in seine Hände nahm, während er sie innig kusste.

Titus sah den beiden interessiert zu, dann zog er sich sein Oberteil über den Kopf und schmiss es zu Boden. „Scheiß auf verzögerte Befriedigung."

Etwas sagte mir, dass auch das Teil von Claires Plan gewesen war. Sie wusste ganz genau, wie sie jeden von uns mit ihrem Körper und ihrem Geist manipulieren konnte. Ich ließ meine Hände in meine Hosentaschen gleiten, während Titus sich seiner Hose entledigte und sich den anderen auf dem Bett anschloss. Er begab sich direkt an ihre heiße Mitte. Er leckte ihre sensible Stelle und brachte sie dazu, in Cyrus' Mund zu stöhnen.

Sie griff in die kastanienbraunen Locken der Feuerfee, ihre Hände noch immer gefesselt. Cyrus griff nach ihren Händen und zog sie sanft über ihren Kopf. Sol legte seine Hand auf ihre, drückte sie gegen das Kissen, während Cyrus seine Finger an ihren Armen hinabwandern ließ.

Nach all den Jahren, in denen wir mit unserer Gefährtin gespielt hatten, lief alles harmonisch und geschmeidig ab. Obwohl wir uns oft abwechselten und manchmal auch eine Nacht mit ihr allein genießen wollten, so genossen wir Momente wie diesen genauso. Es kam nur nicht oft genug vor.

Vox, Titus und Sol residierten zusammen mit Claire auf der Akademie der Feen der Elemente. Cyrus sprühte sich zwischen der Akademie und dem Wasser-Königreich hin und her und nahm Claire manchmal für kurze Aufenthalte mit. Und ich hielt mich im Seelen-Königreich auf, begab mich aber für Gruppennächte zurück zur Akademie.

Es funktionierte irgendwie.

Claire verbrachte immer eine Nacht allein mit mir im Seelen-Königreich, genauso wie sie eine Nacht zu Cyrus ging. Dann hatten Titus, Vox und Sol jeweils eine Nacht mit ihr allein auf der Akademie. Und dann folgten zwei Tage, die uns als Gefährtenzirkel zur Verfügung standen.

Was normalerweise in einer ähnlichen Aktivität endete wie jene, die sich derzeit auf dem Bett abspielte.

„Setz dich rittlings auf Titus", befahl Cyrus und die Feuerfee legte sich neben Sol auf seinen Rücken. Vox hatte sich auf seine Ellbogen gestützt, um zuzusehen, während die Erdfee träge auf den Kissen ruhte und seinen beschützerischen Blick auf Claire gerichtet hatte. Er stellte immer sicher, dass sie in Sicherheit war, und ich beschützte den gesamten Zirkel. Das war auch der Grund, warum ich noch immer all meine Kleider anhatte und zusah.

Ich würde mich als Letzter anschließen.

Das war eigentlich fast immer so.

Mein Gemächt spannte sich an, als Claire sich mit einer geschmeidigen Bewegung auf Titus' Hüften rollte. Ihr Körper erinnerte mich an den einer Göttin. Was eine zutreffende Beschreibung war, da sie alle fünf Elemente kontrollierte.

Sie war eine wahre Königin.

Eine Schönheit.

Ein Feenwunder.

Und sie gehörte mir.

Ich leckte meine Lippen, liebte es, wie ihre Brüste herumbaumelten, während sie ihre Hüften bewegte, um Titus in sich aufzunehmen. Die Feuerfee zischte und seine Hände begaben sich an ihre schlanke Taille, um sie an Ort und Stelle zu behalten. Cyrus nahm ihr die seidenen Fesseln ab, dann strich er ihr durch ihr voluminöses Haar und führte sie an Titus' wartenden Mund.

Die beiden tauschten einen Kuss aus, der von ihrer geteilten Affinität für Feuer durchzogen war. Ich spürte, wie die Luft sich erhitzte, was mein zweites Element an die Oberfläche lockte. Cyrus kämpfte mit seinem Wasser dagegen an, löschte die Glut, bevor sie seine blasse Haut verbrennen konnte. Dann begab er sich hinter Claire und an ihren Arsch.

Titus hatte sie schon vorbereitet. Wir alle wussten, dass er das für Cyrus getan hatte.

Die beiden hatten sich in den vergangenen Jahren auf unerwartete Weise angenähert. Ihr Hang dazu, Claire doppelt zu penetrieren, war wohlbekannt und wurde von unserem Zirkel respektiert. Manchmal schloss ich mich ihnen an und versenkte mich in ihrem Mund. Aber nicht heute Nacht.

Ich wollte sie als Letzter.

Wollte Liebe mit ihr machen.

Sie besänftigen.

Sie verehren.

Sie hatte sich heute am Treffen des Interreichsfeenrats so gut geschlagen. Mein Herz erwärmte sich beim Gedanken daran. Mein Stolz floss durch das Band, während sie Cyrus' Stöße ertrug. Ihre Lust schoss durch unsere Verbindung und sie drückte ihren Rücken durch, als die beiden Männer in ihr waren. Titus griff nach ihren Brüsten, während mein Bruder seinen Arm um ihre Taille schlang und sie an sich drückte, während er tief in ihren Hintereingang stieß.

Dann griff er nach ihrem Haar und zog sie zurück, um sie zu küssen – was das erotischste und schönste Bild abgab, welches der Rest von uns genießen konnte.

Unsere Gefährtin, die beidseitig gefickt wurde.

Ihre Brüste in den Händen einer Feuerfee.

Ihre Zunge von einem Wasserfeen-König beansprucht.

Sol und Vox waren bereits schon wieder angeheizt. Ihre Gefährtin in den Wogen der Lust zu sehen, war das reinste Aphrodisiakum, das keinen von uns verschonte. Die Tatsache, dass Cyrus und Titus wussten, wie sie sie in ein wahres Kunstwerk verwandeln konnten, trug nur zum Moment bei.

Sie hielten sich nicht zurück, nahmen sie so hart, dass sie gegen Cyrus' Mund gedrückt schrie.

Ich öffnete meine zu enge Hose und mein Unterbauch spannte sich mit einer Lust an, die ich kaum noch zurückhalten konnte. Ich brauchte sie mehr als meinen nächsten Atemzug. Aber ich hielt mich zurück, bewahrte meine Kontrolle und bewachte die anderen, während sie sich zwischen den beiden Männern in Wonne verlor.

Sie sah umwerfend aus. Ihr Körper war für Sex geschaffen, war hierfür geschaffen – für uns.

Ich sandte einen Schuss Feuer an ihrem Bauch hinab zu ihrer Klitoris, ließ sie ihren Höhepunkt erfahren. Titus folgte ihr kurz darauf. Und dann knurrte Cyrus, ergoss sich in ihr. Die drei ritten einen heftigen Orgasmus aus, den wir alle durch unsere Verbindungen spürten.

Es war so intim, dass ich beinahe selbst gekommen wäre. Sol begann sich langsam zu massieren. Vox starrte die anderen an. Eine verruchte Absicht lag in seinen silbern umrandeten Augen. Aber jetzt war ich dran.

Claire sah mich lusterfüllt an und ihre Wangen röteten sich angesichts einer Mischung aus Erschöpfung und Ekstase. Ihre Kraft flackerte auf. Ihr Feuer versuchte erneut, meine Kleider zu zerstören. Aber ich schützte mich, wollte einen anständigen Kampf, den nur meine Gefährtin mir liefern konnte.

Sie enttäuschte nicht. Sie brachte mich auf die Seelenebene, wo unsere Seelen tanzten, und hüllte mich mit einer verführerischen Wärme ein.

Ich lächelte neugierig und zog sie in Richtung Quelle, wollte ihre Fähigkeiten und Kontrolle testen. Sie zog mich zurück. Dann sprang ich davon und sie folgte mir, frohlockte an unserem ganz speziellen Ort, während unsere Körper im Reich der Sterblichen bei den anderen verblieben.

Cyrus lauerte ganz in der Nähe. Seine Seelenenergie fühlte sich intuitiv zu unserem Spielplatz hingezogen. Wir waren beide Söhne einer königlichen Seelenfee, und die meisten Seelenfeen hatten Zugriff auf mehr als nur ein Element. Sein zweites Element war Wasser, aufgrund seines Vaters. Meine zweite Affinität war Feuer, mit dem ich Claire auch auf der physischen Ebene bekämpfte. Aber meine Seele gehörte dem Seelenelement. Und auf dieser Ebene zwang ich sie oft in die Knie.

Aber heute Nacht schien sie erpicht darauf, mich in die Knie zu zwingen. Ihre verlockenden Bewegungen berührten mich an meiner Seite, entfachten Sehnsucht in mir.

*Du wirst immer besser, Prinzesschen*, flüsterte ich in ihre Gedanken. *Sogar wenn du königlich gefickt wurdest und erschöpft bist, bietest du mir immer noch einen anständigen Kampf.*

*Ich habe vom Besten gelernt*, hauchte sie zurück und ihre Energiespur streifte meine erneut.

Sie war wunderschön hier, in ihrer ätherischen Form. Ihre Essenz hatte heute Nacht einen Hauch von rosa inne. Ihre Freude wärmte mir das Herz. Aber es war der rote Punkt in ihrem Kern, den ich begehrte – ihre Leidenschaft und Begierde.

Ich nahm einen Schritt aufs Bett zu, war wieder zurück in der Hütte. Ihre Augen hatten sich geschlossen und ihre anderen Gefährten gaben uns für diese Seelenumarmung etwas Platz. Cyrus lag links von ihr, sein Kopf auf ein Kissen gelegt. Titus befand sich zu ihrer Rechten. Sol und Vox lagen neben Cyrus.

Ein wunderschöner Anblick. Sie hießen mich willkommen.

Aber ich verblieb auch auf der Seelenebene, jagte sie über das Feld, welches sich nahe meiner Kraftquelle befand. Die meisten Feen konnten nicht so nahe am Anker unseres Elements spielen. Aber ich war nicht wie die meisten Feen. Könige der Elementefeen waren der Leiter der jeweiligen Quellen, und ich herrschte über die Seelenkraft. Als meine Gefährtin konnte Claire auch auf sie zugreifen, was sie bewies, indem sie noch näher auf das gleißende Licht zurannte.

Doch ich sah ihren nächsten Schachzug voraus, stellte mich ihr in den Weg, um sie aufzuhalten. Sie kicherte, dann schmolz sie in meiner elementaren Umarmung dahin, gab mir den intimsten Kuss, die unsere Spezies erfahren konnte.

Wir berührten uns nicht physisch, nur mental.

Und das zwang mich beinahe in die Knie.

*Bitte, Exos*, flehte sie in meinen Gedanken. *Ich will dich.*

*Du willst mich immer.*

*Das tue ich*, stimmte sie zu, ignorierte meine arrogante Bemerkung. *Aber heute Nacht* brauche *ich dich.* Sie lehnte sich zu mir. Ihre Seelenmagie floss durch meine, kreierte einen intimen Zopf, aus dem ich mich niemals herauswinden könnte. Nicht, weil es mir an Kraft mangelte – es wäre ein Einfaches gewesen, ihn auseinanderzunehmen –, sondern weil ich mich weigerte, unsere Seelen jemals voneinander zu trennen. Wir waren füreinander geschaffen, und genau das bewies ich jetzt, indem ich ihrer Kraft erlaubte, meine zu überwältigen – und meine Kleider in der echten Welt zu zerstören.

*Du weißt, dass ich dich liebe, wenn ich dich einen meiner Lieblingsanzüge zerstören lasse*, flüsterte ich in ihre Gedanken und kniete mich zwischen ihre gespreizten Schenkel aufs Bett. *Bist du bereit für mich, Baby?*

*Ja*, erwiderte sie, griff blind nach mir. *Fick mich, Exos.*

Ich beugte mich hinunter, um ihren Hügel zu küssen. *Vielleicht will ich dich lieber lecken.*

*Ich brauche dich in mir.*

*Tust du das?*, fragte ich, ließ einen Finger in ihre feuchte Mitte gleiten. *So?*

*Mehr.*

Ich steckte einen weiteren Finger in sie. *Besser?*

*Exos.*

*Claire.*

Sie knurrte. Es war das süßeste Geräusch. Ich knabberte daraufhin an ihrer Klitoris, leckte dann einen Weg hoch zu ihren großen Brüsten. Sie stöhnte angesichts meiner Berührung und ihre Finger wanderten in mein Haar. Dann riss sie mich von der Seelenebene und in die Hütte zurück. Ich konnte normalerweise in beiden Realitäten spielen, aber ich spürte, dass sie meine physische Berührung vollumfänglich brauchte.

Unsere Seelen waren bereits miteinander verbunden.

Jetzt wollte sie unsere Körper vereinigen.

Ich beugte mich über sie, dann zog ich sie in einen Kuss, der schmerzen sollte. Sie nahm meine Grausamkeit, meine Liebe, meinen Drang, Kontrolle haben zu müssen, an und gab wortlos einen Befehl von sich, indem sie ihre Beine um mich schlang.

„Gib ihr, was sie will", ermutigte mich Cyrus.

„Ja, andernfalls werde ich es an deiner Stelle tun", ergänzte Sol mit tiefer Stimme.

Ich lachte und ließ meinen Schwanz an ihrer feuchten Muschi entlanggleiten. Ich liebte den feuchten, willkommen heißenden Kuss ihrer heißen Mitte. „Ihr hattet alle euren Spaß. Jetzt gehört sie mir."

„Uns", korrigierte Titus.

„Nicht in diesem Augenblick", erwiderte ich und stieß meinen Schwanz tief in sie, beanspruchte sie vollends für mich und nahm sie so, wie ich es mochte.

Sie ließ mich ein, kannte meine Vorlieben im Bett und nahm sie an. Genauso wie die anderen – auch wenn ich spüren konnte, wie Titus mich durch die Bänder hindurch herausforderte. Das verstärkte den Moment nur noch. Denn jetzt hatte ich etwas zu beweisen, indem ich unsere Gefährtin auf ganz neue Höhen brachte, während ich ohne Zurückhaltung in sie stieß, wie wir es beide brauchten.

Unendliche Befriedigung bedurfte Abwechslung, um das Feuer am Leben zu erhalten – was genau das war, was ich jetzt tat.

Einen Hauch Schmerz.

Eine Note Gewalt.

Ein bisschen männliche Aggression.

Und eine Unmenge an Verehrung.

Ihre Zunge lieferte sich einen Kampf mit meiner und ihre Fingernägel kratzten an meinem Rücken hinab, als ich sie weiter antrieb. Dann verstärkte ich meinen Griff um ihre Seele, ergänzte einen weiteren Knoten zum Wirrwarr, das sie geschaffen hatte, und stöhnte, als sie daraufhin zusammenzuckte.

Es war eine spirituelle Vereinigung, unterstrichen von physischen Berührungen und Hitze.

Sie verbrannte mich von innen her und ich erwiderte den Gefallen in gleichem Maße.

*Exos*, keuchte sie in meinen Gedanken.

*Jetzt*, *Prinzesschen*, erwiderte ich, wusste, was sie brauchte. *Komm für mich.*

Sie hob ihre Hüften vom Bett und gab einen Schrei von sich, den ich mit meiner Zunge verstummen ließ. Sie bebte. Ihre Lust vermischte sich zusehends mit Schmerz, und ihre Muskeln zogen sich unheimlich fest um meinen Schaft zusammen. Es fühlte sich unglaublich an. Süchtig machend. Fantastisch.

Ich stieß in sie, brauchte mehr, trieb sie binnen weniger Minuten zu einem weiteren Orgasmus und gab ihr einen Vorgeschmack darauf, was der bevorstehende Wettstreit bereithielt.

Denn ich wollte gewinnen.

Genau wie alle anderen Gefährten.

Und es fiel mir nicht schwer, meine Claire zu befriedigen.

Stundenlang. Tagelang. Wochenlang. Ganz egal, wie lange es auch dauern würde.

Sie kam unter mir und ihre Zähne versenkten sich in meiner Unterlippe, bestraften mich wortlos dafür, so viel Lust in ihr hervorgerufen zu haben. Und verdammt, das war wohl die sexyeste Antwort, die sie mir je gegeben hatte.

Ich steckte ihr meine Zunge in den Mund, gleichzeitig wie ich meinen Schwanz in ihre Mitte stieß, und genoss das Brennen, das sich in meinem Unterbauch breitmachte. Verdammt, es fühlte sich so gut an. So verdammt gut. Claire drückte ihre Fersen an meinen Arsch, drängte mich dazu, tiefer in sie zu dringen – mit diesem subtilen Befehl, von dem sie wusste, dass ich ihn liebte. Sie ermutigte mich dazu, mich ihr in ihrer Wonne anzuschließen.

Meine Eier spannten sich an.

Meine Bauchmuskulatur arbeitete.

Alles verlangsamte sich. Alles wurde intensiver und zerbarst im nächsten Moment in tausend Stücke, als ich mich in ihr verlor.

Sie war so eng. So heiß. So feucht. So verdammt perfekt.

Ich stöhnte. Ihr Name kam mir wie ein Gebet über die Lippen, als ich ihr alles gab und sie beanspruchte, während ich sie fieberhaft küsste.

*Ich liebe dich*, sagte ich zu ihr. *Fuck, ich liebe dich, Claire.*

*Ich liebe dich auch*, keuchte sie, schloss mit merklicher Erschöpfung ihre Augen.

Ich konnte es kaum erwarten, sie nächste Woche zu sehen. Sie würde komplett geschafft und übermäßig befriedigt sein.

„Hm, lasst die Orgasmus-Probe beginnen", sinnierte ich und knabberte an ihrem Kinn.

„Okay", war alles, was sie daraufhin erwiderte und ein

schläfriges Grinsen breitete sich auf ihren Lippen aus, bevor sie in den Schlaf fiel.

„Ruh dich etwas aus, kleine Königin", sagte Cyrus und küsste ihre Schläfe. „Du wirst alle Kraft brauchen, die du kriegen kannst."

# CLAIRE

*I*ch wollte nie wieder kommen.

   Nie wieder.

Na ja, jedenfalls ein paar Tage lang. Vielleicht eine Woche lang. Denn ich konnte meine intimen Stellen nicht mehr spüren. Meine Nippel waren wund und ich konnte nicht mehr gehen.

„Wisst ihr, ich glaube, diese Idee mit den Proben ist nach hinten losgegangen", sagte ich beiläufig. „Ihr habt meine Vagina kaputtgemacht. Also habe ich entschieden, kein Kind zu bekommen. Aber danke für, ähm, all die Orgasmen."

Cyrus lachte, seine Hand ein Brandmal an meinem Schenkel. „Glaub mir, da ist nichts kaputt." Er lehnte sich zu mir und küsste meine Halsschlagader. „Und ich wette, wir könnten dir in ein paar Stunden nochmal einen Höhepunkt verschaffen."

Ich überkreuzte meine Beine. „Kommt nicht infrage."

Titus war ebenfalls amüsiert. Die beiden hatten in der Probe ein Unentschieden gelandet. Offenbar ging es nicht bloß um die Anzahl Orgasmen, sondern auch, wie stark sie waren. Und wie laut ich schrie.

Meiner Meinung nach waren sie alle gleichauf, aber Cyrus und Titus hatten den Sieg eingefahren, weil sie mein Nachbeben am besten hatten verlängern können.

Ich war überhaupt nicht darauf fokussiert gewesen – war zu verloren in meiner Wonne gewesen –, also verließ ich mich einfach darauf, dass sie mir die Wahrheit sagten.

Exos reichte mir eine Tasse seiner berühmten heißen Schokolade und beugte sich zu mir, um mich auf die Stirn zu küssen. *Du bist majestätisch,* flüsterte er in meine Gedanken. *Und du bist nicht kaputt, nur gut gefickt.*

Seine Worte ließen Flammen durch meine Adern streifen, die meinen Unterbauch dazu brachten, lusterfüllt zu beben. Ich wand mich. Die Empfindung war zu stark und zu kurz nach meinem letzten Orgasmus. Er lachte daraufhin, genauso wie Cyrus, der gespürt hatte, wie sich mein Schenkel unter seiner Hand angespannt hatte.

Vox kam mit einem Tablett voller Essen ins Zimmer. Sein Haar sammelte sich lose um seine Schultern und er war oben ohne. Sol folgte hinter ihm mit einem weiteren Tablett. Sein Körper war ähnlich entblößt wie jener der Luftfee. Sie stellten die beiden Tabletts auf das Fußende des Betts.

„In der Küche ist noch mehr", sagte Vox und zwinkerte mir zu.

Meine Nase zuckte angesichts des bekannten Geruchs von Speck. „Hast du …?"

„Ja, habe ich", erwiderte er, las meine Gedanken. Vielleicht nicht buchstäblich. All meine Gefährten mussten wissen, was ich dachte.

„Das ist also echter Speck? Von einem Schwein?"

„Jepp", bestätigte er. „Hier gibt es weit und breit keine Trolle."

Ich stellte meine heiße Schokolade auf einen Nachttisch und sprang aufgeregt aus dem Bett. Dann warf ich meine Arme um ihn, gerade, als sich jemand im Türrahmen räusperte.

Kalt stand in der Tür, trug seine Wintermütze, seinen Schal, seine Jacke und Jeans. Sein Blick war auf Cyrus gerichtet, nicht auf mich, aber das hielt Sol nicht davon ab, nach meinem nackten Körper zu greifen und mich hinter sich zu stellen. „Raus hier!", zischte er.

„Cyrus hat mir gesagt –"

„Raus hier!", wiederholte Sol, dieses Mal lauter.

Ich spähte rechtzeitig um ihn herum, um zu sehen, dass sich Kalt an einen anderen Ort teleportierte, was mich meine Augen rollen ließ.

„Echt jetzt?", fragte ich meinen Erd-Gefährten. „Du hättest mir einfach eine Robe reichen können."

Was genau das war, was Exos jetzt tat – und das weitaus gelassener. Ich streifte das seidene Material über meine Arme und band den Bindegürtel um meine Taille herum.

„Wir werden keinen sechsten Gefährten in unserem Zirkel aufnehmen", knurrte Sol.

Cyrus lachte schnaubend. „Kalt hat im Moment alle

Hände voll zu tun mit einem Selkie. Ich glaube, er ist nicht interessiert."

„Ein Selkie?", wiederholte ich.

„Ja, ein Seehund-Formwandler", erwiderte er. „Sie sind eine Unterrasse der Winterfeen."

„Kann ich jetzt reinkommen?", rief Kalt von der anderen Seite der Tür. „Oder würdet ihr gerne mein Liebesleben noch etwas weiter besprechen?"

„Wie unverschämt", murmelte Cyrus und grinste bis über beide Ohren.

„Ich habe keine Ahnung, an wen er mich erinnert", sagte Exos ausdruckslos. „Wirklich nicht die geringste Ahnung."

Titus lachte höhnisch und nahm sich ein Stück Speck vom Teller.

„Du kannst reinkommen", rief ich, ging um meinen Fels eines Gefährten herum. Er legte besitzergreifend eine Hand auf mein Kreuz, was meine Mundwinkel zum Zucken brachte. *Ich brauche und will auch keine weiteren Gefährten, Sol.*

*Gut.* Seine mentale Stimme erinnerte mich an aneinanderreibende glatte Steine. *Denn ich werde dich nicht mit einem weiteren Royal teilten.*

*Du magst Exos und Cyrus.*

*Ich toleriere sie*, murmelte er.

*Du tust mehr, als sie nur zu tolerieren*, erwiderte ich. Es hatte einmal eine Zeit gegeben, in der Sol keinem von ihnen über den Weg getraut hatte. Seine Erfahrung mit einer mächtigen Fee hatte seine Meinung über Seelenfeen und Royals beeinflusst. Doch er hatte seine Vergangenheit langsam, aber sicher überwunden, auch wenn er jetzt so tun wollte, als wäre dem nicht so.

Ich konnte seinen tief sitzenden Respekt für Exos und Cyrus spüren. Hier ging es mehr darum, dass Kalt mich nach einer Woche voller Orgasmen nackt gesehen hatte, als um die Möglichkeit, dass ich mir einen weiteren Gefährten nehmen würde. Sol verabscheute alles, das mir potenziell schaden konnte. Und dafür – neben einer Unmenge an anderen Gründen – liebte ich ihn zutiefst.

*Es geht mir gut*, versicherte ich ihm, als Kalt mit misstrauischem Blick das Zimmer wieder betrat.

„Was bringt dich nach Island?", fragte ich, war aufrichtig neugierig.

„Ich, ähm, habe Neuigkeiten von den Winterfeen. Cyrus hat gesagt, dass ihr noch immer hier seid und dass ich vorbeikommen soll, um dir die Neuigkeiten zu überbringen." Er schluckte und sein langes weißes Haar flatterte im Wind, der von Vox' Luftmagie hochbeschworen worden war. Er schien meinen Gefährten, der der Tür am nächsten stand auf natürliche Art und Weise zu umgeben.

„Sag es ihr", meinte Cyrus mit einem Lächeln.

Diese drei Worte sagten mir, dass mein Wasser-Gefährte bereits wusste, was Kalt zu sagen beabsichtigte.

„Die Winterfeen haben beschlossen, die Akademie zu unterstützen und sie zu verzaubern, wie sie es mit der Interreichsregion gemacht haben", kündigte Kalt an.

„Haben sie das?" Ich sprang kreischend auf und rannte durchs Zimmer, um den Wasser-Botschafter zu umarmen. Er erwiderte die Geste nicht, weil Sol hinter mir knurrte.

*Diese Robe ist hauchdünn und lässt nichts der Fantasie übrig, kleine Blume.*

*Feen rennen die ganze Zeit über nackt herum*, erinnerte ich ihn und verdrehte meine Augen. *Vor allem Erdfeen.* Aber ich ließ dennoch von der erstarrten Wasserfee ab und nahm ein paar Schritte zurück. „Tut mir leid, ich freue mich nur so."

„Ich weiß", erwiderte er, sah zu Cyrus. „Woher weißt du von Norden?"

„Ich weiß eine Menge Dinge", säuselte mein Gefährte. „Ich weiß auch von Lark."

Kalt machte ein Geräusch. „Das stimmt nicht. Ich bin nicht Teil ihrer Triade."

Cyrus zog eine Schulter hoch. „Hey, ich urteile nicht."

„Ich bin eine Wasserfee, keine Winterfee", sagte Kalt zähneknirschend. Macht funkelte in seinen schonen Augen.

„Was ist eine Triade?", fragte ich, sah die beiden abwechselnd an.

„Es ist ähnlich wie ein Gefährtenzirkel", erwiderte Exos. „Die Winterfeen-Kultur ist etwas anders als unsere. Sie formen männliche Rudel, die sich eine einzige Gefährtin nehmen."

„Also sind sie wie Schicksalsfeen", schätzte ich, dachte an Gina und ihren Gefährtenzirkel.

Exos dachte einen Moment lang darüber nach, bevor er sagte: „Hm, so in der Art. Es ist ein ähnliches Konzept. Die Männer formen nicht nur ein Band mit ihrer Gefährtin, sondern auch ein Band miteinander. Aber die Winterfeen haben nicht dieselbe Alpha-Beta-Omega-Struktur."

Kalt schnaubte höhnisch. „Sag das mal Lark. Die königliche Elfe hält sich definitiv für einen Alpha."

„Das ist nur, weil du immer wieder gegen das Schicksal ankämpfst", bemerkte Cyrus.

*„Ich bin keine Winterfee"*, entgegnete er und sein weißes Haar gefror an den Spitzen. „Und warum sprechen wir überhaupt darüber? Ich bin nur hierhergekommen, um euch die Neuigkeiten zu überbringen."

„Von Lark", ergänzte Cyrus.

„Ja, von Prinz Lark", gab er mit angespanntem Kiefer

zu. „Sie haben zugestimmt, die Akademie zu unterstützen und die nötige Magie zu spenden. Jetzt nehme ich mir ein paar Tage frei, während die Winterfeen sich vergnügen und Weihnachtszauber im Reich der Sterblichen versprühen."

„Du solltest mit uns zurück zur Akademie der Feen der Elemente kommen", schlug Cyrus vor. „Du kannst uns mit den Proben helfen."

„Proben?", wiederholte er und sein Gesichtsausdruck wechselte von verwirrt zu entnervt. „Ach, du liebe Zeit, was hat Lance jetzt schon wieder getan?"

Ich lachte beinahe. Lance war Titus' kleiner Bruder und Kalts bester Freund. Und der kleine Feuerkracher war ein Unruhestifter. Aber er hatte sich hinsichtlich seiner Bewährungsstrafe mehrheitlich kooperativ gezeigt, während welcher er mir als Assistent an der Akademie diente. Ich mochte die hitzköpfige Fee. Er erinnerte mich an seinen Bruder – nur etwas jünger und wilder.

„Er spricht von ihrem Wettkampf", sagte ich. „Dabei geht es darum, wer der Vater unseres ersten Kindes sein wird. Es hat nichts mit Lance zu tun."

Kalt blinzelte mich an. Dann sah er seinen Cousin an und zog seine weiße Augenbraue hoch. „Warum zum Teufel soll ich euch damit helfen?"

„Wir brauchen Richter", erklärte Cyrus. „Und soweit ich mich erinnere, schuldest du mir einen Gefallen."

Die Wasserfee sah ihn mit zusammengekniffenen Augen an. „Das ist also der Gefallen, um den du mich bittest? An meinen freien Tagen Sexspielchen zu beurteilen?"

„Ähm …" Ich räusperte mich. „Ich, ähm … ich …" Ich konnte mich nicht an die anderen Proben erinnern, da mein Fokus ausschließlich auf der Orgasmus-Probe gelegen hatte. „Da muss ich Kalt zustimmen." Denn diese Proben hatten vermutlich mit Sex zu tun.

Exos lachte. „Die anderen Proben drehen sich ausschließlich um Fürsorge, nicht-sexuelle Ausdauer und Essenszubereitung. Vor allem für Letzteres brauchen wir einen Richter."

„Essenszubereitung?" Kalt zog seine Augenbraue erneut hoch. „Also braucht ihr jemanden, der Essen beurteilt?"

„Sozusagen." Exos zog eine Schulter hoch. „Alle drei Proben haben miteinander zu tun, aber sie enden darin, Abendessen zu kochen. Wir werden uns auf andere verlassen müssen, die uns sagen, wer das beste Essen zubereitet."

„Kostenloses Essen", meinte Kalt. „Okay, klar. Damit kann ich arbeiten."

Cyrus grinste. „Bekommt dir die Winterfeen-Küche nicht?"

„Sie ist etwas zu süß für meinen Geschmack", gab er zu. „Sie essen Cupcakes zum Frühstück."

„Ich sehe das Problem nicht", erwiderte ich und holte meine heiße Schokolade vom Nachttisch. „Lasst uns zum Nordpol gehen."

„Aber ich habe Speck gemacht." Vox deutete auf die Teller. „Und echte Spiegeleier."

Ich schmunzelte. „Stimmt. Okay. Zuerst Frühstück, dann Cupcakes."

All meine Gefährten lachten, während Kalt unberührt schien. Ihm gefiel die Idee nicht, zum Nordpol zurückzugehen.

„Wir müssen heute noch mit den Proben anfangen, kleine Königin", sagte Cyrus. „Aber wenn wir fertig sind, können wir dich hinbringen, wo immer du willst."

„Warum heute?", fragte ich, bevor ich einen Schluck

vom dekadenten Getränk nahm. Es war köstlich. *Echt jetzt, ich liebe dich*, sagte ich zu Exos.

*Ich liebe dich auch, Baby.*

„Weil wir alle übereingestimmt haben, dass es am besten ist, unsere Ausdauer und Fürsorge-Qualitäten eine Woche, nachdem wir dich verwöhnt haben, zu testen. Das erhöht den Einsatz und macht es realistischer", erklärte Cyrus.

„Ja, weil wir sicherstellen müssen, dass wir dich ficken und gleichzeitig ein Kind aufziehen können", ergänzte Titus mit seiner üblichen direkten Art. „Die nächste Phase ist also, einen zerbrechlichen Gegenstand zu umsorgen, dreißig Stunden lang wachzubleiben und dann eine gesunde Mahlzeit zu kochen."

Cyrus nickte. „Wir werden basierend auf allen drei Proben beurteilt und werden das zu unseren Punkten aus der vergangenen Woche addieren."

„Was für zerbrechliche Gegenstände?", wollte ich wissen, nahm mir ein Stück Speck und knabberte daran, während ich ein paar weitere Schlucke von meiner heißen Schokolade nahm. Merkwürdig? Vielleicht. Aber es schmeckte köstlich.

„Das muss noch entschieden werden", antwortete Titus. „Und für diesen Teil brauchen wir auch einen Beobachter."

„Stimmt." Cyrus sah zu Kalt. „Also wirst du diesen Teil auch beurteilen."

„Er kann nicht dein Beobachter sein", unterbrach Exos. „Er ist zu voreingenommen."

„Du hast recht. Er wird sagen, dass ich gescheitert bin", erwiderte Cyrus. „Er kann Titus beobachten."

Kalt schnaubte höhnisch. „Du weißt schon, dass ich keine Ahnung habe, wie man sich um etwas kümmert, oder?"

„Alles, was du tun musst, ist Notizen zu machen und zu schildern, wie der Gegenstand behandelt wurde", murmelte Vox. „Wenn Titus es in Flammen steckt, fügst du das den Notizen bei."

Titus lachte abschätzig. „Ich werde es nicht in Flammen stecken."

„Ich schätze, das wird sich zeigen, was?", meinte Vox und schmunzelte.

Mein Feuer-Gefährte verdrehte bloß seine Augen, bevor er entgegnete: „Lance kann ein weiterer Richter sein."

„River auch", meinte Exos. „Er ist an der Akademie, also ergibt es Sinn."

„Wir können zudem Ophelia und Mortus um Hilfe bitten", meinte Cyrus. „Damit haben wir fünf Richter für die Fürsorge-Probe. Sie können zudem bestätigen, dass wir dreißig Stunden lang wachgeblieben sind. Und danach finden wir uns alle zum Abendessen ein."

„Dann ist es beschlossene Sache", stimmte Exos zu und legte dann seine Hände ineinander. „Also, lasst uns essen. Danach werden wir losgehen und unsere Gegenstände besorgen."

Ich lächelte, während ich meine Tasse heiße Schokolade an meine Lippen drückte.

Das würde unheimlich spaßig werden.

*Viel Glück, Jungs*, dachte ich in ihre Richtung. Dann machte ich mich übers Frühstück her.

Denn Speck war fast so gut wie Sex.

# TITUS

„Was ist das?", fragte ich, musterte die durchsichtige Sphäre in Cyrus' Hand. Sie sah aus wie eine Glaskugel, in die Eiskristalle eingeätzt worden waren.

„Es ist ein Eisrelikt aus dem Reich der Winterfeen", erwiderte Cyrus, benutzte seine Wassermagie, um sie in ihrem gefrorenen Zustand zu behalten. „Ich habe Kalt darum gebeten, mir eines zu bringen."

„Es ist wunderschön", sagte Claire und ihr Element

streichelte vorsichtig über den Gegenstand. „Was hast du gefunden, Titus?"

Ich räusperte mich, war plötzlich nervös. Warum hatte Cyrus mit einem Relikt aus einem anderen Reich auftauchen müssen? Mistkerl. Nicht alle von uns hatten Zugriff auf fremdartige Objekte. Wenigstens hatte meines mit den Elementen zu tun. Ich öffnete vorsichtig meinen Beutel und präsentierte Claire mein zerbrechliches Etwas.

„Es ist ein Feuervogel-Ei", sagte ich. „Ein unbefruchtetes, also könnte man es theoretisch essen." Ich wollte bei dieser Probe kein Leben riskieren. Vielleicht stand das im Widerspruch mit dem Fürsorge-Teil des Tests, aber Feuervögel waren wunderschön und selten und äußerst beschützerisch, wenn es um ihre Junge ging.

„Ich liebe Feuervögel." Claire hatte einen verträumten Blick auf und stellte sich wahrscheinlich eine der wunderschönen feurigen Kreaturen vor. Sie erinnerten mich an Phönixe, nur kleiner.

Vox, Sol und Exos waren als Nächstes dran, zeigten Claire ihre Gegenstände auf ähnlich vorsichtige Weise.

Vox hatte eine Feder.

Sol hatte einen Pfirsich von Claires Lieblingsbaum an der Akademie.

Und Exos hielt einen verzauberten Spiegel in seiner Hand. Einer, der als Portalschlüssel fungieren konnte, um in andere Reiche zu spähen. Er führte ihr vor, wie er funktionierte, indem er ihr Zuhause in Ohio zeigte, was ihm das breiteste Grinsen bescherte.

„Oh, ich vermisse Ohio." Unsere Gefährtin hörte sich so wehmütig an. Was nur bestätigte, dass unser Vorhaben richtig war. „Das Kürbisfeld und das Maislabyrinth waren immer so spaßig." Wir sahen ein Kind durch eines der Labyrinthe rennen, das sie erwähnt hatte, feuerten es an, bis es am anderen Ende angelangt war, dann verstaute Exos den Spiegel.

„Du kannst ihn haben, wenn die Probe vorbei ist", versprach er ihr.

„Das wäre schön", erwiderte sie.

Er küsste sie auf die Wange, dann wandte er sich zu uns um. „Okay. Dreißig Stunden. Wir haben unsere Beobachter." Er deutete auf die fünf Feen, die zugestimmt hatten, uns zu helfen.

Na ja, vielleicht hatten nicht alle von ihnen zugestimmt.

Mein missmutiger Bruder stand an der Seite, hatte seine Arme verschränkt und einen gelangweilten Gesichtsausdruck auf. Er hätte sich lieber in einem weiteren Machtloser-Champion-Duell befunden. Dieser Idiot hatte einen Hang dazu, all meine Rekorde zu brechen. Es war, als hätte er es sich zu seiner Mission gemacht, mein Vermächtnis zu zerstören und es mit seinem eigenen zu ersetzen.

Also fühlte ich mich nicht allzu schlecht deswegen, ihn mit dieser Aufgabe betraut zu haben.

Außerdem war er noch ein paar weitere Monate auf Bewährung, was bedeutete, dass er alles tun musste, was wir ihm sagten. Das war, was passierte, wenn man ins Reich der Sterblichen ging und sich Schlägereien mit Sterblichen lieferte.

Echt jetzt, Claire war zu nett zu ihm gewesen, indem sie ihn bloß zu einem Praktikanten gemacht hatte. Er hätte eine Gefängnisstrafe dafür bekommen sollen, was er in New York getan hatte. Aber ich respektierte den Wunsch meiner Gefährtin, zuerst versuchen zu wollen, ihn auf den richtigen Weg zu bringen. Wenn das nichts bringen würde, würde ich mich für eine härtere Strafe stark machen. Er musste lernen, dass seine Taten Konsequenzen hatten.

Etwas, von dem ich wusste, dass er es noch nicht ganz begriff.

„Das Ziel ist, einen ganz normalen Tag zu verbringen, während wir versuchen, dafür zu sorgen, dass unser Gegenstand unversehrt bleibt. Aber da all unsere Beobachter hier an der Akademie sind, werden einige von uns improvisieren müssen." Exos sah demonstrativ zu Cyrus, da die beiden nicht die ganze Zeit über an der Akademie verweilten. Für Sol, Vox und mich würde sich nichts ändern, da wir unsere Fächer zu unterrichten hatten. „Vielleicht können wir uns auf dem Seelen-Campus beschäftigen? Mit den Renovationen weitermachen?"

Cyrus nickte. „Ich glaube, das wäre eine gute Verwendung unserer Zeit."

„Ich kann euch helfen", meinte Mortus. Er war dafür verantwortlich, Exos zu beobachten – etwas, das vor fünf Jahren definitiv nicht infrage gekommen wäre. Wir alle hatten eine Vergangenheit mit dem vormaligen Seelenfeen-Professor. Und es war keine gute. Aber er hatte seinen Namen über die Jahre hinweg reingewaschen. Vor allem dadurch, wie er Claires Mutter, Ophelia, behandelte.

Die beiden waren einst verlobt gewesen. Ihr Band, welches sich auf dem dritten Level befand, hätte unzertrennbar sein sollen. Aber es war so einiges passiert, was ihr Band zerstört und mehrere Feen ihr Leben gekostet hatte.

Die Geschichte beinhaltete eine Menge Herzschmerz, aber die beiden schienen gemeinsam zu heilen.

„Ich schätze, ich werde auch helfen", murmelte Lance. „Da ich Cyrus *beobachte*."

Der Wasserfeen-König machte ein nasales Geräusch. „Für diese Bemerkung werde ich dich ordentlich schuften lassen."

„Du hörst dich so enttäuscht an", säuselte mein Bruder, sein Verhaltensproblem prominent.

Ich dachte darüber nach, etwas zu sagen, ließ es aber bleiben. Cyrus hatte die Sache im Griff und würde die rebellische Feuerfee in die Schranken weisen.

Ich sah zu Kalt. „Schätze, du schließt dich mir in der Sporthalle an."

Das Gesicht der Wasserfee erhellte sich. „Das hört sich fantastisch an!"

„Es ist nicht allzu aufregend. Er kämpft nicht mehr", warf mein Bruder ein. „Du wirst dich binnen fünf Minuten langweilen."

Ich sah meinen hitzköpfigen kleinen Bruder finster an. „Sieh dich vor."

„Oder was?" Er zog eine kastanienbraune Augenbraue hoch. „Wirst du mich herausfordern? Oh, Moment, du bist außer Form und alt. Also schätze ich, wirst du einfach nur dastehen und mich anmeckern."

Ich knurrte und Exos stellte sich zwischen uns. „Hör auf, deinen Bruder runterzumachen." Königliche Kraft flackerte um ihn herum auf, als er meinen Bruder eindringlich anstarrte. „Und beweg deinen Arsch zum Seelen-Campus, bevor ich dir zeige, wie ich mich duelliere. Und es wird kein *machtloses* Duell werden."

„Du musst mich nicht in Schutz nehmen", murmelte ich, genervt darüber, dass er die Situation entschärft hatte, indem er seinen Einfluss als Seelenfeen-König benutzt hatte.

Das fühlte sich an, als würde ich schummeln, und ich schummelte nicht.

„Ich nehme dich nicht in Schutz", erwiderte Exos, sah über seine Schulter zu mir. „Ich beschütze unsere Gegenstände, was das Ziel der Übung ist. Wenn ihr beide explodiert, verlieren die Proben ihren Sinn und Zweck."

Na, er hatte ein gutes Argument.

Ich nickte kaum merklich zustimmend und sah dann zu Kalt. Aus irgendeinem Grund hatte dieser Kerl beschlossen, der beste Freund meines launischen Bruders zu sein. Ich würde es wohl nie verstehen. Aber ich sah, wie er Lance einen Blick zuwarf, der sagte, dass er sich beruhigen sollte. Mein Bruder verdrehte bloß seine Augen und drehte sich in Richtung Seelen-Campus um. Mortus, Exos und Cyrus folgten ihm.

Vox lächelte Ophelia an, dann führte er sie zum Luft-Campus, wo er heute Unterricht gab.

Sol nickte River zu. Er war eine Wasserfee und mein bester Freund aus der Schule. Sol führte ihn zum Erd-Campus, um ihm mit seinem Unterricht zu helfen.

Und ich begann mit Kalt zusammen auf das neutrale Areal des Campus zuzulaufen. Sobald wir ein paar Schritte genommen hatten, realisierte ich, dass wir etwas Wichtiges vergessen hatten.

Nein, nicht nur wichtig, sondern das Kernstück von allem.

Unsere Königin.

Ich drehte mich um und sah, wie Claire in alle Richtungen blickte und auf ihrer Unterlippe herumkaute. „Komm mit uns zum inneruniversitären Unterricht, Schätzchen", sagte ich mit sanfter Stimme. „Wir können eine Runde Feenball spielen."

Ihre blauen Augen leuchteten auf, als sie das hörte. „Das habe ich nicht mehr gespielt, seit wir auf der Akademie waren."

„Dann sollten wir die alten Zeiten wieder aufleben lassen. Und danach können wir ein bisschen sparren."

Sie war noch nicht schwanger, was bedeutete, dass es völlig in Ordnung war, Feenball zu spielen. Und so, wie sie mich anstrahlte, wusste ich, dass das genau das war, was sie brauchte.

Ich schlang einen Arm um sie, während ich das Feuervogel-Ei in meiner anderen Hand hielt.

Diese Probe würde das reinste Feenkuchenessen werden.

Und bald würde Claire mein Kind in sich tragen.

Ich konnte es kaum erwarten.

# CLAIRE

Das Bett fühlte sich ohne meine Gefährten kalt an. Ich war froh, dass diese Proben bald ein Ende finden würden.

„Sie sind wirklich unglaublich", murmelte meine Mutter, beobachtete meine Gefährten vom Küchenfenster aus. Sie alle standen draußen und besprachen, was sie kochen würden.

Titus schien über irgendetwas verdrossen. Sol sah aus, als befände er sich im Halbschlaf. Vox' Gesichtsausdruck hatte einen Hauch von Arroganz inne. Als der Hauptkoch unseres Gefährtenzirkels hatte er diese Aufgabe so gut wie gewonnen, und das wusste er auch. Exos und Cyrus hingegen sahen genauso aus wie vor dreißig Stunden: gutaussehend, gepflegt und bereit für den Kampf.

Wir warteten auf Lance und Kalt, die die Nachtschicht übernommen hatten, um meine Gefährten zu beobachten, und während der Morgenstunden geschlafen hatten, während Mama, Mortus und River übernommen hatten.

Die Hingabe zu diesen Proben wärmte mir das Herz. Wenn ich Zweifel daran gehabt hatte, ein Baby zu bekommen, so hatten sie sich derweil in Luft aufgelöst. Denn ich realisierte, wie viel Unterstützung ich hatte. Nicht nur von meinen Gefährten, sondern auch von meiner Familie und meinen Freunden.

„Ich bin bereit", sagte ich zu meiner Mutter. „Ich bin wirklich bereit."

„Ich weiß, dass du das bist", erwiderte sie mit einem sanften Lächeln. „Du wirst eine wundervolle Mutter sein. Und deine Gefährten tolle Väter."

Ich lächelte. „Ja, sie sind wirklich …" Ich verstummte, als ein Schwall Flammen über das Feld sauste und direkt auf Titus zuschoss. Meine Elemente reagierten umgehend, wollten einen Schild hochbeschwören, doch mein Gefährte aktivierte sein Element vor mir und stieß eine Kraftwelle in Richtung der Quelle der Flammen aus.

*Lance.*

„Ach, Teufel nochmal", murmelte ich und begab mich zur Tür, um die beiden hitzköpfigen Männer davon abzuhalten, sich im Hof zu duellieren. *Schon wieder.*

Als es das letzte Mal dazu gekommen war, hatten sie zwei von Sols Bäumen zerstört und die Fenster im Haus zum Zerbersten gebracht. Vox war wutentbrannt über die ganzen Scherben gewesen, während mein Erd-Gefährte gedroht hatte, Lance am lebendigen Leibe unter den Ersatz-Wurzeln zu begraben.

Cyrus seufzte hörbar, als ich nach draußen kam. Mit seiner Hand formte er eine Wand aus Wasser, die ihn und meine anderen Gefährten beschützte.

„Das wird ihn nicht aufhalten", murmelte Titus, hatte einen Feuerball in seiner Hand bereit.

„Was ist sein verdammtes Problem?", wollte Exos wissen.

„Sein Schönheitsschlaf ist ihm heilig", säuselte Titus.

Cyrus lachte höhnisch. „Geht es uns nicht allen so?"

Kalt kreierte eine Tür und schritt durch die Wasserwand hindurch, ohne feucht zu werden, während Lance durch die Flutwelle und direkt in Exos rannte.

Der daraufhin seinen Spiegel fallen ließ.

Er zerbarst und die Scherben verteilten sich auf dem Boden. Sein Gegenstand war zerstört und die Gruppe rang hörbar nach Luft.

Exos starrte den Spiegel einen Moment lang mit offensichtlichem Schock an, dann sah er die Quelle der Zerstörung finster an. Titus stellte sich augenblicklich zwischen seinen kleinen Bruder und meinen Seelen-Gefährten. „Entschuldige dich", verlangte er, sah Lance an. *„Sofort."*

„Eine Entschuldigung wird meinen Spiegel auch nicht wieder ganz machen", murmelte Exos. Seine Wut und Trauer waren spürbar in unserem Band. Er hatte die Probe verloren, und das wusste er auch. Was bedeutete, dass er disqualifiziert war.

Alles nur, weil Titus' Bruder seine Kontrolle wegen wussten die Feen was verloren hatte.

*Scheiße.*

„Es … Es tut mir leid", sagte Lance, hörte sich reuevoller an, als ich ihn je zuvor gehört hatte. Vermutlich, weil er gerade den König der Seelenfeen verärgert hatte. Einen Mann, der für seine Kampffertigkeiten und seine objektive Art bekannt war. „Ich wollte nur … Titus übel mitspielen."

Mein Feuer-Gefährte lachte abschätzig. „Ja, toll gemacht."

„Tut mir leid", wiederholte Lance. „Ich habe nicht viel geschlafen und es schien mir eine gute Art, meinem Unmut Luft zu machen. Ich hatte keine Ahnung, dass es … dass es … dass es …"

„Ist schon gut", sagte Exos mir überraschend sanftem Tonfall. „Das Ziel der Übung war, unsere Gegenstände zu beschützen und zu umsorgen. Ich habe versagt. Es ist nicht deine Schuld. Und es wird uns auch nicht davon abhalten, die Proben zu Ende zu bringen. Lasst uns reingehen. Wir haben Mahlzeiten zuzubereiten." Seine saphirblauen Augen sahen in meine. Dann drehte er sich um. Seine Trauer spiegelte sich in den Tiefen seiner Augen. Durch unser Band spürte ich, dass die Trauer mehr daher rührte, dass er enttäuscht darüber war, mich und seinen Gegenstand im Stich gelassen zu haben, und weniger darüber, dass er ausgeschieden war.

*Du wirst ein wunderbarer Vater sein*, flüsterte ich in seine Gedanken. *Und das hast du gerade bewiesen, indem du deine Fassung nicht verloren hast.*

*Er ist nicht absichtlich in mich reingerannt*, erwiderte Exos. *Es hat keinen Sinn, wütend auf ihn zu sein. Das würde nur dazu führen, dass er sich noch schlechter fühlt, und das Problem nicht lösen. Der Schaden ist bereits angerichtet.*

*Ich weiß*, stimmte ich zu, legte meine Hand an seine Wange und küsste ihn. *Aber diese Reaktion ist, was dich zu einem großartigen Vater machen wird. Es zeigt, dass du geduldig bist. Etwas, das die Proben überhaupt nicht miteinbeziehen.*

„Exos bekommt dennoch Punkte für die Fürsorge-Probe", beschloss ich, stellte sicher, dass mich alle hörten.

„Ja. Unfälle kommen vor. Es ist die Art, wie man reagiert, auf die es ankommt", meinte Cyrus.

Die anderen murmelten alle zustimmend. Meine Gefährten setzten sich füreinander ein – und das trotz der wetteifernden Stimmung.

Ich sah meine Mutter an, die vor Stolz strahlte. Unsere Beziehung war zuerst etwas schwierig gewesen, aber wir hatten uns über die Jahre hinweg angenähert. Sie gab mir mütterlichen Rat, der mir für den Großteil meines Lebens verwehrt geblieben war. Nicht, dass meine Großeltern nicht wunderbar gewesen waren, als ich noch ein Kind war. Aber sie hatten mich nur auf die Welt der Sterblichen vorbereitet – nicht auf die Reiche der Feen.

Meine Mutter kam zu mir, während meine Gefährten sich nach drinnen begaben. Sie griff nach meiner Schulter. „Du bist definitiv bereit", flüsterte sie, stimmte meiner Aussage von vorhin zu. „Ihr alle seid bereit."

Ich lächelte. „Sie sind großartig, findest du nicht?"

„Das sind sie wirklich", stimmte sie zu und folgte ihnen nach drinnen.

Kalt, Mortus und River taten es ihr in Stille gleich. Lance aber blieb draußen stehen. Seine Wangen waren verdrossen gerötet. „Es tut mir leid, Claire."

„Wasser, das den Bach heruntergeflossen ist", erwiderte ich.

Er runzelte die Stirn. „Ist das ...? Ist das meine Bestrafung?"

Ich blinzelte ihn an. „Nein, das ist eine Redewendung."

„Versteh ich nicht."

„Es ist eine Art, zu sagen, dass es vergeben und vergessen ist."

„Was haben Wasser und ein Bach mit Vergebung zu

tun?", fragte er mit ernster Miene und sah mich mit denselben grünen Augen an, die sein älterer Bruder hatte.

„Es ist eine Redewendung der Sterblichen", antwortete ich. „Und … ich weiß nicht genau, woher sie stammt."

„Oh." Er runzelte die Stirn. „Ich werde die Redewendung nachschlagen müssen, wenn ich das nächste Mal dort bin."

„Es wird kein nächstes Mal geben, wenn du immer wieder Dummheiten machst. Zum Beispiel, deinen Bruder grundlos mit Feuer anzugreifen", erwiderte ich.

„Ich habe nur Spaß gemacht."

„Du hast provoziert", korrigierte ich. „Ich habe die letzten sechs Monate mit dir verbracht, Lance. Ich weiß, wie du tickst."

Er zog seinen Mund zur Seite. „Okay. Na gut. Mir war langweilig und ich wollte sparren. Du und Kalt habt gestern den ganzen Tag über üben können, während ich Cyrus dabei geholfen habe, Steine zusammenzufügen." Er gab die Worte knurrend von sich und verdrehte seine Augen. „Ich gehöre in den Ring, Claire."

„Alles, was du *kennst*, ist der Ring und wie man kämpft", korrigierte ich ihn. „Das Ziel deiner Bewährung ist ja gerade, dass du etwas Neues lernst. Du bist eine mächtige Fee. In den Reichen kann man mehr tun, als zu kämpfen, Lance."

Er starrte mich lange an. „Ich will etwas mit Sterblichen machen. Ich will herausfinden, was sie so … robust macht."

Angesichts des menschlichen Kampfringes, dem er sich in New York angeschlossen hatte, überraschte mich diese Aussage nicht. „Dann solltest du vielleicht erwägen, dich der Initiative des Interreichsrats anzuschließen", schlug ich vor. „Es gibt dort eine Menge Möglichkeiten, mit anderen daran zu arbeiten, wie man unsere Welten versteckt und sich der Menschheit anpasst. Und wenn die Akademie erst einmal ihre Tore öffnet, kannst du vielleicht Unterricht geben, wie Titus. Aber für alle Feen."

Seine grünen Augen leuchteten auf. „Glaubst du, so etwas könnte ich machen?"

„Ja, tue ich", erwiderte ich und lächelte angesichts seiner Aufregung. „Aber du musst dazulernen und es dir verdienen. Genauso, wie Kalt es sich mit seinem Praktikum verdient."

Seine Fröhlichkeit verebbte etwas. „Ich will kein Politiker oder Botschafter werden."

„Das musst du auch nicht. Seine Position ist nur ein Beispiel. Vielleicht kannst du dich dem nächsten Treffen des Interreichsfeenrats anschließen, um neue Möglichkeiten auszuloten."

Er dachte einen Moment lang darüber nach, dann nickte er. „Das würde mir gefallen."

„Gut", sagte ich grinsend. „Und jetzt lass uns reingehen und sehen, was Titus vorhat, zu kochen. Ich schätze, es wird etwas mit Frühstück zu tun haben." Mein Gefährte verstand sich darauf, ein köstliches Omelett zu machen.

„Der häusliche Titus belustigt mich ungemein", gab Lance zu.

„Mich auch." Aber aus ganz anderen Gründen.

Ich drehte mich um und bemerkte, dass Cyrus mich ansah. Wärme waberte in seinen eisblauen Iriden. *Ich glaube, du hast uns gerade alle in dieser Fürsorge-Probe geschlagen, kleine Königin*, flüsterte er in meine Gedanken.

*Er braucht nur jemanden, mit dem er reden kann*, erwiderte ich. *Diese Person bin ich gerne für ihn.*

*Es ist mehr als das, Claire. Er bewundert dich. Nicht als Gefährtin, sondern als Vorbild. Und das ist, was er dringend braucht.*

*Titus ein großartiges Vorbild*, bemerkte ich.

*Er ist zu stur dafür, und dein Feuer-Gefährte auch*, erwiderte er, als Exos ihm ein paar Zutaten reichte.

Die beiden schienen zusammen und nicht etwa allein zu kochen.

Vox machte sein eigenes Ding, kochte etwas mit Eiern.

Titus arbeitete an einem Omelett, ganz wie ich gedacht hatte, also teilten sie sich einen Arbeitsplatz, bereiteten aber verschiedene Gerichte zu.

Und Sol ... schien sich ein Nickerchen zu gönnen.

Ich sah ihn mit hochgezogener Augenbraue an. *Sol?*

*Hm*, summte er zurück.

*Was kochst du?*, fragte ich, amüsiert über sein schläfriges Murmeln.

*Skittle Snacks*, sagte er, bewegte sich keinen Zentimeter vom Tisch weg.

*Skittle Snacks?*, wiederholte ich belustigt. *Also hast du den Regenbogen im Reich der Sterblichen gefunden?*

*Regenbogen?* Er klang völlig fertig. *Ich weiß nichts von einem Regenbogen.*

*Und ich weiß nicht, was Skittle Snacks sind.*

*Scuttle ... Scuttle ... butt ... Snacks?* Er war jetzt kurz davor, in Tiefschlaf zu fallen. Anstatt ihn aufzuwecken, lief ich zu ihm hinüber und strich ihm mit meinen Fingern durchs Haar, setzte mich neben ihn auf die Bank. Er schnarchte, während die anderen kochten.

River lachte und schüttelte seinen Kopf. „Na, er wird ganz bestimmt nicht gewinnen."

„Sie alle werden gewinnen", murmelte ich, streichelte meinem Gefährten über die Wange. „Das Baby wird uns allen gehören, egal, wer die meisten Punkte erzielt."

Cyrus zwinkerte mir aus der Küche zu, seine Zustimmung wärmte unser Band. Exos reichte ihm geschnittenes Gemüse, welches mein Wasser-Gefährte in eine Auflaufform gab.

„Wo zum Teufel ist mein Feuervogel-Ei?", wollte Titus plötzlich wissen, was Sol neben mir aufschrecken ließ. An seiner Stirn klebten ein paar knusprige Flocken, die auf dem Tisch gelegen hatten. Er kniff seine Augen zusammen, dann wischte er sie weg und blickte auf das konfettiartige Etwas auf dem Tisch.

„Oh ..." Vox wurde knallrot und weitete seine Augen. „Ähm ..."

„Du hast doch nicht etwa ..." Titus starrte meinen Luft-Gefährten bedrohlich an. Sie waren etwa gleich groß, sodass sie sich in die Augen sahen. Aber Titus hatte um die dreizehn Kilo mehr Muskelmasse als Vox. „Sag mir jetzt nicht, dass du mein Feuervogel-Ei *gekocht hast.*"

„Hast du es auf den Tresen gelegt?", fragte Vox. Seine Stimme wurde gegen Ende des Satzes höher.

„Ich habe dir gesagt, dass ich es dorthin gelegt habe!"

„Ich ... Ich habe es vergessen ... Ich war in meinem Element und ..."

„Du hast mein verdammtes Ei gekocht." Titus warf seinen Pfannenwender knurrend zu Boden und griff sich in seine kastanienbraunen Locken. „Bei den Phönixfeuern, Vox!"

„Es tut mir leid!", rief mein Luft-Gefährte.

Cyrus und Exos schüttelten ihre Köpfe, lachten, während sie weiter an ihrem Gericht arbeiteten. Sol knabberte an seinen Zutaten neben mir, vergaß den Zweck dieser Übung vollkommen, während wir den Streit in der Küche beobachteten.

Vox' Eier gingen in Flammen auf, woraufhin er seine Luft-Magie rief, um das Feuer zu löschen. Aber Titus brodelte vor Wut und war vollkommen eingenommen von seiner Verärgerung.

Nicht direkt eine fürsorgliche Reaktion, aber ich verstand seine Frustration. Sie hatten seit dreißig Stunden nicht geschlafen und er war drauf und dran gewesen, die Proben zu gewinnen. Während ich gemeint hatte, was ich gesagt hatte – dass wir alle gewinnen würden –, wusste ich, dass Titus eine wetteifernde Ader aus seinen vergangenen Tagen als Machtloser Champion im Ring hatte.

Nach ein paar Minuten beruhigte er sich schließlich, ergab sich seinem Schicksal und stellte sein Omelett fertig, während Vox mit einem finsteren Blick verbrannte Eier in den Mülleimer schabte.

Sol lachte und hatte die Hälfte seiner Zutaten gefuttert, die er für sein Gericht gebraucht hätte. Er bot mir ein paar Beeren an, welche ich annahm und in meinen Mund steckte.

Dann runzelte er die Stirn, und endlich schien es ihm zu dämmern. „Ach, verdammt."

Ich kicherte und nahm mir mehr von seinen Beeren. „Schmeckt köstlich, Sol."

Er knurrte und griff nach seinem Pfirsich, biss davon ab, bevor er ihn mir hinhielt. „Dann kann ich ihn genauso gut genießen."

„Willst du damit sagen, dass wir unsere zukünftigen Kinder essen sollen?"

Er lachte schnaubend. „Er ist saftig und reif. Nimm einen Bissen. Ich habe sowieso schon verloren."

„Keiner von uns verliert", erinnerte ich ihn, bevor ich mir einen Bissen gönnte. Er hatte recht, was die Reife anbelangte. Der Pfirsich war perfekt und ließ mich zustimmend stöhnen. Er leckte den Saft von meinen Lippen, dann ließ er mich ein weiteres Mal abbeißen. Seine Enttäuschung darüber, dass er seine Proben nicht bestanden hatte, verflog im Nu. Sol war nie lange aufgebracht.

Er leckte etwas mehr Pfirsichsaft von meinen Lippen, dann ließ er seine Zunge in meinen Mund gleiten, um mich langsam und sinnlich zu küssen. Ich vergaß einen Moment lang, dass wir ein Publikum hatten, bis River sich räusperte. „Auch wenn deine Mutter den Zweck dieser Proben kennt, glaube ich nicht, dass sie beim erforderlichen Akt dabei sein will."

Ich errötete und löste mich von Sol, bemerkte, dass meine Mutter und Mortus Exos und Cyrus aufmerksam dabei beobachteten, wie sie ihren Auflauf fertigstellten. Dass die Wangen meiner Mutter einen rosafarbenen Teint angenommen hatten, sagte mir, dass sie meinen Kuss mit Sol definitiv gesehen und Rivers Bemerkung vermutlich gehört hatte.

Ich räusperte mich und versuchte mein Bestes, um meine Hände bei mir zu behalten.

*Ist deine Vagina noch immer wund, kleine Königin?*, fragte Cyrus, als er die Auflaufform in den Ofen schob. *Oder bist du bereit für mehr Orgasmen?*

Ich schluckte trocken. *Ich … Ich fühle mich besser, danke der Nachfrage.*

Seine silberblauen Augen sahen in meine. *Gut. Denn ich habe fest vor, dich in ein paar Stunden über diesen Tisch zu beugen.*

Die Wärme in meinen Wangen breitete sich in meine Brüste aus. Mein Körper erhitzte sich angesichts des Gedankens an seine Berührung. *Du glaubst, du hättest gewonnen.*

*Ich weiß, dass ich gewonnen habe*, erwiderte er, lehnte sich gegen den Tresen und sah mir unentwegt in die Augen. *Und du weißt auch, dass ich gewonnen habe.*

Er hatte recht.

Ich wusste auch, dass er gewonnen hatte.

Wenn ich ehrlich war, musste ich zugeben, dass er bereits vor all den Proben gewonnen hatte. Er zog immer jeden möglichen Ausgang einer Situation in Betracht, bevor er eine Herausforderung annahm. Und ich hatte ihn noch nie verlieren sehen. Nicht einmal gegen Titus, wenn sie sich duellierten. Wenn überhaupt gingen die Kämpfe unentschieden aus.

*Darum ist Exos nicht wütend geworden. Er wusste bereits, dass du gewinnen würdest.*

*Ja*, stimmte Cyrus zu. *Aber er wusste auch, dass Lance es nicht mit Absicht getan hatte. Wütend auf ihn zu werden, hätte die Sache nur schlimmer gemacht.*

*Das hat Exos auch gesagt*, erwiderte ich.

*Das überrascht mich nicht im Geringsten, kleine Königin.*

Mich auch nicht. Cyrus und Exos waren sich sehr ähnlich. Nicht nur, weil sie Brüder waren, sondern auch, weil sie beide Könige waren. Als Leiter der Elemente zu fungieren, bedurfte eines hohen Maßes an Geduld und Verständnis.

Ich lehnte mich an Sols Seite, während meine Gefährten die Küche saubermachten.

Dann wartete ich darauf, dass sie ihre Gerichte präsentieren würden.

Vox hatte keines, weil er es in den Müll hatte werfen müssen.

Titus reichte mir ein Omelett mit meinen Lieblingszutaten. Ich teilte es mit allen anderen für den Geschmackstest und die anderen stimmten zu, dass es gut schmeckte.

Dann präsentierten Exos und Cyrus ihren Blätterauflauf. Er erinnerte mich an einen Shepherds Pie, nur ohne Fleisch.

Niemand hatte etwas dagegen eingewandt, dass sie zusammen am Gericht gearbeitet hatten – vermutlich, weil es bloß veranschaulichte, wie unsere Zukunft aussah. Wir mussten als Team fungieren. Das war der beste Weg, um unser zukünftiges Kind großzuziehen.

Nein. Nicht Kind. *Kinder.*

Denn jetzt, wo ich sie alle so anblickte, realisierte ich, dass ich mehr als nur eines wollte. Ich wollte von jedem eines. Eines für jedes Element. Ich spürte es tief in mir – dieses Bedürfnis, so viel Leben wie möglich zu schaffen.

Vielleicht nicht sofort, sondern über mehrere Jahre verteilt.

Und ich würde mit Cyrus anfangen.

Alle stimmten überein, dass er gewonnen hatte. Anstatt sich hämisch zu freuen, nahm er die Aufgabe voller Stolz an. Dann sah er mich eindringlich an und die anderen verließen das Zimmer.

Die Beobachter, nicht meine Gefährten.

Ich merkte kaum, dass sie gingen. Mein Fokus lag vollumfänglich auf meinem Wasser-Gefährten und seinen Absichten, die die Luft zwischen uns erwärmten.

„Es ist Halloween, Claire", sagte er, kam auf mich zu. „Wie willst du feiern?"

„Mit ‚Süßes oder Saures'?", schlug ich vor.

Er lächelte. „Wie wäre es, wenn wir den sauren Teil übergehen und direkt zum Süßen übergehen?" Er griff nach meinen Hüften, hob mich auf den Küchentresen. „Wir werden zuerst deine ‚Süße' genießen. Dann kannst du unsere kosten."

„Wir?", wiederholte ich atemringend. „Unser?"

„Du hast doch nicht etwa geglaubt, dass ich sie in unserer Nacht der Empfängnis nicht dabeihaben wollen würde, oder?", fragte er. Seine Hände glitten an meinen Schenkeln hoch und unter meinen Rock, schoben ihn an meine Hüften hoch. „Wir sind ein Gefährtenzirkel, kleine Königin. Ich mag derjenige sein, der seinen Samen heute Nacht in dir pflanzt, aber du kannst deinen süßen Arsch darauf verwetten, dass wir alle auf die eine oder andere Art in dir sein werden."

Mein Herz setzte einen Schlag aus. „Keiner von euch hat geschlafen."

„Wir brauchen keinen Schlaf, um dich anständig zu ficken", konterte er und legte seine Lippen auf meine. „Und jetzt leg dich hin. Jetzt sind wir dran mit essen."

# CYRUS

Claires Körper glitzerte angesichts des Schweißes.
Ihre schlaftrunkenen Augen sahen in meine,
während sie wie eine erotische Gabe zwischen all ihren
Gefährten lag.

Ich hatte sie als Erster gekostet, hatte ihr schnell einen
Orgasmus mit meiner Zunge verschafft, bevor ich mich
zurückgezogen und den anderen erlaubt hatte, sie
vorzubereiten. Ihre Bemerkungen bezüglich ihrer

überbeanspruchten Stellen waren von den vergangenen Stunden längst widerlegt worden.

Jetzt lockte sie mich mit einem süßen Lächeln, war sich bewusst, was ich als Nächstes vorhatte.

Exos nahm ihren Nippel in seinen Mund, während Vox an ihrer anderen Brust nuckelte.

Titus leckte sie zwischen ihren Beinen, während Sol mit seinen Fingern durch ihr Haar strich. Er küsste ehrfürchtig ihre Schläfe, ihre Stirn und dann ihre Lippen.

Aber als er sich zurückzog, sah ich ihr wieder in die Augen. Hitze loderte verheißungsvoll in ihnen.

Sie war bereit.

Und ich war es auch.

*Du hast zu viel an*, murmelte sie in meinen Gedanken.

*Tue ich das?*, begann ich, löste meine Krawatte. *Vielleicht solltest du mir dann aus meinen Klamotten helfen, kleine Königin.*

Titus beschloss in diesem Moment, mit seinen Zähnen über ihre Knospe zu streifen, sodass sie zusammenzuckte und Flammen aus ihren Fingerspitzen schossen. Ich fing sie mit einem Handschuh aus Wasser auf, löschte sie und kreierte einen Sprühnebel um uns herum, der die richtige Stimmung für unsere Vereinigung schuf.

Wir hatten Claire vor Stunden von der Küche in unser Schlafzimmer gebracht. Der gesamte Boden bestand aus einer Matratze, der unser Spielplatz für unsere wöchentlichen Treffen bildete.

Die Fenster waren mit Vorhängen verhüllt. Weinreben und Blumen zierten die Wände. Und die Decke war mit Seelenmagie verzaubert. Die blinkenden Lichter erinnerten mich an Sterne.

Claire wand sich unter ihnen, ihr Stöhnen Musik in meinen Ohren. Ich schmiss meine Krawatte auf den Kleiderstapel in der Ecke, zog mir meine Schuhe und

Socken aus. Meine Gefährtin sah mir schläfrig und doch erwartungsvoll zu, ihre Pupillen lusterfüllt geweitet.

Sie murmelte den anderen Männern durch ihre Bänder hindurch etwas zu, woraufhin sie sich genug entfernten, damit sie sich vor mich hinknien konnte. Der liederliche Ausdruck, der sich auf ihren wunderschönen Zügen ausbreitete, zauberte mir ein Lächeln auf die Lippen.

Ich wusste, was sie vorhatte.

Und ich würde sie auf keinen Fall aufhalten.

Sie griff nach meinem Gürtel und machte sich daran zu schaffen, bevor sie ihn zu Boden fallen ließ. Dann griff sie nach meinem Hemd und riss es aus meiner Hose, sodass mein Unterbauch entblößt war. Ihre Lippen trafen auf meine Haut, steckten meinen Körper mit nur dieser einen Berührung in Flammen.

Mein Schwanz bebte daraufhin, war bereit für unser Lustspiel.

Aber ich ließ sie sich Zeit nehmen, mich mit ihrer Zunge erforschen, als sie langsam meine Hose aufmachte und den Reißverschluss öffnete.

Ein leichtes Ziehen ließ sie an meinen Beinen hinuntergleiten, gefolgt von meinen Boxershorts. Sie befreite meinen Schwanz und führte ihn an ihren Mund.

Sie fragte nicht und bemerkte auch nichts, nahm nur meine bebende Eichel in ihren Mund, nahm dann so viel von mir in sich auf, wie sie konnte.

„Fuck, Claire", stöhnte ich, nahm ihr Haar in meine Faust. „Wenn du das nochmal machst, werde ich dir nichts mehr zu geben haben."

Ihre blauen Augen leuchteten auf, als sie mich ansah. Ihre Wangen zogen sich um meinen Schaft zusammen, während sie mich verwöhnte und beinahe in die Knie zwang.

Diese Frau konnte lutschen wie keine andere.

Und ich wäre in dieser Position nur zu gerne gestorben.

Denn, *Fuck.*

Es war so intensiv, so wunderbar, so verdammt perfekt, dass ich beinahe zu weinen anfing. Stattdessen lobte ich sie in meinen Gedanken und strich ihr mit meinen Fingern durchs Haar, dankte ihr für das Geschenk, das ihr verlockender Mund mir machte.

Sie nahm mich erneut in den Mund. Ihre Zunge bewegte sich meisterhaft an meiner Haut entlang. Dann ließ sie mit einem Ploppgeräusch von mir ab. Ich gab beinahe ein protestierendes Knurren von mir, aber ihre Finger hakten sich in meinem Hemd fest und zogen mich zu ihr herunter auf die Matratze. Ich lachte, als ich auf ihr landete – was, wie ich annahm, genau das war, was sie gewollt hatte.

Anstatt mir mein Hemd auszuziehen, steckte sie es in Flammen und brannte es mir von der Haut. Ich hätte sie aufhalten können, aber das wollte ich nicht. Ihre Tendenz, Klamotten zu zerstören, faszinierte mich.

Obwohl es sich als ein kostspieliges Hobby herausstellte. Die meisten meiner Anzüge stammten aus dem Reich der Sterblichen, waren allesamt handgeschneidert in Italien. Dasselbe galt für Exos'.

Nicht, dass Claire sich um unsere Garderobe scherte.

Unsere kleine Königin wollte uns nackt und in sich, was ich ihr gab, indem ich ihre Schenkel unter mir spreizte und ohne Vorspiel direkt in sie glitt.

Ihr Körper war dank Claires anderen Gefährten schon bereit. Sie brauchte weder meine Hände noch meine Zunge. Was sie brauchte, war mein Schwanz, und das war ganz genau das, was ich ihr gab. Sie schlang ihre Beine um meine Taille und spornte mich an, sie zu ficken.

Ich küsste sie schroff, griff nach ihrem Hals, um sie so auszurichten, wie ich sie haben wollte. Meine andere Hand glitt an ihre Brust, drückte zu, um sie dafür zu bestrafen, dass sie versucht hatte, die Kontrolle zu übernehmen.

Sie grinste mich an, während sie an meine Lippen gedrückt war. *Du bist nicht wirklich wütend.*

*Niemals*, stimmte ich zu. *Ich liebe es, wie du mit mir spielst, kleine Königin. Das macht alles umso vergnüglicher.*

Ich stieß in sie, lächelte, als ich ihr Stöhnen vernahm.

*Wie viele Orgasmen hattest du heute Abend?*, fragte ich sie. *Sieben?*

*Ja*, zischte sie zurück, drückte ihr Becken nach oben.

*Sollen wir acht oder neun daraus machen?*, fragte ich. Meine Lippen ließen von ihren ab, um an ihrem Hals hinab und zu ihren geröteten Brüsten zu wandern. Scheiße, sie war eine Augenweide. Voller verruchter Lust und lüsternen Absichten.

Die Männer um mich herum stimmten mir zu. Ihre Schwänze bebten allesamt beim Gedanken daran, sie erneut zu ficken.

Sie machte uns zu unersättlichen Biestern, mit ihr als unserer Königin und Mittelpunkt dieses düsteren Lustspiels.

Aber heute Nacht hatte ich eine spezielle Aufgabe. Eine, die ich nur mit Claire zusammen erfüllen konnte.

Ich küsste sie erneut, ließ das, was auch immer für eine Antwort in ihren Gedanken herumflog, verstummen. Ihr Körper und ihre Seele protestierten gegen den Gedanken von neun Orgasmen in derselben Nacht. Das war lächerlich, denn wir alle wussten, dass sie so viel mehr aushalten konnte.

Feen – ganz egal woher sie stammten oder in welchem Königreich sie lebten – waren Wesen des Lebens und der Schöpfung. Wir gierten nach Sex.

Obwohl sie ein halber Mensch war, so war ihre Feenseite in den wichtigen Belangen stärker, was sie beinahe unsterblich machte – und fähig, Stunden oder gar Tage mit Lustspielen zuzubringen.

Ich erinnerte sie mit meinem Mund und meinem Schwanz daran, spreizte sie, erhob Anspruch auf sie und brachte sie an den Rand des Wahnsinns, indem ich diese Stelle tief in ihr streifte.

Sie kam für mich.

Schrie.

Ihre Wangen waren angesichts ihrer Lust gerötet, die ihr Wesen überwältigte.

Ich schmiegte mich an ihren Hals, verlangsamte und bereitete sie auf das Bevorstehende vor.

Ein neues, andersartiges Band.

Das Herz der Feenmagie.

Sie wimmerte. Ihr überstimulierter Körper wurde von Nachbeben heimgesucht. In Gedanken machte sie schon wieder Einwände, aber ich ließ sie mit einem sanften Kuss verstummen, meine Bewegungen in den niederen Regionen gemäßigt und wohlüberlegt.

„Bist du bereit, ein Kind zu machen, kleine Königin?", murmelte ich an ihre Lippen gedrückt.

Wärme der anderen breitete sich um uns herum aus. Sie streckten ihre Hände aus, um sie zu streicheln – jeden auf seine eigene Art und Weise. Sol berührte ihr Haar, Exos die Seite ihrer Brust, streichelte nach unten. Titus küsste ihre Hüfte und ließ seine Hand von meinem Po an ihren Schenkel wandern. Und Vox ließ einen Finger an ihrem Arm hinabgleiten.

Sie waren alle hier, alle bereit, alle konzentriert auf das Herzstück unseres Gefährtenzirkels.

Claire blinzelte mit ihren blonden Wimpern, und ein zustimmender Blick lag in ihren Augen. „Ja, ich bin bereit.“

Ich küsste sie zärtlich. Mein Herz setzte angesichts der Perfektion dieses Moments einen Schlag aus. In einem früheren Leben hätte ich das hier nie für möglich gehalten. Jetzt konnte ich es mir nicht anders vorstellen.

Claire war die Liebe meines Lebens. Die Einzige, die ich jemals wollen würde. Aber ich wusste all ihre anderen Gefährten ebenfalls zu schätzen, liebte sie alle auf eine gewisse Art und Weise. Es war, als würden unsere Elemente als eine gigantische Einheit fungieren, weil Claire unser Herzstück und Leiter war.

*Sie* war unsere Version der elementaren Quelle.

Unsere Göttin.

Unsere Königin.

Und es war endlich an der Zeit, neues Leben in ihr zu erschaffen.

Ich glitt fast gänzlich aus ihr, bevor ich wieder tief in sie stieß und ihre Lust ein weiteres Mal entfachte. Sie stöhnte und drückte ihren Rücken durch, ermutigte mich dazu, es erneut zu tun.

Ich tat es.

Aber dieses Mal bediente ich mich auch unseres gemeinsamen Elements.

Ihre Augen weiteten sich. Sie spürte, wie die Kraft sich über uns legte, als ich meine Wassermagie rief und ihr befahl, eins aus uns zu machen. Zu *schöpfen*.

Sie erschauderte. Ihre Verbindung zum Element öffnete sich daraufhin weit. Sie erschuf dieselbe rauschende Welle wie ich, sonnte sich in unserer geteilten Macht und verband die beiden Kräfte miteinander.

Die anderen konnten es spüren und Sprühregen überzog ihre Haut.

Aber die wahre Quelle des Elements überzog mich und Claire, badete uns in einem Meer bekannter Wonne. Ich küsste sie, genoss das Gefühl unseres Elements, das durch unsere Wesen floss, unsere Seelen frohlocken ließ und mit dem Geschenk des Lebens wärmte.

*Es braucht nur einen Gedanken*, flüsterte ich ihr zu. *Nimm meine Gabe an, Claire.*

Sie fragte nicht, was ich damit meinte, denn sie spürte die Wärme meiner Kraft über ihre Seele streifen. Sie öffnete sich und rang nach Atem, als das Element ihr Herz durchdrang und leuchtende elektrische Funken durch ihre und meine Adern sandte.

Sie nistete sich in meiner Leiste ein, erleuchtete mich von innen und beschwor einen Wirbelsturm aus Empfindungen in meinem Unterbauch herauf. Ich knurrte angesichts des Überfalls. Die Lust, die ich verspürte, war wie nichts, das ich je zuvor empfunden hatte. Sie war sogar noch intensiver als bei unserer ersten Vereinigung.

*Feen sollen erschaffen*, dachte ich in ihre Richtung. *Fuck, Claire. Ich kann mich nicht mehr zurückhalten.*

Es war zu intensiv.

Zu überwältigend.

Zu *richtig*.

Sie drückte mit ihren Schenkeln zu, hieß mich mit kleinen Bewegungen in ihrem Körper willkommen. Die Empfindung machte sich auch in ihr breit. Ich konnte es in unserem Band spüren … Ihre Akzeptanz und ihre Aufregung. Dass sie bereit war. Ihr *Bedürfnis*.

Ihre Beine begannen zu zittern und erotische Geräusche kamen ihr über die Lippen, als sie das Tempo unserer Vereinigung beschleunigte. Sie zwang mich, meinen Höhepunkt zu erreichen. Wasser spritzte in alle Richtungen. Meine Kontrolle über mein Element wich, als ich meinen Samen mit einem emotionsgeladenen Stöhnen und voller Lust in ihr pflanzte.

Claire schrie kurz darauf auf und ihre Nägel versenkten sich in meinem Rücken. Sie klammerte sich an mich, während die überwältigende Welle der Lust sie durchfuhr.

Ich konnte nicht atmen.

Wir ertranken in meinem Element, verloren in den Tiefen des Ozeans. Wir versuchten fieberhaft, an die Oberfläche zu schwimmen. Ich hielt sie fest und sie klammerte sich an mich, während unsere beiden Lungen versagten.

Bis wir mit einem gemeinsamen Atemzug an die Oberfläche kamen. Unsere Lippen trafen aufeinander und unsere Zungen verschmolzen miteinander in einem dunklen Tanz des Schicksals und der Vorfreude.

Ich liebte diese Frau, verdammt nochmal.

Sie nahm alles, was ich zu geben hatte, in sich auf und gab es zehnfach zurück. Ihr Körper war ein Tempel, vor dem ich mich für immer niederknien würde.

Und in diesem Tempel hatte sich Leben gebildet.

Ich konnte es tief in mir spüren. Die Quelle zelebrierte unsere Vereinigung und überschüttete uns mit eisigen Küssen, die auf meine bereits feuchte Haut trafen. Claire kicherte. Ihr Lächeln war das Schönste, was ich je gesehen hatte.

Anstatt etwas zu sagen, küsste sie mich erneut. Dann griff sie nach Sol und zog ihn für einen Kuss zu sich. Gefolgt von Titus, Vox und dann Exos.

Ich war noch immer in ihr, konnte spüren, wie ihre intimen Muskeln mit erneuter Kraft bebten. Ihre Freude war eine Droge, von der wir alle mehr wollten.

Meine Hüften bewegten sich, gaben ihr, was sie begehrte.

Wir hatten bereits Leben geschaffen, aber ich hatte nichts dagegen, sie noch einmal zu ficken. Und ich wusste, dass sich ihre Gefährten uns nur zu gerne anschließen würden.

Jetzt würden wir feiern. Verehren. Schätzen. Existieren.

Unsere Claire hatte uns gerade das Geschenk unseres Lebens gemacht. Und wir hatten fest vor, ihr unsere Dankbarkeit zu zeigen, solange sie wollte.

*Danke, kleine Königin*, flüsterte ich, küsste sie auf die Wange, während Sol ein weiteres Mal ihre Lippen küsste. *Ich liebe dich*, ergänzte ich, legte meine Hand auf ihren Bauch. *Euch beide.*

# TEIL II

Dies ist die Zeit, um schwanger zu sein.
Fa-la-la-la-la
La-la
La
La

# CLAIRE

„Claire!", schrie Titus, was mich meine Stirn runzeln und die Decke über meinen Kopf ziehen ließ. Er rüttelte mich, wenn auch sanft, wach, bestand darauf, dass ich mich vom besten Schlaf meines Lebens trennen würde. Als ich nichts erwiderte, zog er die Bettdecke weg und ich wand mich, als kalte Luft über meine Haut brauste.

„So müde", murmelte ich und versuchte ihn mit meiner Hand wegzuwedeln. „Geh weg."

„Der Quelle sei Dank, du bist endlich wach", sagte er und atmete erleichtert aus. Ich öffnete eines meiner Augen und sah ihn an. Er richtete sich auf und beobachtete mich. „Wie … Wie geht es dir?"

Eine schläfrige Empfindung legte sich als Antwort auf seine Frage über mich, weigerte sich, ganz von mir abzulassen. Aber die Sorge in Titus' Augen bewegte mich dazu, mich aufzusetzen.

„Wie viel Uhr ist es?", fragte ich verwirrt. Sonnenlicht strömte in angenehmen Strahlen in den Raum, die die merkwürdige Kälte im Zimmer verjagten. Dennoch fühlte es sich so an, als wäre keine Minute vergangen, seit ich mich hingelegt hatte.

Er rieb sich den Nacken. „Ähm, es ist Mittag." Er starrte mich weiter an, musterte mich, als suchte er mich nach Verletzungen ab.

„Was ist los?", fragte ich. „Warum siehst du mich so an?"

„Weil du viel länger geschlafen hast, als ich erwartet hatte."

Ich zog eine Augenbraue hoch. Es war nicht so, als hätte ich noch nie zuvor ausgeschlafen. „Und das besorgt dich, weil …?"

Er seufzte und nahm meine Hand, wärmte mich mit seiner Magie. Ich zuckte angesichts der gleißenden Wärme zusammen und runzelte die Stirn. „Weil du schwanger bist, Claire. Es ist mein Job, besorgt zu sein."

Ja, ich war schwanger, und nur schon die Bestätigung in meinen Gedanken ließ mein Herz höher schlagen. Es war eine unbestreitbare Tatsache, diese Welle von Leben, die ich in meinem Band mit Cyrus und den anderen gespürt hatte.

„Geht es dem Feeling gut?", fragte er einen Moment später, als hätte ich ihm das bereits bestätigen sollen.

„Was?"

„Dem Feeling", sagte er erneut, auf diese langsame und ruhige Art, mit der er immer mit mir sprach, wenn er wusste, dass ich anfing, mir Sorgen zu machen. „Kannst du ihn spüren?"

Ich runzelte die Stirn. „Sollte ich das?" Konnte er das Leben in unserem Band nicht spüren? Mir schien es, als wäre es da. Aber vielleicht verwechselte ich dieses Gefühl mit etwas anderem?

Er hielt einen Moment lang inne, als versuchte er angestrengt, keine Reaktion zu zeigen. „Exos fand, dass wir dich nicht drängen sollten … Aber jetzt, wo du die Brutzeit hinter dir hast, solltest du etwas spüren können."

Ich war mir nicht ganz sicher, was Titus damit meinte, aber es ließ Zweifel in mir aufkommen, dass meine Schwangerschaft von Dauer sein würde. Ich wusste, dass Cyrus mich mit Leben gefüllt hatte, aber es hatte sich dabei um eine Feen-Vereinigung gehandelt.

Und ich war nur eine halbe Fee.

Es war eine geheime, dunkle Angst, die ich nicht bedacht hatte, bis sie mich heimsuchte. Als Halbling gehörte ich in keine der beiden Welten so richtig. Es waren meine Gefährten gewesen, die einen sicheren Ort für mich geschaffen hatten. Für alle anderen war ich bloß eine Kuriosität …

Eine Abscheulichkeit.

Was, wenn das bedeutete, dass ich mich nicht fortpflanzen konnte? Was, wenn ich mich zu sehr in der Liebe meiner Gefährten zu mir verloren hatte, um die schreckliche Wahrheit zu übersehen?

„Vielleicht sollten wir nicht zu große Erwartungen haben, Titus", sagte ich, warnte ihn mit leicht zittriger

Stimme. Ich wollte wirklich nicht, dass meine Gefährten enttäuscht waren, wenn meine menschliche Seite in diesem Falle überhandnahm. Auch wenn diese Schwangerschaft nicht zu einem Baby führen würde, würde ich es weiter versuchen. Als er mich weiterhin stirnrunzelnd anblickte, ergänzte ich: „Wir wissen nicht, ob das Kind, ähm, lebensfähig ist."

„Lebensfähig?", wiederholte er und legte eine Hand auf meine Schulter. „Erinnerst du dich nicht an die Vereinigung von dir und Cyrus? Oder zweifelst du an ihm?" Der letzten Frage wohnte Schmerz inne, aber er missverstand meine Sorge. Ich zweifelte an keinem meiner Gefährten, sondern an mir.

Ich streifte seine Hand ab, als eine weitere Welle der Müdigkeit über mich kam. Ich bedeckte meinen Mund mit meiner Hand und gähnte. „Es ist erst eine Woche her, seit wir … na ja, seit wir es versucht haben."

Ich rieb mir die Augen. Ein Teil von mir wollte sich wieder die Decke über den Kopf ziehen und weiterschlafen, sich vor allen Zweifeln und Ängsten verstecken.

„Es wird mindestens einen Monat dauern, bis wir uns sicher sein können. Und sogar dann sollten wir damit abwarten, etwas zu planen. Ich kenne die genauen Zahlen nicht, aber bei Sterblichen kommen Fehlgeburten manchmal vor." Es waren die Feenmänner, die eine Empfängnis möglich machten oder sie verhinderten, aber ich war nicht direkt ein Paradebeispiel.

Titus zog seine Augenbraue hoch. „Fehlgeburt?" Er schüttelte seinen Kopf. „Wir werden es in weniger als einem Monat wissen, Claire. Und ich glaube, du unterschätzt deine Gene und die Potenz von männlichen Feen." Er grinste. „Vor allem jene deines Wasser-

Gefährten, der noch arroganter ist als ich. Er hat einen Ruf zu verlieren, weißt du."

Ich seufzte. Cyrus' Virilität war nicht, was ich anzweifelte. „Du verstehst mich falsch." Ich wusste wirklich nicht, wie ich es erklären sollte, ohne dass mein Herz brechen würde.

Was, wenn ich meine Gefährten enttäuscht hatte?

Was, wenn ich kaputt war?

„Hey." Titus lehnte sich zu mir, sodass ich das Blitzen in seinen grünen Augen sehen konnte. „Ich verstehe, was du meinst, Schätzchen. Und ich sage dir, dass du dir keine Sorgen machen musst. Und weißt du warum?" Er strich mit seinen Fingern über mein Kinn, woraufhin ich mich an seine Hand schmiegte.

„Warum?", fragte ich mit hoffnungsfroher Stimme, obschon sich mir der Magen vor Sorge krümmte.

„Weil du das Leben in Person bist, Claire." Sein Lächeln verwandelte sich in ein Grinsen. „Und du würdest während des Sex niemals einschlafen – es sei denn, du hast einen wirklich guten Grund. Wenn du also *nicht* schwanger bist, fürchte ich, werde ich dir das nie vergeben."

Ich runzelte die Stirn. „Was?" Ich war während des Sex schon mal bewusstlos geworden – denn eine Frau kann nur so viele Orgasmen haben, bevor ihr Gehirn beschließt, sich zu verdrücken. Aber einzuschlafen? Das war unmöglich. „Ich bin auf keinen Fall …" Ich verstummte.

Er lachte. „Was ist das Letzte, woran du dich erinnerst?"

„Wir haben mit Feuer gespielt", sagte ich langsam, erinnerte mich daran, wie er mich mit Flammen geneckt hatte, die sich langsam an meinen Innenschenkeln hochgearbeitet hatten. „Dann …" Ich verstummte, versuchte mich daran zu erinnern, was als Nächstes passiert war. Die Wärme und Aufregung waren da, aber meine Erinnerungen waren einfach irgendwie … weg.

„Bist du eingeschlafen", beendete er den Satz für mich.

Ich runzelte die Stirn, dann rang ich nach Luft, als ich feststellte, dass er recht hatte. „Ach, du meine Güte, Titus", sagte ich, bedeckte meinen Mund mit meiner Hand. „Das tut mir so leid!"

Er lachte. „Das ist ein gutes Zeichen. Im ersten Feen-Schwangerschaftsmonat ist eine Fee extrem müde, weil das Baby in so kurzer Zeit viel wachsen muss. Man schläft oft, vor allem während der Brutzeit. Obwohl … Ein bisschen Angst hast du mir schon eingejagt, weil du so viel Schlaf gebraucht hast."

Er zog mich in eine Umarmung, berührte mich, als wäre ich aus Porzellan gemacht. Er schien zudem zu denken, dass Dinge wie ‚Brutzeit' zu sagen völlig normal war.

„Ich bin froh, dass du dich in meiner Gegenwart so geborgen fühlst und darauf vertraust, dass ich deine Sicherheit gewährleisten werde. Feeninstinkte halten die Mutter normalerweise dazu an, wachzubleiben, bis sie das Gefühl hat, in Sicherheit zu sein." Er umarmte mich ein weiteres Mal vorsichtig, dann ließ er von mir ab.

„Jetzt, wo du die erste Phase überstanden hast, werde ich eine Heilerin ausfindig machen. Wir werden dich vor Beginn der zweiten Phase von jemandem untersuchen lassen müssen."

Sein autoritärer Tonfall sagte mir, dass er kein Nein akzeptieren würde.

Ich blinzelte ein paarmal, war mir nicht sicher, was er mit ‚erster' und ‚zweiter' Phase meinte, oder warum er mir immer wieder sagte, dass ich brütete, wie irgendein verdammtes Huhn.

Meine Hand glitt an meinen Bauch, während Titus sich vom Bett rollte und nach seinen Kleidern griff.

„Sollten wir vorher nicht einen Schwangerschaftstest machen oder so?", fragte ich. Das würde zumindest die Schwangerschaft bestätigen, oder?

Er lachte. „Einen Test? Was meinst du damit?"

Ich biss mir auf die Unterlippe, bevor ich mich wiederholte. „Du weißt schon … Man pinkelt auf ein Stäbchen."

Er kam ins Stottern, während er ein Hosenbein über seinen Fuß streifte. „Wie bitte?"

Entnervt ließ ich meine Hände auf die Decke fallen. „Woher wissen Feen, ob sie schwanger sind? In meiner Welt pinkelt man auf ein Stäbchen und es sagt einem, ob man schwanger ist oder nicht."

Er lachte laut. „Menschen haben echt seltsame Magie. Nein, man pinkelt nicht auf ein Stäbchen, Claire. Du kannst mit Hilfe deiner Elemente bestimmen, ob du schwanger bist. Benutz die Seelen-Quelle." Als ich ihn blank anstarrte, fuhr er fort: „Hast du es versucht?"

Ich schluckte den Kloß in meinem Hals herunter. In mich zu gehen und die elementaren Quellen zu berühren, war völlig natürlich für mich. Doch als ich die Seelen-Quelle anzuzapfen versuchte, passierte nichts.

„Ich spüre nichts", sagte ich, begann mir Sorgen zu machen. „Heißt das, das Baby …?"

Titus erstarrte und für einen kurzen Augenblick hatte er einen ernsten Ausdruck auf dem Gesicht. Er verging im nächsten Moment und wurde durch sein übliches sexy Grinsen ersetzt, während er sich den Rest seiner Kleider anzog. „Ich bin mir sicher, dass alles in Ordnung ist. Du bist ein Halbling, also könnte das die Verbindung zur Quelle während deiner Schwangerschaft beeinflussen. Das hier wird für uns alle eine völlig neue Erfahrung werden, also lass uns einfach einen Schritt nach dem anderen machen, okay?"

Ich versuchte, nicht zu hyperventilieren.

*Oder es bedeutet, dass etwas nicht in Ordnung ist.*

*Was, wenn ich wirklich eine Fehlgeburt erlitten habe?*

„Gebären Halblinge üblicherweise Feelinge?", fragte ich, begann panisch zu werden. „Ist es normal, dass wir … ? Weißt du von jemandem, der …? Was, wenn …? Was, wenn …?" Ich schluckte den Kloß in meinem Rachen hinunter und legte meine Hand auf den Bauch, als ein beschützerisches Gefühl über mich kam.

Ich klammerte mich verzweifelt an Titus' Spekulation, dass mein Kind vielleicht die Verbindung zur Quelle beeinflusste. Alle düstereren Optionen in Erwägung zu ziehen, hätte mich fertiggemacht.

„Atme einfach durch, Schätzchen", sagte Titus mit beruhigendem Tonfall. Er zog mich aus meinen düsteren Gedanken. „Wir werden uns mit der Heilerin treffen, okay? Sie wird uns sagen können, was uns erwartet."

Ja. Okay. Er hatte recht. „Eine Heilerin", wiederholte ich. „Das hört sich … gut an."

Er küsste mich auf die Wange und gab mit einer magischen, warmen Welle die Rückversicherung, die ich brauchte. „Alles wird gut", wiederholte er, sagte es wohl eher, um sich selbst zu beruhigen als mich. Er drückte meinen Arm leicht, bevor er zu der Tür schritt. „Ich bin gleich zurück, Claire. Entspann dich einfach."

*Mich entspannen*, wiederholte ich. *Ja, klar.*

Aber ich versuchte es dennoch und stieß ein tiefes Seufzen aus.

*Wo seid ihr, Jungs?*, fragte ich in meine Bänder.

Die Jungs antworteten umgehend. Cyrus war unterwegs und trommelte Feen zusammen, die willens waren, sich bezüglich der Interreichsakademie mit mir zu treffen. Exos, Sol und Vox waren im Reich der Sterblichen und besorgten Dekorationsgegenstände für die kommenden Festtage. Etwas von wegen, sie wollten mein Büro schmücken. Eine Idee, die mir ein Lächeln aufs Gesicht zauberte. Das erklärte die vielen Tüten in meinem Schlafzimmer, die allesamt randvoll mit Gegenständen in herbstlichen Farben sowie rotem und grünem Weihnachtsschmuck waren.

*Ist alles in Ordnung?*, fragte ich Cyrus.

*Das sollte ich dich fragen, kleine Königin*, erwiderte er. Seine Stimme fühlte sich wie ein Kuss an meinen Sinnen an. *Und ja, alles ist in Ordnung. Kalt hilft mir. Ich glaube, er versucht seinem Triadenproblem mit den Winterfeen aus dem Weg zu gehen.*

*Ich würde wirklich gerne mehr darüber erfahren*, gab ich zu.

*Ich auch. Ich werde sehen, was ich herausfinden kann, und mich wieder melden.* Er hörte sich amüsiert an. *Ich bin bald zurück, kleine Königin. Und mach dir keine Sorgen. Du bist definitiv schwanger.*

Ich runzelte die Stirn. *Wühlst du wieder in meinem Kopf herum?*

*Nein, deine Sorge breitet sich in den Bändern aus. Deine Feengene überwiegen deine menschliche Hälfte. Vertrau mir*, murmelte er. *Wir kommen alle zurück für dein Treffen mit der Heilerin, kleine Königin.*

Er ließ mich mit einem dunstigen Kuss in meinen Gedanken zurück und richtete seinen Fokus wieder auf seine Aufgaben.

*Danke*, flüsterte ich zurück zu ihm. Es würde nicht einfach sein, die anderen Feen davon zu überzeugen, eine Interreichsfeenakademie zu gründen, was auch der Grund war, warum ich mich mit ihnen allen einzeln treffen wollte. Um ihnen zu versichern, dass ihre Wünsche und Bedürfnisse miteinbezogen würden. Und es gab keine Fee, die sie besser überzeugen konnte als mein Wasserfeen-König. Er würde kein Nein akzeptieren.

Ich seufzte und bewegte mich aus dem Bett, raste ins Badezimmer. Aus irgendeinem Grund fühlte ich mich etwas schmuddelig. Vielleicht, weil ich zu lange geschlafen hatte? Trotzdem hätte ich immer noch gut und gerne ein paar Stunden weiterschlafen können.

Um dieses verweilende schläfrige Gefühl zu vertreiben, duschte ich kalt, was zu wirken schien.

Als ich fertig war, musterte ich mich im Spiegel und Wasser tropfte von meinen langen blonden Locken. Meine Brüste sahen aus wie immer – spitz und wie immer bereit für etwas Aufmerksamkeit meiner Gefährten. Obwohl ... Als ich meine Hände über sie gleiten ließ, fühlten sich meine Nippel etwas wund an. Meine Finger bewegten sich nach unten, umkreisten den Nabel meines flachen Bauchs.

Ich versuchte die Seelen-Quelle erneut anzuzapfen, spürte aber nichts. Die Stelle in mir fühlte sich nicht leer an, eher blockiert.

*Hm.* Ich war mich nicht sicher, was ich davon halten sollte.

Ich fuhr mir mit den Fingern durch mein nasses Haar und versuchte aus Gewohnheit die Feuer-Quelle anzuzapfen, um meine feuchten Haare zu trocknen.

Und nichts passierte.

Mir drehte sich der Magen um. Ich hielt inne und versuchte es dann erneut.

*Tropf. Tropf. Tropf.*

Wasser tröpfelte auf den Boden, machte sich über meinen Versuch lustig, die Feuer-Quelle anzuzapfen – die sich großartig als magischer Haartrockner eignete.

Ich runzelte die Stirn, beschloss aber, nicht in Panik zu geraten. Vielleicht hatte Titus recht. Ich war ein Halbling, und schwanger zu sein, könnte merkwürdige

Auswirkungen auf meine Kräfte haben. Wenn ich die Seelen-Quelle nicht anzapfen konnte, ergab es Sinn, dass mir die anderen auch verwehrt blieben. Obwohl ich dieses Gefühl von Hilflosigkeit nicht mochte, das damit einherging, sich so ... *menschlich* zu fühlen.

„Na, wenn du schon menschlich sein wirst, kannst du dich auch wie eine Sterbliche verhalten", sagte ich mir selbst, lehnte mich auf den Tresen und stellte sicher, dass selbst meinem Spiegelbild meine Entschlossenheit nicht entging.

Ich hatte keinen menschlichen Haartrockner, also schnappte ich mir ein Handtuch und trocknete mein Haar, bis es nicht mehr klatschnass, sondern nur noch feucht war. Ich formte einen Zopf aus den Strähnen, schlang ihn wie eine Krone um meinen Kopf. Diese Frisur war bei den Wasserfeen beliebt, die es mochten, ihr Haar feucht zu behalten. Ich hatte sie von einer der Schülerinnen, Artica, erlernt.

Nachdem das erledigt war, legte ich mir eine lose Bluse an und kombinierte sie mit einem blauen Rock, der zu meinen Augen passte. Ich ließ mich nicht innehalten und meine Gedanken nicht abschweifen. Ich stemmte meine Hände in die Hüften und musterte mein Schlafzimmer, das vollbeladen mit Dekorationsgegenständen war.

Ja, eine Ablenkung würde mir guttun.

# CLAIRE

Ich sortierte die Dekorationsgegenstände nach Themen und machte verschiedene Stapel.

Halloween – obwohl dieses Fest bereits vorbei war. Aber Exos mochte die Skelette.

Herbstsonnenwende, um die Feen zu repräsentieren.

Der dritte Stapel beinhaltete Weihnachten und Wintersonnenwende. Weihnachten stand kurz vor der Tür – außerdem war es mein liebster Feiertag –, also bereitete es mir Vergnügen, Lametta und Girlanden aufzuhängen, wo immer ich konnte.

Ich begann die Kürbislichter um eine der Säulen im Wohnzimmer zu hängen und schmückte eine weitere dann mit silbernen Weihnachtssternen. Ich dekorierte die dritte und vierte mit Feenlichtern. Den Kugeln wohnte bloß ein fahler Schein inne, da ich sie nicht mit meiner Magie aktivieren konnte.

*Mit diesem Problem werde ich mich, ähm, später auseinandersetzen.*

Ich war beinahe fertig mit dem Schmücken der Küche, als Titus, Cyrus und eine mir unbekannte Fee eintraten. Sie alle blieben wie angewachsen stehen und starrten mich an. Ich hatte mich gerade auf den Tresen gestellt, um dem Zimmer den letzten Schliff zu verpassen. Ich hatte eine riesige rote Schleife mit mir hochgebracht, entschlossen, sie am Bogen anzubringen, der sich über dem Herd an der Decke entlangzog.

„Claire!", schrie Cyrus mit panischer Stimme. „Komm sofort runter!"

Ich ignorierte ihn, entledigte mich meines Schuhs und stellte mich auf eines der leeren Regale, damit ich etwas näher an der Decke war. „Ich habe es fast geschafft", sagte ich. „Ich habe das Ende der Welt überlebt, also werde ich es auch überleben, eine Schleife hier oben anzubringen."

„Vox!", rief er, drehte sich zur Luftfee um, die gerade mit Sol im Schlepptau eingetreten war. „Hilf mir, sie da runterzubringen."

Titus rieb sich seine Schläfen. „Kann ihr jemand etwas Verstand einreden, bevor wir sie mit Vox' defekter Magie runterholen?"

„Mit meiner Magie ist alles in Ordnung", erwiderte Vox und funkelte die Feuerfee an. Sein Element spielte nur verrückt, wenn er gestresst oder emotional war – ein

Nebeneffekt, den er nicht ganz hatte abschütteln können, seit er sich mit mir verbunden hatte. Und angesichts der Panik, die durch unser Band floss, war er im Moment definitiv etwas emotional.

Exos trat als Letzter ein. Sein Grinsen bildete einen starken Kontrast zu den panischen Ausdrücken meiner anderen Gefährten.

„Na, sieht aus, als hätte ich recht gehabt", sagte er amüsiert. „Claire hat offiziell die zweite Phase erreicht, und das Kind ist definitiv ein Unruhestifter." Er schlug Cyrus auf den Rücken. „Gut gemacht, Brüderchen."

Vox beschwor vorsichtig einen Strang Windmagie hoch. Etwas legte sich um meinen Körper, hob mich in die Luft. Die zusätzliche Höhe, die er mir damit verschaffte, erlaubte es mir, die Schlinge der Schleife an der Leiste zu befestigen. Ich brachte sie an, bevor Vox mich zu Boden geleitete.

„Na bitte!", sagte ich, klatschte in meine Hände und musterte das letzte Stück meiner Dekorationen. Die riesige rote Schleife setzte allem die Krone auf. „Perfekt."

Ich drehte mich um, und mir verging das Lächeln, als ich bemerkte, dass meine Jungs meinen festlichen Enthusiasmus nicht teilten. Außer vielleicht Exos, der nach wie vor selbstzufrieden schien.

Die unbekannte Fee – von der ich annahm, dass es sich um die Heilerin handelte – räusperte sich. „Na, ich glaube, es genügt, wenn ich sage, dass deine Gefährten recht haben. Du zeigst typische Anzeichen für die zweite Phase."

Ich blinzelte, sah dann meine noch immer verärgerten Gefährten an. „Kann mir jemand erklären, was diese ganzen Phasen zu bedeuten haben? Da, wo ich herkomme, gibt es drei Trimester und ich bin definitiv noch nicht im zweiten. Ich bin erst vor etwas mehr als einer Woche schwanger geworden. Es ist noch zu früh, um etwas zu spüren." Ganz zu schweigen von meinen Zweifeln, die ich noch nicht geäußert hatte.

Cyrus griff nach einer meiner Hände und küsste meine Knöchel. Die Geste ließ mich etwas erweichen. „Kleine Königin … Es wird alles ziemlich schnell vonstattengehen. Sobald die Heilerin dich untersucht hat, sollten wir wirklich mit den Vorbereitungen anfangen." Er sah sich im Zimmer um. „Obschon ich mir sicher bin, dass der Feeling die festliche Atmosphäre zu schätzen wissen wird, sollten wir uns auf das Kinderzimmer fokussieren. Wir haben kein Kinderbett, Kleider oder irgendetwas, das wir für ein Neugeborenes brauchen."

Exos verschränkte seine Arme. „Es ist wichtig, Claire bei Laune zu halten. Außerdem werden Feenmöbel genügen."

Ich stemmte meine Hände in die Hüften und erhaschte dabei einen losen Strang Lametta. Ich legte es mir wie eine Kette um den Hals. „Wir haben neun Monate Zeit, um uns damit zu befassen. Könnt ihr euch also bitte alle beruhigen und mich meine Feiertage genießen lassen?"

Meine Jungs blickten mich mit schockierten Gesichtern an. Sol wurde blass. Vox klappte die Kinnlade herunter. Exos und Cyrus tauschten einen Blick aus und Titus spannte seinen Kiefer an.

Mein Feuer-Gefährte bat die Heilerin nach vorne. „Ich glaube, du solltest ihr besser sagen, dass sie sich hinsetzen soll", sagte er mit angespannter Stimme. „Ich glaube, wir haben einen Menschen-Feen-Unterschied zu erklären."

Ich zog eine Augenbraue hoch. „Und der wäre?"

Die Heilerin stieß ein nervöses Lachen aus, nahm meine Hand und führte mich ins Wohnzimmer.

Sie hielt inne, starrte die vielen festlichen Kissen an, die die Form von Christbaumkugeln hatten, bevor sie etwas Platz schaffen konnte, damit wir uns hinsetzen konnten.

Sie wartete, bis ich mich niedergelassen hatte und meine Jungs uns ins Zimmer gefolgt waren, bevor sie zu sprechen begann. „Es scheint mir, als hätten deine Gefährten vergessen, dir etwas Wichtiges zu sagen", sagte sie mit scheltendem Tonfall und sah die männlichen Feen an.

Cyrus verschränkte seine Arme. „Sie ist ein Halbling, aber auch eine Königin und Göttin der Elemente. Sie über alle Möglichkeiten in Kenntnis zu setzen, wäre anmaßend."

Ich funkelte ihn an. „Anmaßend?" Ich wandte mich wieder der Heilerin zu. „Was willst du mir damit sagen? Gibt es einen Riesenunterschied zwischen menschlichen und Feen-Schwangerschaften?"

Die Heilerin warf mir ein schwaches Lächeln zu und tätschelte meine Hand. „Du zeigst alle Anzeichen für eine typische Feen-Schwangerschaft. Es gibt drei Phasen. Die erste Phase ist die Brutzeit, welche sich im Schlaf abspielt. Gemäß Titus' Aussagen hast du diese bereits während deines dreitägigen Schlafes abgeschlossen. Normalerweise dauert das nur vierundzwanzig Stunden –"

„*Dreitägig?*", wiederholte ich. „Ich habe *drei Tage* lang geschlafen? Wann wolltet ihr mir das sagen?"

Cyrus warf mir ein mitfühlendes Lächeln zu. „Wir haben es für das Beste gehalten, dass Titus bei dir sein würde, wenn du aufwachst. Ich versichere dir, das ist ganz normal." Er nickte der Heilerin zu. „Bitte, fahre fort."

Sie räusperte sich. „Na ja, die nächste Phase ist die Nistzeit. Und angesichts all der, ähm, Dekorationen glaube ich, befindest du dich jetzt in dieser Phase." Sie drehte meine Hand um. „Darf ich?"

Ich schluckte den Kloß in meinem Hals herunter, bevor ich ihr zustimmend zunickte.

Sie ließ ihre Hand über meine streifen, was das

128

Zimmer in ein angenehmes silbernes Glühen tauchte. Ich spürte Seelenmagie über meine Haut streifen, obwohl sie sich ferner anfühlte als üblich. Sie summte nachdenklich, dann ließ sie ihre glühende Hand an meinem Arm hoch und über meinen Bauch streifen. Sie lächelte. „Ja, das Baby entwickelt sich gut."

Die Anspannung im Zimmer löste sich. „Also ... bin ich immer noch schwanger?"

*Ja, kleine Königin*, murmelte Cyrus in meinen Gedanken. *Du bist definitiv schwanger.*

Die Heilerin lachte. „Ja, meine Gute. Ein gesundes Feenkind wächst in deinem Bauch heran. Wenn dir das noch niemand gesagt hat: Gratulation."

Ich fühlte mich angesichts der Erleichterung, die mich überkam, benommen.

Ich war definitiv schwanger.

Mit Cyrus' Kind.

*Und dem Baby geht es gut.*

Die beruhigenden Worte flossen durch mich hindurch, ihre Wirkung so stark, dass mir schwindlig wurde. „Also bin ich in der zweiten Phase?", fragte ich mit bebender Stimme. Ich musste mich im Moment an etwas Sachlichem festhalten, ansonsten hätte ich mich in ein emotionales Wrack verwandelt. „Ich, ähm, baue ein Nest?"

Sie lächelte und nickte. „Ja. Du bereitest dich darauf vor, dass dein Kind geboren wird, und das bedeutet, eine Umgebung herzurichten, die deine Instinkte als entspannt und fröhlich empfinden."

Ein starker Windstoß wirbelte durch das Zimmer, was Vox' Stresslevel anzeigte. Er blies gegen die hängenden Dekorationen. Sol holte einen Strang Feen-Kirsch-Flips aus seiner Tasche und begann sie von der Kette abzuessen.

„Die sind zum Aufhängen gedacht", sagte ich zu ihm.

„Und zum Essen", entgegnete er, aß einen weiteren Mundvoll.

„Das würde ich nicht als entspannt bezeichnen", sagte Vox bedächtig, sah sich im Zimmer um und die Dekorationen an sowie die vielen Taschen, die sie nach Hause gebracht hatten.

Ich runzelte die Stirn. „Was meinst du mit ‚nicht entspannt'?"

„Es ist irgendwie … hektisch?", erwiderte er, woraufhin ich meine Stirn tiefer runzelte.

Verstand er denn nicht, wozu die Feiertage da waren? „Titus?", fragte ich und zeigte auf die fahl leuchtenden Kugeln, die um die nahegelegene Säule geschlungen waren. „Könntest du die für mich bitte anmachen?"

Er zog seine Augenbraue hoch, fragte mich aber nicht, warum ich es nicht selbst getan hatte. Stattdessen tat er, worum ich ihn gebeten hatte, und schnippte mit den Fingern, was die Kugeln zum Leuchten brachte. Cyrus aktivierte wortlos die zweite Kette, was dem Zimmer eine Mischung aus Feuer und Wasser verlieh, die mich dazu brachte, mich zu entspannen.

„Siehst du?", fragte die Heilerin mit einem Lächeln. „Das gibt dir ein besseres Gefühl, oder?"

Ich nickte und seufzte. „Ich habe schon immer gerne für die Feiertage dekoriert. Das hat nichts zu bedeuten."

Ich lehnte mich zu ihr. „Also willst du mir sagen, dass ich die Brutzeit hinter mir habe und jetzt ein Nest baue … Wie kann ich ein Nest bauen, wenn ich doch erst seit einer Woche schwanger bin?"

Na ja, technisch gesehen, zehn Tage, da ich offenbar drei davon verschlafen hatte.

Sie tätschelte meine Hand erneut, dieses Mal etwas kräftiger. „Deine Schwangerschaft wird ähnlich wie jene einer Fee verlaufen, nicht wie die eines Menschen." Sie blickte meine spitzen Ohren an. Sie hatten sich vor Jahren verändert, nachdem ich meine Feenseite angenommen hatte. „Du lebst jetzt schon einige Jahre im Reich der Elementefeen, und du hast Feen-Gefährten. Es ergibt Sinn, dass deine Schwangerschaft ähnlich wie jene einer Fee verlaufen wird."

Ich sah mich im Zimmer um und musste feststellen, dass keiner meiner Gefährten mir in die Augen sah. Dann sah ich zurück zur Heilerin. „Und was genau hat das zu bedeuten?", wollte ich wissen, befürchtete, dass das der Teil war, den meine Gefährten mir zu eröffnen ‚vergessen' hatten.

Sie kaute auf ihrer Unterlippe herum, bevor sie mir antwortete. „Du sagtest, dass eine menschliche Schwangerschaft neun Monate dauert. Na ja, die Schwangerschaft einer Fee ist etwas kürzer."

„Wie viel kürzer?", hakte ich nach.

Cyrus hatte Mitleid mit mir und massierte meine Schultern. Sein Blick sagte mir, dass er die volle Verantwortung für diese Situation übernahm, da er mich geschwängert hatte. „Du wirst unser Kind vermutlich binnen zwei Monaten gebären, kleine Königin."

Alles um mich herum schien stillzustehen und mir rutschte das Herz in die Hose.

„Entschuldige bitte … *Was*?!"

# CYRUS

„Neun Wochen." Claire wiederholte diese zwei Worte immer und immer wieder, während sie rastlos auf- und abging.

Auf und ab.

Auf und ab.

„Neun Wochen."

Sie ging weiter auf und ab.

Murmelte etwas.

Ich sah zu Exos und er warf mir einen Blick zu, der sagte: „Was hast du erwartet?"

Ich hatte erwartet, dass sie verstehen und daran glauben würde, dass sie mehr Fee als Mensch in sich hatte. Ich hatte zudem erwartet, dass sie sich darüber freuen würde, in neun Wochen zu gebären – und nicht erst in neun Monaten. Wer würde schon gerne fast ein ganzes Jahr lang etwas ausbrüten, wenn es auch binnen zwei Monaten bewerkstelligt werden konnte?

Natürlich sprach ich all das nicht laut aus. Nicht, wenn Claire sich in so einem fragilen Zustand befand. Meine übliche Art, sie dazu zu bringen, das Schicksal zu akzeptieren, würde dieses Mal nicht funktionieren. Sie mochte es noch nicht spüren, aber ihre Hormone und ihr Körper veränderten sich bereits. Dieser Veränderung noch mehr Stress hinzuzufügen, würde keinem von uns helfen.

Anstatt also etwas zu sagen, legte ich eine Decke aus Sprühnebel um sie und ließ die Tropfen ihre nackte Haut necken. Sie trug einen süßen kurzen Rock und eine Bluse, die ich ihr am liebsten vom Körper gerissen hätte. Aber etwas sagte mir, dass das im Moment nicht gut ankommen würde.

Mir gefiel auch ihre Frisur. Ein feuchter Zopf, den Wasserfeen des Öfteren trugen. Alles, was sie brauchte, war ihre Krone, um wie die Königin meinesgleichen auszusehen. Sie trug sie nicht oft – nur an formellen Anlässen. Aber manchmal fantasierte ich darüber, dass sie die Juwelen trug …, und zwar nur die Juwelen.

Etwas an dieser Frau ließ mich immer mit meinem Schwanz denken, welcher sich interessiert regte, als sie sich umdrehte und ich ihre feucht werdende Bluse erblickte.

Sie trug keinen BH.

*Verdammt.*

Exos' saphirblauen Augen funkelten interessiert.

Er hatte sich mit uns zum Wasserkönigreich teleportiert. Technisch gesehen, war heute meine Nacht mit Claire und ich hatte vorgehabt, sie zum Abendessen mit meinem Vater und seiner Gefährtin mitzunehmen. Aber ich hatte beschlossen, das Abendessen in einen Brunch am nächsten Tag umzuwandeln. Ich musste zuerst meine kleine Königin besänftigen.

„Neun Wochen", sagte sie zum zigsten Mal, schüttelte ihren Kopf.

„Ja, das sind ungefähr dreiundsechzig Tage", informierte ich sie trocken.

So viel dazu, sie besänftigen zu wollen.

Sie wirbelte zu mir herum, als hätte sie vergessen, dass ich ein paar Meter entfernt auf unserem Bett saß. Mein Blick fiel augenblicklich auf ihre Brüste. Diese wunderschönen dunklen Nippel waren unter ihrer Bluse gut zu sehen, und sie hatte es nicht einmal bemerkt.

Vielleicht war die Sprühregen-Decke keine gute Idee gewesen.

Aber ich bereute es nicht, als der Stoff sich an ihre Brust zu schmiegen begann.

„Dreiundsechzig *Tage*?", wiederholte Claire.

Ich verdrehte meine Augen. „Komm schon, kleine Königin. Dreiundsechzig Tage sind Zeit genug. Neun Wochen. Wäre es dir lieber, einen Feeling neun Monate lang in dir zu tragen? Das ist eine ungeheuer lange Zeit, um schwanger zu sein, findest du nicht?"

Exos gab ein Schnauben von sich. Ob es zustimmender oder tadelnder Natur war, wusste ich nicht. Es war mir auch egal.

„Wie soll ich binnen *dreiundsechzig* Tagen alle benötigten Zustimmungen für die Interreichsfeenakademie zusammenbringen?", wollte sie wissen. „Ihr hättet mir das sagen sollen, bevor ich dieser Sache zugestimmt habe! Ihr wusstet, wie wichtig mir die Akademie ist. Und jetzt werde ich es niemals schaffen, Cyrus. Ich werde in neun Wochen ein Kind bekommen!"

„Technisch gesehen eher in sieben", murmelte ich, was offenbar die falsche Reaktion war, denn sie begann zu schreien.

Ich zuckte zusammen.

Exos ächzte.

Und ich erinnerte mich an die Warnungen der Heilerin, dass Claires Hormone verrücktspielen würden. Die zweite Phase beinhaltete eine Menge physische und psychische Schieflagen, Fürsorge-Instinkte und Nistverhalten. Es war die längste Schwangerschaftsperiode und auch die schwierigste.

Auf die dritte Phase, hingegen, freute ich mich.

Aber ich würde ihr nicht jetzt davon erzählen.

Stattdessen konzentrierte ich mich darauf, was ihr wirklich am Herzen lag: die Interreichsfeenakademie.

„Kleine Königin", sagte ich mit sanfter Stimme.

„Komm mir jetzt ja nicht mit ‚kleine Königin'", zischte sie. „*Du* hast mich geschwängert!"

Ich lachte. „Ja, habe ich. Und ich bereue es keine Sekunde." *Selbst wenn du mich anschreist*, dachte ich und stieß mich vom Bett ab, um mich vor sie hinzustellen. „*Kleine Königin*", wiederholte ich, griff nach ihren Schultern. „Du hast fünf Gefährten."

„Dessen bin ich mir bewusst. Aber du bist es, der –"

„Nein, Claire. Das habe ich nicht damit gemeint. Du hast fünf Gefährten, die dir mit der Akademie helfen können und *werden*. Wir alle wissen, wie wichtig sie dir ist. Der schwierige Teil liegt bereits hinter uns. Jetzt müssen wir nur Treffen mit den Feen arrangieren, um sie dazu zu ermutigen, zuzustimmen. Weißt du, in was Exos und ich zufälligerweise ziemlich gut sind?" Ich sah sie mit hochgezogener Augenbraue an, wartete, bis sie über meine Worte nachgedacht und sie verstanden hatte.

Sie kaute auf ihrer Unterlippe herum und ihre blauen Augen funkelten nachdenklich, während sie den Instinkt bekämpfte, wütend zu werden, und stattdessen vernünftig zu sein versuchte. „Ihr … Ihr mögt Politik."

„Ja", erwiderte ich, legte eine Hand auf ihre warme Wange. „Und wir sind sehr gut darin, Feen davon zu überzeugen, zu tun, was wir wollen."

„Zum Beispiel, Kinder zu zeugen", knurrte sie.

Meine Mundwinkel zuckten. „Du willst genauso sehr einen Feeling wie der Rest von uns. Lass dich von einer kleinen Veränderung des Zeithorizonts nicht beirren."

Sie öffnete ihren Mund, um gegen das Wort ‚kleinen' zu protestieren – etwas, das mir ihre mentale Stimme sagte, als diese wieder in ihrem Kopf zu wüten begann. Also ließ ich sie mit einem zärtlichen Kuss verstummen und biss ihr auf die Unterlippe.

Ich ließ den sanften Schmerz mit meiner Zunge vergehen, bevor ich sie erneut küsste und meine Finger zurück in ihren Zopf gleiten ließ, um sie an mich zu drücken. Es gab so viele Dinge, die ich in diesem Zustand mit ihren Haaren hätte tun können. Alle von ihnen sexueller Natur.

Aber ich beschloss stattdessen, sie zu umarmen, sie meine Liebe und Ruhe spüren zu lassen und sie mit meinem inneren Element zu umgarnen. Ich ließ es ihren inneren Aufruhr beruhigen.

*Wir sitzen im selben Boot*, erinnerte ich sie sanft. *Wir alle wollen, dass die Interreichsfeenakademie gegründet und florieren wird. Es wird ein großartiger Ort sein, an dem unsere Kinder zur Schule gehen können. Du kannst dich also darauf verlassen, dass wir dir helfen werden, kleine Königin. Dafür sind wir da. Du musst nicht immerzu die Last der Welt auf deinen Schultern tragen.*

Sie seufzte und ihre Arme schlangen sich um meine Taille. Claire schmiegte sich an mich und ihre Gedanken beruhigten sich.

Ich vertiefte unseren Kuss, erweckte eine Zufriedenheit in ihr, die ich bis tief in meine Seele spürte. Exos stand auf, wärmte ihren Rücken mit seinem Körper und griff nach ihren Hüften, bevor er seinen Mund an ihren Hals begab.

Sie stöhnte zwischen uns. Ihr zierlicher Körper eingerahmt von königlicher und elementarer Feenkraft. Seine Hände glitten zwischen uns, legten sich an ihren Unterbauch, und sein Mund streifte ihr Ohr. „Ich kann den Feeling spüren", flüsterte er ihr zu. „Ich weiß, dass du dir vorhin Sorgen gemacht hast, Claire. Ich konnte es in unserem Band spüren. Aber unser Baby ist gesund und wächst – genauso, wie er oder sie es sollte."

*Unser Baby*, wiederholte sie lächelnd in ihren Gedanken. Ich grinste an ihren Mund gedrückt, mochte, wie sich das anhörte. Denn es spielte keine Rolle, dass ich derjenige war, der das Kind gezeugt hatte. All ihre Gefährten würden den Feeling als *unser* Kind ansehen.

„Lass zu, dass wir uns um dich kümmern", sagte ich an ihren Mund gedrückt. „Dafür sind wir da."

„Wir werden uns um die Feen-Treffen kümmern", ergänzte Exos. „Lass uns einfach wissen, wenn du dabei sein willst, und du wirst vor Ort sein. Alles andere kannst du uns überlassen. Und dich darauf konzentrieren, dich um unseren Feeling zu kümmern."

„Es liegt nicht in meiner Natur, ... einfach so die Kontrolle abzugeben", gab sie zu und schluckte leer.

„Dann sag uns, was wir tun sollen", schlug ich vor. „Sag uns, was du brauchst, und wir werden dir dabei helfen, es zu erreichen. Aber versuch nicht, es allein zu schaffen, Claire. Das wird nicht funktionieren. Für keinen von uns."

Sie nickte. „Ich weiß.“

„Gut.“ Ich küsste ihre Nase, dann legte ich meine Stirn an ihre. „Jetzt habe ich eine andere Bitte.“

Sie zog ihre Augenbraue hoch. „Noch eine Bitte?“, meinte sie mit zynischem Tonfall. „Ich glaube, du hast bereits um genug gebeten.“

Ich grinste. „Ich glaube, die hier wird dir gefallen.“

„Mh-hm.“

Ich knabberte an ihrer Unterlippe, dann entfernte ich mich gerade genug, um an ihrer Bluse hinunterzublicken. „Dürfen wir dir aus diesen feuchten Klamotten helfen?“

Sie runzelte die Stirn, sah nach unten. „Wie …?“ Sie blinzelte. „Moment Mal, wie lautet deine Bitte? Ich werde nicht zulassen, dass ihr mich mit Sex ablenkt. Das letzte Mal, als ich das zugelassen habe, bin ich schwanger geworden.“

Anstatt ihre Aussage zu korrigieren, sagte ich bloß: „Meine Bitte ist, dich ausziehen zu dürfen.“

„Oh.“ Sie runzelte die Stirn, dann sah sie wieder nach unten. „Okay.“

„Wo wir schon dabei sind, um Dinge bitten“, ergänzte Exos und legte seinen Mund wieder an ihren Hals. „Ich würde gerne darum ersuchen, dich in den Arsch zu ficken.“

Ihre Wangen erröteten. „*Exos.*“

„Und ich will deine Muschi“, verkündete ich und genoss, wie sie errötete.

„Tu nicht so, als würde dich unsere Direktheit überraschen, kleine Königin. Du bist jetzt lange genug mit uns verbunden, um zu wissen, was wir mögen.“

Sie schluckte leer. „Ich habe mich noch immer nicht daran gewöhnt.“

Meine Mundwinkel zuckten erneut. „Dann erlaube uns, es dir noch einmal zu demonstrieren.“ Ich begann ihre Bluse aufzuknöpfen, da sie mir technisch gesehen Erlaubnis erteilt hatte. „Sieh das hier als Übungsrunde für die dritte Phase."

„Und was passiert in der dritten Phase?", fragte sie atemlos, während wir ihre Bluse von ihrem wunderschönen Körper streiften.

„Intensiver Sex", flüsterte Exos in ihr Ohr. Seine Hand griff nach ihrem Rock und zog ihn an ihren Beinen herunter. „Jetzt leg dich aufs Bett und spreize diese hübschen Schenkel für uns."

# CLAIRE

Eineinhalb Wochen später

Okay, schwanger zu sein, hatte einen Vorteil: *fabelhaften Sex.* Und ganz allgemein meine Gefährten.

Sie waren nie aufmerksamer gewesen, was etwas heißen wollte, wenn man bedachte, dass sie für mich immerzu Himmel und Erde in Bewegung setzten.

Wie zum Beispiel jetzt. Titus half mir dabei, das

Besprechungszimmer im Haus der Kanzlerin zu dekorieren. Cyrus hatte gesagt, dass wir ein paar Feen erwarten sollten, die für ein Gespräch bezüglich der Interreichsfeenakademie hereinschneien würden. Ich war umgehend in Einrichtungs-Modus gefallen.

Die Feiertage machten Leute glücklich.

Und ich musste sicherstellen, dass diese Feen glücklich waren.

Was auch der Grund war, warum ich unter einer Unmenge von Pailletten, Glitzer und festlichen Winter-Dekorationen begraben war. Sie bedeckten jeden Zentimeter des Sitzungszimmers für die heutigen Gäste. Ich konnte mich einfach nicht auf den Papierkram oder potenzielle Verhandlungen konzentrieren. Nicht, bis das Zimmer bereit war.

Der Begriff ‚Nisten' ging mir immer wieder im Kopf herum und trieb mich dazu, alles nur noch besser machen zu wollen.

Aber wo ich mich auch hindrehte, fand ich eine leere Stelle, die eine Nikolaus-Statue brauchte. Eine leere Wand, der etwas Glitzer fehlte. Eine Treppe, die dringend mehr Lametta brauchte.

„Kerzen", verkündete ich und klatschte in die Hände. Oh ja, ein Meer aus flackernden Lichtern würde der Stimmung ganz bestimmt auf die Sprünge helfen.

Ich brauchte meine Elemente, auch wenn ich nicht vollständigen Zugriff auf sie hatte.

*Ja, ja. Definitiv Kerzen.*

Titus musterte mich, als ich eine der bereits angezündeten Kerzen dazu benutzte, um vorsichtig eine nach der anderen zu entzünden. Er sah aus, als würde er etwas sagen wollen, als ein wilder Bausch unechten Schnees durch das Zimmer wehte und beinahe Feuer fing. Mit einer Handbewegung brachte er die Flamme dazu, sich vom Schnee wegzubeugen, und sah mich mit hochgezogener Augenbraue an.

„Danke", sagte ich scheu, hasste, dass ich mich mehr und mehr auf meine Gefährten verlassen musste, um mich davon abzuhalten, Räume in Brand zu stecken.

„Fürchtest du dich plötzlich vor ein paar Flammen?", fragte er mit einem sexy Lächeln und küsste mich. Ich genoss seinen Geschmack, bevor ich mich von ihm löste, um mich wieder meiner Arbeit zuzuwenden.

„Ich bin nur extra vorsichtig", erwiderte ich und meinte es auch so.

„Ja, das sehe ich." Sein Blick folgte meinem, während ich mich zum tausendsten Mal im Zimmer umsah.

Die Dekorationen schienen wichtiger, als mich auf das bevorstehende Treffen vorzubereiten. Aber Titus machte keine Anmerkungen bezüglich meiner ungleich gewichtigen Prioritäten.

Aflora und ein paar weitere Feen würden jeden Moment durch die Tür eintreten, über der Stechpalmen hingen. Der Rest meiner Gefährten würde sich ebenfalls anschließen, um ein Auge auf mich zu haben. Besonders Cyrus war in letzter Zeit auffallend beschützerisch, was verständlich war. Und Titus verspürte vermutlich ebenfalls das Bedürfnis, mich in Sicherheit zu wissen.

„Musst du mir wirklich noch eine Herzattacke verschaffen?", fragte Titus mit klagender Stimme, schlang einen Arm um mich, während ich schwankend auf einer Leiter stand. „Sag mir einfach, was aufgehängt werden soll, und ich werde es für dich erledigen. Oder wir könnten Vox rufen."

„Nein", erwiderte ich und stieg stur Sprosse um Sprosse empor, während Titus' Hände fest an meinen Hüften lagen. „Ihr würdet es nicht richtig aufhängen." Ich war die Einzige, die wusste, wo und wie alles angebracht werden musste. Obschon ich meinen Gefährten diese merkwürdige Gewissheit nicht erklären konnte.

Titus' Flammen eskalierten, als ich einen der Schneeflocken-Wimpel zurechtrückte.

Normalerweise hätte ich einfach etwas Windmagie benutzt, um die großen Schlingen an der Decke zu befestigen, aber mein Element verwehrte sich mir.

Das hätte mich beunruhigen sollen.

Und ja, vermutlich hätte ich etwas sagen sollen.

Aber die Heilerin hatte mir gesagt, dass ich mich etwas anders fühlen würde, während der Feeling in mir heranwuchs. Und es war nicht so, als ob diese Halbling-Schwangerschaft mit einer Gebrauchsanweisung oder so kam.

Anstatt mir also den Kopf darüber zu zerbrechen oder meine Gefährten noch mehr unnötig zu beunruhigen, hatte ich beschlossen, ruhig zu bleiben und zu tun, was ich konnte, damit sich dieser Ort sicherer anfühlen würde.

Darum auch all die Dekorationen.

Ein Zimmer voller Festtagslaune gab mir die Ruhe, die ich brauchte.

„Ja, das ist es", sagte ich, zufrieden, als ich die Luftschlange zwischen komplementären Schichten von Herbstblättern und Kürbissen hindurch wob.

„Bist du endlich fertig?", fragte er hoffnungsfroh.

„Hm", summte ich, sah mich im Zimmer um. Erntedankfest, Weihnachten, Herbst und Wintersonnenwende allesamt in einem Zimmer zu einem festlichen Meisterstück vereint. Aber etwas fehlte noch.

„Ähm …", hörte ich eine unsichere Stimme sagen, als Aflora die Tür aufmachte und den unechten Schnee beiseiteschob, der den Eingang blockierte. Eine Kerze in der Nähe flackerte und Titus bewegte seine Finger, ließ die

Flamme sich zur Seite biegen, bevor sie das Zimmer in Brand stecken konnte.

„Bin ich hier richtig?", fragte sie und musterte die Kerzen misstrauisch.

„Aflora", grüßte ich, ganz aufgeregt darüber die Frau zu sehen, die Sol als seine kleine Schwester bezeichnete. Die beiden waren zusammen aufgewachsen, nachdem Afloras königliche Feeneltern gestorben waren, und jetzt teilten sie sich beide den Zugriff auf die Erdquelle.

Ich bedeutete ihr mit einer Handbewegung, dass sie eintreten sollte, und bereute es augenblicklich, da ich beinahe von der Leiter fiel. Titus fluchte und fing mich auf, stellte mich auf den Boden.

Dann brach ein Feuer auf der anderen Seite des Raumes aus.

„Scheiße", murmelte Titus.

Aflora zog einen Zauberstab aus ihrem Umhang und murmelte einen Bann, ließ das Feuer mit ein paar wenigen Worten ausgehen. Dann sah sie sich mit ihren himmelblauen Augen im Zimmer um.

„Na, hier drinnen hängt so viel Festtagsschmuck, dass man ein Feld aus Wildblumen damit dekorieren könnte", sagte sie.

„Da befindet sich jemand definitiv in der Nistphase."

Titus schnaubte zustimmend, und kurz darauf waren Männerstimmen durch die offene Tür zu hören. Zephyrus trat ein, grinste über eine Bemerkung, die Cyrus eben gemacht hatte.

„Wow, haben Weihnachten und Erntedankfest ein Kind gezeugt?", fragte Zephyrus und sah sich um.

„Claire befindet sich in der Nistphase", erwiderte Aflora.

„Ja, das sehe ich", erwiderte er ausdruckslos. „Hallo Claire." Der Begrüßung lag keine Zärtlichkeit inne, aber das war nur normal beim Kämpferblut. Mitternachtsfeen waren in verschiedene Klassen unterteilt. Seine Art konzentrierte sich mehrheitlich auf Verteidigungsmagie, was sich jetzt in seiner Haltung widerspiegelte, während er sich pflichtbewusst an Afloras Seite stellte.

„Warum hast du deinen Zauberstab gezückt?"

„Feuer", sagte Aflora und steckte den magischen Leiter wieder ein. „Mir geht es gut."

Er musterte sie nachdenklich mit seinen grünen Augen und seinen kantigen Zügen, stellte sicher, dass es ihr wirklich ‚gut' ging.

Cyrus sah mich mit hochgezogener Augenbraue an und Titus rannte los, um sich einer weiteren fehlgeleiteten Flamme anzunehmen.

„Ich dachte, das Nisten sollte dir dabei helfen, einen *sicheren* Ort zu schaffen", neckte mich mein Wasser-Gefährte und trat nach vorne, um seine Finger unter mein Kinn zu legen. Sprühregen wusch über mich, kitzelte mich, während er mich instinktiv mit einem Wasserschild beschützte.

Ich sah ihn mit zusammengekniffenen Augen an. „Du musst mich nicht buchstäblich in eine Blase hüllen, Cyrus."

Er grinste. „Wenn du Zimmer in Brand stecken willst, schon."

„Ich habe alles unter Kontrolle", versicherte Titus ihm, dann zischte er, als ihm eine weitere Flamme entging.

„Du hast eine übersehen, Glühwürmchen", bemerkte Cyrus, was ihm ein Knurren von meiner Feuerfee einbrachte, das Vergeltung versprach.

Ich grinste, amüsiert über ihr übliches Gezanke.

Gina steckte ihren Kopf durch die Tür und sah sich im Raum um, hatte ein trockenes Lächeln auf den Lippen. „Habe ich das Feuerwerk verpasst?"

„Was für ein Feuer –?", fragte ich, nur um im nächsten

Augenblick von einer Explosion unterbrochen zu werden, die mich aufschreien ließ. Ich klammerte mich an Cyrus.

Aflora legte ihre Hand an ihre Brust, während Zephyrus seine Augen zukniff und den Raum mit seinem scharfsinnigen Blick musterte. Titus' widerspenstige Flammen – erweckt durch Cyrus' ‚Glühwürmchen'-Bemerkung – hatten mittlerweile die Vorspeisenteller mit geschälten Nüssen erreicht. Jetzt fraßen sie sich bis an die Decke hoch. Der lebensgroße Nussknacker wackelte daneben, öffnete und schloss seinen Mund, während er hin- und herschwankte.

Gina klatschte in ihre Hände. Sie war die Einzige von uns, die nicht überrascht war. Na ja, Zephyrus sah auch nicht besonders überrascht aus, eher genervt.

Cyrus löschte die Flammen mit einem Hauch seiner Magie, stellte sicher, dass er meine Dekorationen nicht ersäufte. Aber er ließ die Flammen weitertanzen, vermutlich, um Titus zu verärgern.

*Ich kann deine Belustigung spüren, Baby*, murmelte Exos in meinen Gedanken. *Stiftest du wieder Chaos?*

*Ich habe nur Spaß mit Festtagsschmuck*, erwiderte ich mit zuckenden Mundwinkeln.

*Hm*, summte er zurück, und seine Belustigung traf mich mitten ins Herz. *Ich, Sol und Vox sind in ein paar Minuten da. Ich hoffe, du hast Hunger.*

*Warum haben wir so viel Essen für ein Treffen?*, fragte ich ihn.

*Vielleicht ist es nicht für ein Treffen*, meinte er.

*Was meinst du damit?*

*Hab Geduld, Claire.*

Wenn er vor mir gestanden hätte, hätte ich meine Zunge genervt ausgestreckt. Stattdessen lenkte mich Cyrus mit seinem Mund ab, bevor er mich auf die Lippen küsste und mich zufrieden seufzen ließ.

Aflora bahnte sich ihren Weg durch den Glitzer, um einen Sitzplatz zu finden. Sie schob ein paar Plüschkissen weg, die die Form von Sternen und Weihnachtsbäumen hatten, bevor sie sich auf einem Stuhl niederließ. „Ich weiß nicht, wo alle anderen sitzen sollen." Zephyrus grinste und nahm seinen Platz neben ihr ein.

Ich biss mir auf die Unterlippe, während ich den Raum musterte und mir das Problem durch den Kopf gehen ließ. Ich hatte meinen Instinkten einfach freien Lauf gelassen und hatte überhaupt nicht pragmatisch gedacht.

Gina ging zu einer Ansammlung von unechtem Schnee und setzte sich in ihn, wie ein Vogel es mit einem Nest tun würde.

„Ich finde das hier ganz gemütlich." Sie zupfte an den bauschigen Lehnen ihres improvisierten Sessels. „Das erinnert mich daran, wie meine ersten Omega-Instinkte sich gemeldet haben. Es ist eine ähnliche Art von Nistinstinkt, glaube ich." Sie warf mir ein Lächeln zu und ein weißer Hauch überzog ihre Augen, als sie ihre Finger über die Dekorationen gleiten ließ, die eine Vision auslösten. „Willkommen im Leben einer Schwangeren, Claire. Es wird dich auf Trab halten."

„Claire?", hörte ich von einer weiblichen Stimme kommen, bevor ich auf Ginas merkwürdige Bemerkung reagieren konnte. Meine Mutter trat ein und blieb wie angewachsen stehen, riss ihre Augen auf. „Oh ..."

„Oh, hallo Mama", begrüßte ich sie lächelnd. „Wir halten ein Treffen ab." Wann auch immer die anderen Feen vorhatten, einzutreffen.

*Um wie viel Uhr kommen die Feen noch mal?*, fragte ich Exos.

*Sie treffen in diesem Moment ein*, erwiderte er.

Meine Augen weiteten sich. *Oh, ich bin noch nicht bereit!*

*Du brauchst nichts weiter zu tun*, antwortete er. *Sprich einfach mit deiner Mutter.*

*Woher weißt du, dass meine Mutter hier ist?*

Keine Antwort.

„Was ist los, Ophelia?", fragte Mortus, als er hinter meiner Mutter eintrat und mich meine Stirn runzeln ließ.

*Was hat Mortus hier zu suchen?*

*Er ist hier, weil er der Freund deiner Mutter ist*, erwiderte Exos.

*Ja, das weiß ich. Aber warum wohnt er dem Treffen bei?*

*Weil wir ihn eingeladen haben, Baby.*

„Was sagt mein Bruder?", fragte Cyrus leise, stellte sich neben mich und schlang seinen Arm um meine Taille.

„Ich habe ihn etwas wegen des Treffens gefragt", murmelte ich, dann lächelte ich, als meine Mutter und ihr Partner näherkamen.

„Ah, genau. Das ‚Treffen'", erwiderte Cyrus, betonte das letzte Wort irgendwie merkwürdig.

„Deine Mutter hat mich gewarnt, dass du dich in der Nistphase befindest, aber du hast dich wirklich selbst übertroffen, Claire", sagte Mortus und lehnte sich zu mir, um mir einen Kuss auf die Wange zu drücken. Es war etwas seltsam, den ehemaligen Feuerfeen-Professor so herzlich zu sehen. Er war einst so ein Mistkerl gewesen. Aber er war damals nicht direkt er selbst gewesen.

„Alles Gute zur Nistfeier", meinte er leise.

„Nistfeier?", wiederholte ich. „Was?"

Meine Mutter schlug ihm sanft auf die Brust. „Das hätte eine Überraschung sein sollen, Mortus!"

„Oh, stimmt." Er verzog das Gesicht. „Tut mir leid."

Meine Mutter seufzte an ihn gelehnt und schüttelte bloß ihren Kopf. „Dir sei vergeben. Willst du die Geschenke unter den Baum legen?"

Er nickte. „Für dich tue ich doch alles, Schätzchen."

In den vergangenen Jahren war ihre Beziehung gewachsen, aber sie waren nicht vollständig miteinander verbunden. Ich nahm an, dass er tatsächlich mehr Mamas Freund war als ihr Ehemann. Was eine merkwürdige Bezeichnung für ihn war.

„Was ist eine Nistfeier?“, fragte ich, ermuntert angesichts der Aussicht auf einen weiteren festlichen Anlass.

„*Verdammt nochmal*“, fluchte Titus, als eine weitere Flamme außer Kontrolle geriet.

Cyrus grinste. „Probleme, Glühwürmchen?“

„Lutsch meinen Schwanz“, zischte Titus.

„Titus!“, rief meine Mutter erschrocken aus, was meinen Feuer-Gefährten zusammenzucken ließ.

„Tut mir leid, Ophelia“, sagte er reuig.

Cyrus’ Grinsen wurde nur noch breiter.

*Hör auf, ihn aufzuziehen*, sagte ich zu meinem Wasser-Gefährten.

*Aber es ist so lustig*, erwiderte er.

Ich schüttelte bloß meinen Kopf und blickte zu Gina, fragte mich, ob ich mir wegen noch mehr Explosionen Gedanken machen müsste. Aber ihre Aufmerksamkeit war zur Tür abgeschweift, als wartete sie darauf, dass eine weitere Fee eintrat.

*Kommt eine Höllenfee?*, fragte ich Exos.

*Definitiv nicht.*

*Formwandlerfee?*, riet ich.

*Nein*, antwortete er.

*Wer kommt dann?*

*Hab Geduld*, wiederholte er.

Seufzend widmete ich mich wieder der Aufgabe, meine Dekorationen zurechtzurücken, wofür ich wieder die Leiter besteigen musste, um eine weitere Girlande zu richten.

„Was machst du da oben?“, verlangte meine Mutter

mit hörbarem Schock zu wissen. „Du solltest dich nicht auf so gefährliche Höhen begeben."

„Viel Glück dabei, sie zum Aufhören zu bewegen", murmelte Titus und fluchte erneut, als Feuer sich an einem der Vorhänge hoch fraß. „Verdammt nochmal." Er löschte die Flammen mit einer magischen Welle.

„Ich mag es nicht, dich da oben zu sehen", sagte Cyrus, legte seine Hände auf meine Hüften und stellte sicher, dass ich nicht herunterfiel, während Titus sich auf die Kerzen konzentrierte. „Bitte komm runter."

„Ich mach das schon", insistierte ich. Vox und ich hielten uns oft in den Wolken auf, wenn wir allein waren, aber das brauchten sie nicht zu wissen.

Trotzdem ließ ich mich von Cyrus von der Leiter heben, gerade, als meine anderen Gefährten eintraten.

Exos sah mich mit zusammengekniffenen Augen an, bemerkte jedoch nichts.

„Warum benutzt du nicht deine Erd-Magie, um für einen festen Stand zu sorgen?", fragte Sol, während er Vox dabei half, einen Berg Essen auf den Tisch neben den verbrannten Nüssen zu stellen. „Und was ist hier passiert?"

„Claire mag Kerzen", erklärte Titus.

„Und sie kommt problemlos mit Höhen klar", ergänzte Vox, runzelte dann die Stirn, als Glitzer in Richtung des Essens flog. Er schob sie mit einem Hauch Wind fort. „Dieses Zeug ist überall."

„Ich weiß, und es ist so hübsch!", rief ich aus, da ich keinen besseren Grund dafür hatte, warum so viele Dekorationen nötig gewesen waren.

Sein Gesichtsausdruck wurde sanfter und er lächelte mich an. „Ja, es ist wunderschön. Genau wie du, Claire."

Exos grinste amüsiert, dann ging er, um noch mehr Essen zu holen. Als er zurückkam, hatte er auch ein paar Teller und Besteck bei sich.

„Echt jetzt, wozu brauchen wir so viel Essen für ein Treffen?", fragte ich ihn.

„Weil es kein Treffen ist", erwiderte er. „Es ist eine Überraschungs-Nistfeier."

„Was keine wirkliche Überraschung mehr ist, da ihr jeder davon erzählt", ergänzte Cyrus trocken und schlang seinen Arm wieder um meine Taille.

„Okay, aber was ist eine Nistfeier?", fragte ich erneut, hoffte, dass mir jemand auf die Sprünge helfen könnte. „Und wenn sie nicht für die Interreichsfeenakademie ist, dann will ich wissen, wie es an dieser Front läuft."

Cyrus stellte sich hinter mich, um seine Arme um meine Taille zu legen, zwang mich, zu meiner Mutter zu blicken. „Willst du es erklären, Ophelia? Das war deine Idee, oder?"

Meine Mutter gab ein mädchenhaftes Kichern von sich und setzte sich neben Mortus. Natürlich sah sie kaum älter als dreißig aus, und ihr *Freund* ebenfalls. Feengene waren in dieser Hinsicht echt klasse.

„Ja, Cyrus hat recht. Ich stecke hinter alledem hier", gab sie zu, als Mortus seinen Arm um sie schlang. Ich fragte mich, ob sie jemals beschließen würden, sich wieder zu vereinigen. Ihre erste Vereinigung war nicht aus freien Stücken geschehen. Aber jetzt schienen sie einander aufrichtig zu lieben.

„Ich wollte dich mit einer Nistfeier überraschen, was eine Art von Babyparty ist", erklärte sie, was mich dazu anhielt, mich daran zu erinnern, dass Gina letzten Monat so etwas erwähnt hatte. Ich sah der Schicksalsfee in die Augen und sie warf mir ein strahlendes Lächeln zu. Jepp. Sie hatte es kommen sehen.

„Deine Gefährten haben mir geholfen", fuhr meine Mutter fort. „Du bist mitten in deiner Nistphase, also habe ich gedacht, würde dir ein feierlicher Anlass gefallen." Ihr

Blick streifte im Zimmer herum, dann fiel er auf meinen Bauch, und ein Lächeln zog auf ihrem Gesicht auf. „Euer kleiner Festtagserbe wird auf der Welt sein, bevor wir uns versehen."

*Festtagserbe.*

Ich mochte, wie sich das anhörte.

„Also gibt es kein Treffen", sagte ich. „Aber jemand wird mir sagen, wie es mit der Interreichsfeenakademie läuft, oder?" Das einzige Update, das ich bisher bekommen hatte, war, dass sie immer wieder Treffen in allen Reichen vereinbarten, Informationen aus meiner Präsentation zugänglich machten und versuchten, Allianzen zu schmieden. Gegen Ende des Jahres würde eine große Abstimmung stattfinden.

„Wie wäre es, wenn wir dir nach der Nistfeier ein Update geben?", schlug Cyrus vor, seine Lippen nahe an meinem Ohr. „Lass uns zuerst unseren Feeling feiern, dann werden Exos und ich dich mit politischen Informationen überhäufen."

Ich lächelte. „Versprochen?"

„Versprochen", murmelte er und drückte mir einen Kuss auf die Wange.

*Dieses Mal bekomme ich deine Muschi*, sagte Exos in meinen Gedanken, woraufhin ich mich verschluckte.

*Exos!*

*Was?* Er warf mir einen schelmischen Blick zu, während er neben dem Essen stand. *Hast du mich lieber in deinem Arsch?*

*Hör auf. Meine Mutter ist hier. Direkt neben mir. Sie sieht mich an.*

*Und was für ein wunderschöner roter Hauch dein Gesicht jetzt ziert*, neckte er, zwinkerte mir von der anderen Seite des Zimmers zu.

Ich versuchte zu schlucken, aber Cyrus' Wärme an

meinem Rücken machte das schwierig. Dann starrten mich Sol und Vox mit heißen Blicken von der anderen Seite des Zimmers an, und es war, als wäre ich zu einer der wilden Kerzen geworden.

*Ihr müsst alle aufhören*, sagte ich, schoss die Nachricht durch alle Bänder.

*Ich habe noch nicht einmal angefangen*, erwiderte Titus. Sein Blick erinnerte mich an wabernde Glut.

„Zeit für die Nistfeier?", meinte Cyrus mit leiser Stimme. „Was meinst du, kleine Königin?"

„Zeit zu feiern", stimmte ich zu.

„Nicht alle Geschenke sind essbar", warf Gina ein. Ihre Bemerkung war völlig zusammenhangslos und typisch für sie.

Ich sah zu Cyrus, der nur mit den Achseln zuckte.

„Das Leben der Party ist soeben eingetroffen!", verkündete Lance, als er den Raum mit ausgestreckten Armen betrat und beinahe eine Kerze zu Boden warf. Er stellte sie mit einer Mühelosigkeit auf, die nur eine Feuerfee besaß.

„Lance", zischte Titus. „Du solltest bei Ma und Pa sein, nicht wahr?"

„Mama und Pa?", wiederholte ich kreischend. Ich hatte Titus' Familie seit Jahren nicht mehr gesehen. Und obschon sie mich zu mögen schienen, so waren Feuerfeen etwas ... ähm, hitzköpfig, um es gelinde auszudrücken. Und Titus' Beziehung zu seinen Eltern, genauso wie jene zu seinem Bruder, war angespannt. Er hatte die Kontrolle über seine Kräfte verloren, als er jünger gewesen war, und hatte mehrere entfernte Familienmitglieder umgebracht. Darunter Lances Lieblingscousin.

„Du hast mir nicht gesagt, dass deine Eltern hier sind."

„Weil sie meinen Bruder besuchen, nicht –"

Eine Feuerfee mit glühenden Augen und breiten

Muskeln verschaffte sich Zutritt, ließ Titus mitten im Satz innehalten. Sein Vater hielt inne, um sich erschrocken im Zimmer umzusehen. Die Hitze, die er verströmte, ließ die Stechpalmen um ihn herum verwelken. Harz tropfte auf seine Schulter, was ihn sein Gesicht verziehen ließ. „Okay, wir sind hier. Wo ist das Essen?"

„Pyros", tadelte Ruby, seine Ehefrau, ihn. Sie war niedlich und hatte knallrotes Haar. Aus irgendeinem Grund erinnerte sie mich immer an Kirschen. „Sag Hallo zur Gefährtin deines Sohnes."

Die Feuerfee räusperte sich. Ich hatte das Gefühl, dass meine Schwiegerfee – einen Begriff, den ich erfunden hatte und für alle Eltern meiner Gefährten benutzte, obwohl es technisch gesehen nicht ganz zutreffend war –, nicht jemand war, dem man sich widersetzen sollte. „Hallo Claire. Gratulation zum Feeling."

Nachdem er das erledigt hatte, bahnte er sich seinen Weg zum Essen hinüber und ließ sich Zeit dabei, seinen Teller zu füllen.

Titus stellte sich neben mich und seine Lippen streiften mein Ohr. „Mach dir nichts aus Pa. Er ist nur verbittert darüber, dass die Wasserfee den ersten Erben bekommen hat. Nur etwas Weiteres, das er mir zur Last legt."

Cyrus schnaubte, hatte die Bemerkung gehört.

Ruby näherte sich und warf mir ein sanftes Lächeln zu. „Du glühst ja förmlich, Schätzchen", sagte sie, als würde sie die Unhöflichkeit ihres Gatten entschuldigen wollen.

„Danke, Ruby."

Sie tätschelte meine Hand, bevor sie sich neben Gina setzte. Sie begann ein nettes Gespräch mit ihr, während sie die Schicksalsfee nicht allzu subtil dazu zu bewegen versuchte, ihr zu sagen, wann sie einen Feuer-Feeling erwarten konnte.

Ich stieß einen langen Atem aus und ließ mich von

Cyrus und Titus zu einem Sessel führen. Dann reichte mir Sol einen Teller, den er bereits für mich zusammengestellt hatte, und all meine Gefährten reichten mir weitere Gerichte.

Es dauerte eine Weile, bis ich mich vollends entspannte. Aber als niemand sich bewegte, um meine Dekorationen zu entfernen und sich stattdessen einen Weg darum herum zu suchen, begann ich, mich zu amüsieren.

Vox jammerte etwas über das Essen, da Glitzer seine ‚perfekten Kreationen' verdarb. Aber Sol bestand darauf – zu Vox' Missfallen –, dass es dem Essen eine knusprige Note einhauchte, die gefehlt hatte. Mein Erdfeen-Gefährte liebte wirklich alles, was essbar war – ganz egal, woher es kam oder worum es sich auch handelte.

Cyrus und Exos gaben auch nach und gaben mir die Updates, die ich bezüglich der Akademie haben wollte. Sie waren allesamt positiv, bis auf das Problem mit den Höllenfeen.

„Vielleicht müssen wir in Betracht ziehen, ohne sie weiterzumachen", meinte Cyrus.

Ich schüttelte meinen Kopf. „Wir brauchen sie."

„Sie sind schon seit Jahrhunderten nicht mehr Teil der Feen-Gesellschaft, Claire", murmelte Exos.

„Und das will ich ändern", insistierte ich. „Denk mal darüber nach. Wenn eine Interreichsfeenakademie zuvor existiert hätte, wäre das nie –"

„Ein Problem gewesen", beendeten Exos und Cyrus den Satz für mich.

Mein Wassergefährte stieß ein Seufzen aus und schüttelte seinen Kopf. „Ich verspreche, dass ich es weiterhin versuchen werde."

„Das ist alles, worum ich dich bitte", erwiderte ich.

„Ich weiß." Er legte seine Hand an meine Wange und

beugte sich zu mir, um mir einen sanften Kuss auf die Lippen zu geben.

„Also, wo wurdest du ausgebildet?", hörte ich Lances Stimme von der anderen Seite des Raumes. Er hatte beschlossen, sich neben Zephyrus zu setzen. Etwas, das der Mitternachtsfee merklich unangenehm war. Aflora schien es jedoch witzig zu finden.

Als Zephyrus nicht antwortete, ergänzte Lance: „Ich habe den Titel des Machtlosen Champions jetzt schon drei Jahre in Folge gewonnen."

Das Kämpferblut erwiderte noch immer nichts, aber ich nahm an, dass er mental mit Aflora sprach, denn ihre Augen funkelten und sie schien sich ein Lachen zu verkneifen.

„Gibt es bei den Mitternachtsfeen Kampfringe?", hakte Lance nach.

Das Kämpferblut kniff seine Augen zusammen, gab eine knappe Antwort. „Keine, in denen eine Elementefee willkommen wäre."

Lance plusterte seine Brust auf, nahm die Herausforderung an. Ich biss mir auf die Unterlippe und fragte mich, ob ich intervenieren sollte, bevor der hitzköpfigen Fee Feuer unter dem Arsch gemacht würde.

Gerade, als ich aufstehen wollte, schob Titus mir ein Geschenk unter die Nase, das nach … einer Art Zimt roch?

Mir krümmte sich der Magen.

Normalerweise mochte ich Zimt, sogar die Feenvariante davon. Aber ich war mir nicht sicher, ob ich im Moment noch mehr Feuerfeen-Essen zu mir nehmen konnte. Mein Magen krümmte sich bereits von all dem Essen, das meine Gefährten mir auf den Teller geladen hatten, und ich hatte noch kaum etwas davon angerührt.

Etwas Neues zu kosten, schien mir im Moment also wenig verlockend.

„Es ist von meiner Familie", erklärte er, ganz offensichtlich stolz auf das Geschenk. „Du hast es richtig verpackt, oder?", fragte er Lance spitz.

Sein Bruder rollte mit seinen Augen. Während sein muskulöser Körper mich an Titus' erinnerte, so hatte er etwas kantigere Züge. Etwas, das von ihrem Vater stammte. Titus, hingegen, ähnelte eher ihrer Mutter. „Genau so, wie du es mir gesagt hast", versicherte ihm die jüngere Fee, bevor er sich wieder einem noch immer uninteressierten Zephyrus zuwandte.

Titus schüttelte das Päckchen leicht, dann stellte er es mir in den Schoß. „Mach es auf", ermutigte er mich, behielt seine Lippen nahe an meinem Hals, nachdem er mein Haar beiseitegeschoben hatte.

Ich lächelte und öffnete die Schleife, dann entpackte ich die glänzende rote Folie, unter der ein zauberhafter kleiner Zimtkuchen hervorkam, der mit glühender Asche umrahmt war.

„Wird er mich verbrennen, wenn ich versuche, ihn zu essen?", fragte ich und mir krümmte sich abermals der Magen. Ich hoffte wirklich, dass mir vom Kuchen nicht übel werden würde.

Wie erniedrigend würde es sein, wenn ich mich bei meiner eigenen Nistfeier übergab? *Oh, Mann.*

Ich liebte es, wenn Titus mich mit neuen Feen-Köstlichkeiten überraschte, aber das hier hätte nicht zu einem ungünstigeren Zeitpunkt kommen können. Titus führte die Süßigkeit an meinen Mund und ließ es unter meiner Nase herumschweben, woraufhin sich mein Magen protestierend krümmte.

Ja, das würde nicht gut enden.

„Es ist Feuerkuchen", erklärte er, bemerkte mein

157

Unbehagen nicht. „Ich glaube, unser kleiner Feeling wird ihn lieben …"

Gerade, als ich spürte, wie mein Mageninhalt mir in den Rachen hochstieg, ging der Kuchen in Flammen auf, was alle zum Kreischen brachte.

*Scheiße. War ich das?*

Ich hatte ganz bestimmt keine Magie ausstoßen wollen, aber das Feuer-Element, das das Geschenk in Asche verwandelt hatte, war zweifellos von mir gekommen.

Oder besser gesagt … *aus* mir.

Pyros lachte schallend. „Na, das nenne ich mal einen Feuerkuchen. Nett."

„Aber ich habe nicht −", wandte ich ein, während Titus zu seinem Vater hinüberstürmte.

„Findest du das witzig?", brüllte Titus. „Warum bist du hier, wenn du bloß alles ruinieren willst?!"

Titus' Vater plusterte seine Brust auf. „Ich habe deinen Kuchen nicht verbrannt, wenn es das ist, was du andeuten willst."

Er legte eine Hand auf Lances Schulter, was die Fee zusammenzucken ließ. „Obschon es ziemlich witzig war, findest du nicht, Lance?"

Der jüngeren Feuerfee schien überhaupt nicht zum Lachen zumute, und er schien es auch nicht zu mögen, dass die Hand seines Vaters auf seiner Schulter lag.

„Ich fürchte, das ist meine Schuld", unterbrach Cyrus. „Ich mag Feuerkuchen nicht. Ist ein Wasserfeen-Ding. Vielleicht nimmt Claire mehr von den Eigenheiten der Wasserfeen an, während sie schwanger ist?"

Titus verzog das Gesicht. Die Erklärung schien ihn nicht zu beruhigen.

Gina hob ein Päckchen hoch, das sie unter dem Baum hervorgeholt hatte. „Oh, sieh nur … Ein Geschenk von Sols Familie!", verkündete sie. Sie eilte zu mir und wedelte die umherfliegende Asche weg, bevor sie mir das Geschenk in den Schoß legte. Sie lehnte sich zu mir und flüsterte: „Eine Ablenkung wird die Feuerfee davon abhalten, in die Luft zu gehen."

Titus knurrte, begab sich aber zurück an meine Seite, als ich den Gegenstand auspackte. Im Geschenkpapier lag ein riesiges grünes Blatt. Ich hielt es ins Licht. „Ähm, … esse ich das auch?", fragte ich, fürchtete, dass es in Flammen aufgehen könnte, wie es dem letzten essbaren Geschenk ergangen war.

Sol lachte. „Es ist eine Windel, kleine Blume."

Ich drehte das Blatt um und zog eine Augenbraue hoch. „Oh … ähm, danke?", sagte ich und warf ihm ein schwaches Lächeln zu, bevor ich das Geschenk wieder ins Papier legte.

Die Übergabe von Geschenken zog sich weiter. Die Feen reichten mir mehr Geschenke. Einige von ihnen hatte ich nicht einmal unter dem Baum stehen gesehen dank der magischen Sprüche, die Aflora und die anderen gesprochen hatten.

Jedes Geschenk war kurioser als das andere.

Gina schenkte mir ein paar aneinandergereihte Stöckchen, die mir angeblich dabei helfen sollten, Mittagsschläfchen zu bestimmen.

Aflora und Zephyrus beschenkten mich mit einem Samen, von dem sie sagten, dass ich ihn nicht pflanzen sollte. Etwas von wegen brennende Knallbäume und darüber, dass sie nur zum Schutze einzusetzen waren.

Vox' Familie hatte ein eher nerviges Windspiel geschickt. Ich war mir ziemlich sicher, dass ein Fluch darauf lastete.

Meine Mutter und Mortus überreichten mir das normalste Geschenk von allen. Ein Buch mit elementaren

Geschichten, die wir unserem Feeling vorlesen konnten, wenn sie oder er älter war.

Ich begann das Buch zu lesen. Doch dann brachte mich ein plötzlicher Drang dazu, meine Beine zu überkreuzen und mich zu winden. *Scheiße.*

„Was ist los?", fragte Cyrus und legte eine Hand auf mein Knie.

Sol schlang seine Finger auf diese besitzergreifende Art, die mir gefiel, um meine Schultern. Er hatte mein plötzliches Unbehagen ebenfalls gespürt. Ich ließ mich von ihm beinahe in einen vermeintlichen Ruhezustand lullen.

Bis meine Blase protestierte und mich in Aktion treten ließ.

Ich schoss hoch, stieß meine Gefährten von mir. „Toilette!", schrie ich. Es war mir egal, dass mich alle anstarrten, als ein plötzliches, unerklärliches Bedürfnis durch meinen Körper rauschte. „Ich … muss … pinkeln!"

Ginas prophetischen Worte folgten mir, als ich aus dem Zimmer huschte.

*Willkommen in der Welt der Schwangeren, Claire. Es wird dich auf Trab halten.*

# CLAIRE

Cyrus stand auf der anderen Seite der Badezimmertür, wartete auf mich.

„Bist du bereit für das nächste Geschenk?", fragte er mit verheißungsvollem Tonfall.

„Ist es Sex?", riet ich.

Er schmunzelte. „Das ist eine gegebene Tatsache, kein Geschenk", säuselte er, hielt mir seinen Arm hin. „Komm. Exos und ich wollen dir etwas zeigen. Und nein, das ist kein Euphemismus."

„Bei euch beiden kann man nie wissen", murmelte ich.

„Das stimmt", meinte Exos.

Die beiden Männer lachten und ich schüttelte bloß meinen Kopf. „Sag ich doch."

Cyrus schlang seinen Arm um mich, führte mich weg von der Nistfeier und auf den Ausgang des Gebäudes zu. „Wohin gehen wir?", wollte ich wissen.

„Nach Hause", erwiderte er.

„Ohne uns von den anderen zu verabschieden?", fragte ich stirnrunzelnd.

„Ich werde dich zurückteleportieren, damit du das tun kannst", versprach er, während Exos mich an der Hand nahm und auf meiner anderen Seite mitlief.

„Okay. Das habe ich gehört." Nicht, dass ich wirklich zur Feier zurückwollte, aber es schien mir unhöflich, zu gehen, ohne mich zumindest bei allen zu bedanken. Vor allem bei Aflora und Gina, die durch Reiche gereist waren, um hierherzukommen.

Titus, Vox und Sol gesellten sich draußen zu uns, sahen uns mit fragenden Blicken an.

„Ihr wisst nicht, was für ein Geschenk sie für mich haben, richtig?", fragte ich sie.

Alle drei verneinten.

Was bedeutete, dass es sich um Exos' und Cyrus' alleiniges Werk handelte. Großartig. „Wenn ihr beide zusammenarbeitet, kommt nie etwas Gutes dabei heraus", knurrte ich, meinte es aber nicht so. Aber ich wollte wissen, was sie geplant hatten.

„Nie?", erwiderte Cyrus und ließ seine Hand an meinen Rücken gleiten. „Du scheinst es zu genießen, wenn Exos und ich zusammenarbeiten."

Ich erschauderte. Exos' Bemerkungen von vorhin gingen mir durch den Kopf. „Na ja, vielleicht gibt es ein paar Ausnahmen."

Titus schnaubte.

„Eifersüchtig, Glühwürmchen?", neckte Cyrus ihn.

„Fick dich ins Knie, Mistkerl", spie Titus.

„Für dich immer noch *königlicher* Mistkerl", korrigierte Cyrus.

Mein Feuergefährte schüttelte bloß seinen Kopf. Er war sichtlich erschöpft. Er hatte hart dafür gearbeitet, all die Flammen im Zaum zu behalten. Weil ich nicht hatte helfen können.

Ich zog meinen Mund zur Seite. Ich musste es ihnen wirklich sagen, aber wie konnte ich das Thema ansprechen? Mit: *Oh, übrigens … Ich kann nicht auf meine Elemente zugreifen. Okay. Gutes Gespräch.*

Sie alle waren bereits zu beschützerisch. Das würde es bloß noch schlimmer machen.

Aber es ihnen nicht zu sagen, würde ebenfalls Probleme hochbeschwören.

Ich sollte wirklich –

„Cyrus hat schon die ganze Woche lang mit diesem Geschenk für dich geprahlt", murmelte Titus, lenkte mich ab. „Aber er wollte uns nicht sagen, was es ist." Er funkelte den Wasserkönig an. „Ich hatte *gehofft*, ihn mit dem Feuerkuchen auszustechen, aber das ist mir um die Ohren geflogen."

Vox lachte. „Buchstäblich." Er tätschelte den Arm der Feuerfee und wir liefen zu unserem Zuhause. Es befand sich nicht weit entfernt vom Büro der Kanzlerin, da ich die Kanzlerin war. Aber anders als meine Vorgängerin hatten wir die beiden Gebäude getrennt voneinander gebaut. Sie hatte am selben Ort gelebt und gearbeitet.

„Wir können zusammen einen machen", meinte Vox, hatte Mitleid mit meinem Feuer-Gefährten. „Ich würde das Rezept gerne erlernen."

Titus öffnete die Tür zum Haus. „Es gab einen Grund,

warum ich meinen Bruder das Geschenk habe bringen lassen. Es ist ein streng geheimes Familienrezept von der Seite meiner Mutter. Viel Glück dabei, es aus ihr herauszukriegen."

„Herausforderung angenommen", sagte Vox mit strahlenden Augen, als er über die Schwelle trat. Mein Luft-Gefährte schien entschlossen, alle Geheimrezepte zu erlernen – ganz egal, ob sie aus dem Reich der Sterblichen, dem Reich der Feen oder sonst einem stammten.

Mein Magen knurrte, erinnerte mich daran, dass ich schon seit ein paar Tagen keine seiner leckeren Mahlzeiten hatte genießen können. Ich hoffte, dass, was auch immer Cyrus und Exos geplant hatten, einen Hamburger und Pommes beinhaltete.

Als wir eintraten, löste Cyrus seine Krawatte und stellte sich vor mich hin. Ich zog meine Augenbraue hoch. „Und was hast du damit vor?", fragte ich.

„Dir die Augen verbinden." Er legte die glatte Seide über meine Augen und Exos ließ meine Hand los, um sich hinter mich zu stellen, half seinem Bruder, die Krawatte an meinem Kopf zu befestigen.

„Ihr habt gesagt, bei der Überraschung würde es sich nicht um Sex handeln", erinnerte ich ihn. „Nicht, dass ich mich beschweren kann oder will."

Er lachte. „Ich will nur sichergehen, dass du den vollen Effekt erlebst", versprach er. Obwohl ein Ziehen in unserem Gefährtenband anriet, dass er später nichts gegen ein bisschen Vorspiel hätte.

Exos griff wieder nach meiner Hand. Ich wusste, dass er es war, wegen des Hauchs Seelenmagie, der mein Herz immer etwas höher schlagen ließ. Das ließ mich meine Elemente noch mehr vermissen.

Aber die Magie meiner Gefährten schien in letzter Zeit mehr und mehr durch mich zu fließen – als würden sie mir dringend benötigte Nahrung direkt von der elementaren Quelle zuführen.

Es fühlte sich merkwürdig an, es so zu beschreiben.

Nie zuvor hatte ihre Magie mir diese Empfindung verschafft. Aber ihre Berührungen nahmen wir irgendwie den Hunger. Also klammerte ich mich an Exos, lockte den kitzelnden Strang zwischen uns aus der Reserve, während wir weiterliefen.

Meine Gefährten führten mich durch unser Zuhause und ins zweite Schlafzimmer, das wir für Gäste oder Familienmitglieder eingerichtet hatten, die uns besuchten.

Obwohl nie jemand das Zimmer benutzte.

Unsere nächtlichen Aktivitäten machten das irgendwie schwierig. Und meine Mutter wohnte mit Mortus zusammen nahe am Campus, also hatte sie keinen Grund, über Nacht zu bleiben.

Hm, rückblickend war es vielleicht eine schlechte Idee gewesen, das Zimmer, welches sich nur zwei Zimmer von unserem entfernt befand, zum Gästezimmer zu machen. Aber es war einer der größeren Räume, also hatte es damals Sinn ergeben, dass er für Gäste bestimmt war.

Doch jetzt hatte ich das Gefühl, dass meine Gefährten den Raum für etwas anderes benutzen wollten. Mein Herz begann zu flattern, als ich über das *Geschenk* nachdachte, das Cyrus und Exos mir überreichen wollten. Ich versuchte, mir keine großen Hoffnungen zu machen, sagte mir, dass es vermutlich überhaupt nicht das war, was ich mir vorstellte. Aber der sanfte Hauch von Wasser in der Luft – ein Hauch, der heute Morgen noch nicht da gewesen war – erweckte all meine Instinkte zum Leben.

Jemand öffnete die Tür und Zustimmung floss durch meine Bänder, ließ mich noch begieriger darauf werden, es zu sehen. „Kann ich die Augenbinde abnehmen?", fragte ich und meine Nasenflügel blähten sich angesichts des verlockenden Geruchs von Sprühregen und einem beruhigenden Duftstoff, der mich an das Seelenreich erinnerte.

„Noch nicht", sagte Cyrus. Wasser wärmte meine nackten Arme, ließ mir die Haare zu Berge stehen, als stünde ich unter Strom. Er führte mich einen weiteren Schritt nach vorne, dann flüsterte er: „Okay. Jetzt."

Ich riss mir die Seidenkrawatte vom Kopf und mir fiel die Kinnlade herunter.

„Oh, bei den Feen", sagte ich, musterte das verzauberte Kinderzimmer, in dem Wasser- und Seelenmagie herumwaberte. Ein rosaroter Schmetterling küsste meine Wange und ich richtete meinen Blick auf Exos. Er grinste, dann zeigte er auf die wunderschönen Seelen-Kreaturen, die herumflatterten. Keine Elfen, nur Schmetterlinge. Meine Lieblingsgeschöpfe.

Ein Brunnen stand in der Ecke. Das prachtvolle Gebilde pumpte Feuchtigkeit und Magie in das Zimmer. Ein kleines Becken ruhte daneben, in welchem man ein Neugeborenes baden konnte. Ich nahm einen Schritt nach vorne, um meine Finger durch den warmen Sprühregen gleiten zu lassen. Die Ruhe, die die Quelle verbreitete, brachte mich zum Lächeln.

Hinter dem Brunnen befand sich ein Fenster, welches einen umwerfenden Ausblick auf Sols weiße Weihnachtsbäume bot.

Aber das raffinierteste Stück von allen stand an der Wand.

Ich ging auf die kunstvoll verzierte Krippe mit blauen Spiralen zu. Ich berührte sie, hatte geglaubt, auf Glas zu treffen. Doch meine Finger berührten eine warme, glatte Oberfläche, die unter meiner Berührung leicht nachgab. Nie zuvor hatte ich so ein Material gesehen.

„Es ist ein magisches Wasserkonstrukt, das sich fürs

Zahnen eignet", erklärte Cyrus und seine Hand begab sich an mein Kreuz. „Ich wollte eigentlich menschliche Möbel kaufen, aber als die Gefährtin meines Vaters mir gezeigt hat, worauf die königliche Erblinie Zugriff hat, ... und angesichts des Elements, das wir teilen, ... na ja, wusste ich, dass es dir gefallen würde."

„Das tut es", sagte ich, ließ meine Finger über das Kunstwerk gleiten. Ich kaute auf meiner Unterlippe herum, während eine Hand an meinen Bauch wanderte. Cyrus' Hand folgte und seine Umarmung wärmte mich bis in meinen Kern.

„Hm, aber ich glaube, dem Raum fehlt noch etwas", sagte Exos, strich sich übers Kinn, während er sich umsah. „Ich glaube, wir brauchen etwas Erdmagie."

Sol musterte den Raum, rieb sich dann die Hände, bevor er einen Kirschbaum in der gegenüberliegenden Ecke des Brunnens erschuf, was dem mehrheitlich blauen Raum eine rosarote Note verschaffte.

Ich atmete den Duft ein und mein Herz schlug etwas höher.

„Und vielleicht etwas Feuer", ergänzte Exos.

„Schon dabei", meinte Titus, fügte kleine Flammen hinzu, die wie kleine Sterne an die Decke schwebten und Wärme spendeten.

„Und Luft", murmelte Cyrus, sah zu Vox.

Die Luftfee grinste. Seine Essenz wirbelte durch die Luft, um das Zimmer mit einem beruhigenden Lied zu versehen, das im Wind spielte. Es war eine uralte Melodie. Eine, die meine Lider schwer werden ließ.

*Es ist ein Feeling-Lied*, erklärte er in meinen Gedanken. *Das wird unser Baby beruhigen.*

*Es beruhigt mich in diesem Moment*, gab ich zu.

*Gut*, antwortete er. *Das bedeutet, dass das Lied seinen Zweck erfüllt.*

„Das … ist das bezauberndste Kinderzimmer, das ich jemals gesehen habe", flüsterte ich und lehnte mich an Cyrus. „Danke."

Mein Wasser-Gefährte hob mich mühelos in seine Arme und ich legte meinen Kopf an seine Schulter. „Danke, Claire", erwiderte er und küsste meine Schläfe. „Du machst die ganze harte Arbeit. Wir versuchen nur, dir zu helfen, wo immer wir können."

Da war ich mir nicht so sicher.

Es fühlte sich nicht besonders hart an.

Tatsächlich fühlte es sich irgendwie wie ein Traum an. Einer, aus dem ich nie aufwachen wollte. Also schloss ich meine Augen und genoss ihn einfach.

*Ich liebe euch alle*, sagte ich leise in ihren Gedanken und gähnte. *Ich werde euch zeigen wie sehr, wenn ich aufwache.*

# VOX

Eine Woche später

In der ganzen verdammten Küche waren Zutaten verstreut.

Ich hatte jedes einzelne Nahrungsmittel aus unseren Schränken und Regalen hervorgeholt, um mir zu überlegen, was ich unserer Gefährtin zubereiten konnte, das sie nicht dazu bringen würde, die Mahlzeit fünf Minuten später wieder von sich zu geben. Oder, wie gestern Abend, bevor sie überhaupt einen Bissen davon genommen hatte.

„Vielleicht sollte ich es mit einem anderen Pfirsichbaum versuchen", schlug Sol vor und rieb sich seinen Nacken. Er war genauso frustriert wie ich über Claires neuestes Schwangerschaftssymptom.

Wir waren für Claires Wohlbefinden zuständig, während Titus sich mit seiner Familie herumschlug und Cyrus sich mit Exos zusammen um die letzten Arrangements für das heutige Treffen mit den Höllenfeen kümmerte. Etwas, worauf keiner von uns sich freute – vor allem nicht jetzt.

Das war umso mehr Grund dafür, dass Claire gut genährt und in Topform war. Und ich hatte ungefähr eine Stunde Zeit, um dafür zu sorgen.

Ich hielt den verbleiben Beutel mit Körnern hoch, aus denen ich einen Haferbrei gemacht hatte. Etwas total Simples ohne jeglichen Geschmack. Aber vielleicht könnte sie das bei sich behalten. Die Schüssel dampfte auf dem Tresen, kühlte ab, während ich darauf wartete, dass Claire aufwachte. Ich hasste es, dass ich unserer Gefährtin etwas so Fades zu essen geben musste, aber alles andere hatte nicht funktioniert, und ich war entschlossen, ihrem Körper etwas zuzuführen, das mit ihren – buchstäblich – wachsenden Ansprüche mithalten konnte.

„Bäh. Das wird nicht funktionieren", sagte ich, ließ den Sack fallen. Er zerbarst, als meine Magie – *schon wieder* – außer Kontrolle geriet und Essen und Verpackungen mit einem Windstoß über den Tresen pustete.

Sol runzelte die Stirn, als ein Klumpen Trollfett zu Boden fiel. „Vielleicht sollten wir ein neues Gericht erfinden und ihr sagen, dass es sich dabei um eine beliebte menschliche Mahlzeit handelt? Das hat letztes Mal doch auch funktioniert, oder?", fragte er, als er zur zähen

Substanz hinüberstampfte. Der Boden bebte unter seinen Füßen. Er hob das Fett vom Boden auf und legte es mit einem milden Lächeln auf den Tresen. „Sie isst es noch immer, wenn wir es Speck nennen."

Ich verdrehte meine Augen. „Auf das wird sie nicht noch einmal hereinfallen." Ein Wimmern flötete im Wind den Flur hinab, was mir sagte, dass Claire aufgewacht war. Ich richtete mich auf und griff nach der Schüssel Haferbrei. „Du hast sie mit deinem Gestampfe aufgeweckt."

Sol folgte mir – noch immer stampfend –, während ich hastig und leichtfüßiger in Richtung Schlafzimmer schritt. „Ja, ich bin mir sicher, dass das herumfliegende Essen in der Küche nichts damit zu tun hatte", murmelte er zurück.

„Worüber streitet ihr Jungs euch?", stöhnte Claire, als sie sich unter der Bettdecke bewegte.

Bei den Feen … Sie war atemberaubend schön. Jetzt, mit ihrem gewölbten Bauch, sogar noch schöner. Ihr Nachthemd lag eng an ihrem Körper, während sie sich bewegte, und entblößte plumpe Brüste. Ihre Nippel verhärteten sich angesichts des kalten Winds, den ich ins Zimmer getragen hatte. Ich holte sofort die wärmeren Ströme von den Sparren hinunter.

Claire so zu sehen, ließ meinen Magen verrücktspielen. Das Kind würde in etwa vier oder fünf Wochen geboren werden, und bald würde sie damit hadern, mit dem beschleunigten Wachstum des Feelings in ihr mitzuhalten.

„Nicht zu schnell", warnte ich sie, als sie ihren Fuß über die Bettkante streckte und aufzustehen versuchte. Sie stolperte. Ihr Gleichgewichtssinn schien sie im Stich zu lassen. Vermutlich, weil sie nicht genug gegessen hatte.

Sie hielt sich an mir fest.

„Oh", sagte sie, lächelte, als ich sie mühelos auffing und einen Hauch Wind dazu benutzte, um warme Luftströme um sie zu legen, damit sie nicht fror. Gänsehaut breitete sich auf ihren Armen aus, bevor sie seufzte, als meine Magie sie umgarnte.

Sol griff nach ihrem Ellbogen, stützte sie, bis sie abwinkte – entschlossen, sich aus eigener Kraft auf ihre Beine zu stellen. „Hört auf damit. Ich schaffe das allein."

Ich sah sie mit zusammengekniffenen Augen an, als sie torkelte.

„Du musst deine Energie bewahren", sagte ich. Ihre einst roten Wangen waren jetzt eingefallen. Ihre goldenen Locken waren jetzt flachgedrückt, weil sie sich zu lange auf den Kissen herumgerollt hatte. Und als sie sich umdrehte, konnte ich ihre Rippen sehen, als das Nachthemd sich an ihren Körper drückte. Ihren Armen und Beinen fehlten die üblichen leichten Muskeln, und ich war nicht der Einzige, der sich Sorgen darum machte, dass sie nicht das nötige Maß an Nahrung bekam, die sie brauchte.

Ich hielt meine neueste Kreation hoch – Haferbrei. „Magst du etwas essen?"

Sie sah die Schüssel misstrauisch an. „Keine Gewürze?", fragte sie.

„Kein einziges."

Sie sah Sol an. „Keine Früchte … oder Fette?"

Er grinste. „Weder Früchte noch Fett", bestätigte er.

Sie griff nach der Schüssel und setzte sich auf die Bettkante, starrte den Inhalt an. „Ich fühle mich, als hätte ich eine Bowlingkugel im Bauch", murmelte sie.

Ich lächelte, obwohl ich nicht die geringste Ahnung hatte, was eine Bowlingkugel war. „Hier", sagte ich, griff nach dem Löffel und bot ihr einen Bissen an. „Versuch es."

Sie blies sanft darauf, obwohl das nicht nötig war. Ich ließ Luftwirbel über die Gabel tanzen, stellte sicher, dass es die perfekte Temperatur hatte, bevor es ihre Lippen berühren würde. Sie nahm einen Bissen, versuchte ihn hinunterzuschlucken und presste dann eine Hand auf ihren Mund, bevor sie ein Würgegeräusch von sich gab.

Ich griff nach der Schüssel, bevor sie zu Boden fiel, und dann rannte Claire ins Badezimmer.

Seufzend reichte ich Sol meine gescheiterte Mahlzeit. „Könntest du dich darum kümmern, bitte? Und füge der Liste von Dingen, die Claire nicht essen kann, Haferbrei hinzu."

Sol zog eine Augenbraue hoch. „Ich glaube, die Liste von Dingen, die sie essen kann, ist kürzer als jene von denen, die sie nicht essen kann."

„Wenn ich etwas finde, das sie essen kann, werde ich die Liste anfangen", erwiderte ich ausdruckslos, als ich Claire folgte und mir überlegte, was sie vielleicht vertragen könnte.

# CLAIRE

„Wo seid ihr?", rief Titus. Seine Stimme hallte durch das Schlafzimmer.

Ich lehnte mich an Vox, während ich mir einen Waschlappen an den Mund hielt. Ich mochte es nicht, dass meine Gefährten mich in dieser Verfassung sahen, aber jeder von ihnen hatte bewiesen, dass sie für mich da sein würden – ganz egal, was auch passieren würde.

Wenn die letzten paar Tage sie nicht in die Flucht

getrieben hatten, war ich mir ziemlich sicher, dass nichts sie dazu bewegen würde.

„Wir sind hier", erwiderte Vox. Seine Worte trieben durch den Wind, als er mir mein Haar aus meinem schweißbedeckten Gesicht strich. „Fühlst du dich etwas besser?", fragte er mit leiserer Stimme. Seine Finger zogen weiterhin beruhigende Kreise über meine Schläfe, ließen das omnipräsente Übelkeitsgefühl verschwinden, das ich verspürte.

„Ein wenig", sagte ich, obwohl ich mich definitiv nicht in Bestform wähnte. Ich hatte die ganze Zeit über Hunger, aber ich konnte nichts vom Feenessen vertilgen. Ich wollte meinen Jungs gegenüber nicht zugeben, dass das Problem vermutlich kultureller Natur war. Ich lebte schon jahrelang hier, aber meine Instinkte sehnten sich nach Essen von Zuhause. Zum Beispiel nach Karamellpopcorn und Salzfleisch. Mir lief das Wasser im Mund zusammen, wenn ich nur schon daran dachte, und Vox missverstand das Stöhnen, das aus meinem Rachen stieß.

„Wo tut es weh?", fragte er und ließ seine Hände über meinen Körper gleiten. „Soll ich die Heilerin rufen?"

Ich griff nach seinen Händen und küsste seine Fingerspitzen. „Vox, es geht mir gut. Ich habe nur Hunger, aber ich werde es überleben."

Titus streckte seinen Kopf ins Badezimmer. „Hey, niemand hat mich zur Badezimmerparty eingeladen."

Sein Blick streifte über meinen Körper, musterte mein dünnes Nachthemd, das meine Kurven und Brüste nur dürftig bedeckte. Sein Blick verweilte auf Letzteren. Es schien ihm zu gefallen, wie meine Nippel angesichts der kalten Brise härter wurden, die er ins Zimmer ließ.

„Ich dachte, du wärst mit Lance beschäftigt", sagte Vox mit etwas genervtem Tonfall.

Obwohl ich das Gefühl hatte, dass er bloß wütend auf

sich selbst war, weil er mir nichts zubereiten konnte, das ich vertrug.

„Er zeigt unseren Eltern den Feuer-Campus und seine neu gewonnenen Machtloser-Champion-Trophäen", sagte Titus, verbarg sein Missfallen über den Erfolg seines jüngeren Bruders nicht besonders gekonnt. Die beiden standen in ständigem Konkurrenzkampf miteinander. Es half nicht, dass ihre Eltern ganz offensichtlich Lance bevorzugten und immer wieder betonten, wie gut seine Kontrolle über seine Fähigkeiten war. Und damit immer wieder auf das eine Mal hinwiesen, an dem Titus' Kontrolle ihm entsagt hatte.

Jeder andere wäre über die konstanten Erinnerungen an seine Misserfolge geknickt gewesen.

Nicht aber Titus.

Er hatte seine Vergangenheit vor langer Zeit akzeptiert – noch bevor wir uns begegnet waren – und führte sein Leben so, wie er es führen wollte. Ohne einen Gedanken daran zu verschwenden, was seine Eltern von ihm hielten.

Dafür liebte ich ihn. Ich konnte es auch gut verstehen, denn ich hatte auch einst jenen wehgetan, die mir wichtig waren – durch einen unerwarteten Kraftstoß.

Titus schlüpfte ins Badezimmer und schlang seine Arme um meinen Torso, ließ seine Finger über meinen gewölbten Bauch streifen, beschloss, sich auf mich anstatt auf seine Familienprobleme zu konzentrieren. „Wie geht es dir heute, Claire?"

„Sie ist schwach", zischte Vox und gab mir keine Gelegenheit, zu antworten. „Wenn du damit fertig bist, auf dem Campus herumzustreunen, könntest du mir dabei helfen, etwas zu finden, das sie essen kann."

„Streitet euch nicht", meinte ich seufzend, funkelte Vox an, als ich ihre herumwandernden Hände von mir löste. „Ich werde ein Nickerchen machen."

„Ein Nickerchen?", wiederholte Titus. „Du kannst jetzt kein Nickerchen machen."

„Warum nicht?", fragte ich stirnrunzelnd.

Sie beide starrten mich einen Augenblick lang an. „Hast du es vergessen?", fragte Titus schließlich.

„Das Treffen, das du mit den Höllenfeen vereinbart hast, bevor die finale Abstimmung stattfindet?", half mir Vox auf die Sprünge, nachdem ich sie beide verwirrt angeblinzelt hatte.

Ich legte meinen Kopf schief. „Treffen? Das findet doch erste am Ende der Woche statt, oder?"

Titus und Vox tauschten einen Blick aus, bevor meine Feuerfee mit geduldiger und langsamer Stimme erwiderte: „Es *ist* Ende der Woche, Claire."

*Was?!*

Fluchend riss ich eine Schublade meines Waschtischs auf und zog eine Bürste hervor, dann riss ich sie durch meine Haare. Als wäre mein schwangerer Zustand nicht schon schlimm genug, hatte ich ständig Erinnerungslücken. „Okay. Kein Problem. Ich werde mich einfach zurechtmachen und …" Ich verstummte, suchte nach meiner Zahnbürste. Die würde ich definitiv brauchen.

„Bist du sicher, dass du das packst?", fragte Vox mit besorgter Stimme. „Wir können das Treffen verschieben."

„Nein." Ich riss die Haarbürste durch meine wilden Strähnen, dann schmiss ich sie auf den Tresen und putzte mir die Zähne.

Meine beiden Gefährten sahen mir nervös zu, warteten darauf, dass ich meine hastige Zahnpflege beendete.

„Cyrus hat wochenlang dafür geschuftet, einen Repräsentanten der Höllenfeen hierherzubringen", sagte ich, nachdem ich etwas vom Schaum ausgespuckt hatte. „Das nächste Mal, wenn wir uns mit jemandem treffen könnten, werde ich mich mit einem Kind befassen müssen."

Und das Kind würde meine oberste Priorität sein.

Wenn der Feeling erst einmal auf der Welt war, wäre das Letzte, worauf ich mich konzentrieren könnte, Feen dazu zu bringen, mit mir zusammenzuarbeiten. Nein. Ich konnte nicht unverrichteter Dinge Mutter werden.

Außerdem … In was für eine Welt würde ich mein Baby hineingebären, wenn ich nicht den Grundstein für einen Ort wie die Interreichsfeenakademie gelegt hatte? Ein Ort, an dem mein Kind willkommen sein würde.

Nicht als Abscheulichkeit.

Sondern als Segen.

Titus verschränkte seine Arme. „Das gefällt mir trotzdem nicht, Claire. Höllenfeen sind bestenfalls launische Geschöpfe, und … die reinste *Hölle*, wenn sie unzufrieden sind. Sie werden nicht mit uns zusammenarbeiten wollen. Nicht nach allem, was die Feen ihnen angetan haben."

Ich blendete ihn aus, spritzte mir etwas kaltes Wasser ins Gesicht. „Sie werden nur missverstanden. Das werde ich ändern." Das war einer der vielen Gründe, warum ich die Interreichsfeenakademie ins Leben rufen wollte. Damit keine der Feen dieselben Qualen erlitten, wie die Höllenfeen und andere Abscheulichkeiten es hatten.

Sobald ich mein Gesicht abgetrocknet hatte, hielt Vox mir einen Abdeckstift hin, den Cyrus auf mein Verlangen hin von einer seiner Reisen ins Reich der Sterblichen mitgebracht hatte. Ich trug die Masse großzügig auf meine Augenringe auf.

Vox sagte nichts und Titus sah mir gegen die Wand gelehnt zu, wie ich versuchte, die Hinweise auf meine Erschöpfung zu überdecken.

„Eine falsche Bewegung und ich werde sie alle

verbrennen", sagte er, ohne seinen üblichen humorvollen Tonfall.

„Genau ... Die Höllenfeen verbrennen. Das ist eine geniale Idee", meinte Vox ausdruckslos. „Ist ja nicht so, als ob sie sich zuvor schon mit Feuer auseinandergesetzt hätten."

Titus runzelte die Stirn. „Dann wird Cyrus sie in den Ozean werfen und sie in den Untiefen des Meeres ertränken. Es ist mir egal, wie es geschieht. Wenn sie sich mit Claire anlegen, sind sie so gut wie tot. Das ist alles, was ich damit sagen wollte."

Vox band seine losen Strähnen zu seinem Pferdeschwanz zusammen, als würde er sich auf einen Kampf vorbereiten. „Dem stimme ich voll und ganz zu."

Seufzend beschloss ich, dass es ein echtes Weihnachtswunder sein würde, wenn dieses Treffen auch nur ansatzweise wie geplant verlief.

Apropos Weihnachten ...

„Hey Titus?", fragte ich und stellte mich auf meine Zehenspitzen, um mich näher zum Spiegel zu lehnen und mir etwas Rouge auf die Wangen aufzutragen. Wenn ich noch runder wurde, würde ich meinen Bauch anheben müssen, um das zu tun. „Mögen Höllenfeen Weihnachtsgeschenke?"

TITUS HIELT es für keine gute Idee. Aber echt jetzt ... Wer mochte Geschenke schon nicht?

Ich marschierte mit meinem Geschenk in den Händen auf mein Büro zu, welches fein säuberlich in meinem besten silbernen Geschenkpapier verpackt und mit einer glänzenden Schleife versehen war. Dank Titus war das Päckchen von glitzernden Funken umgeben, was ihm einen schwelenden Look verpasste, der einer Höllenfee vielleicht gefallen würde.

Es fühlte sich gut an, mein Büro zu betreten, welches Sol und Vox perfekt umdekoriert hatten. Weg waren die Herbstdekorationen vom Oktober, und an ihrer Stelle stand ein weißer Weihnachtsbaum im Raum. Er spross in der Mitte des Raumes – eine lebende Kreation, geschaffen von meinem Erd-Gefährten. Glänzende Sterne und Funken tanzten kreisend an der Decke herum. Das derzeitige Muster war von Vox' Affinität für Luft geschaffen worden.

Ich seufzte zufrieden. Denn es fühlte sich wirklich so an, als wäre der Raum von Weihnachtsmagie erfüllt.

Aber etwas passte nicht zum festlichen, winterlichen Dekor, und das war die Höllenfee, die in meinem Sessel saß und ihre Beine auf den Schreibtisch gelegt hatte.

Cyrus zuckte mit den Schultern, als ich eintrat. „Ich konnte sie nur so zum Warten bewegen."

„Ist schon gut", sagte ich lächelnd. Ich würde mich später um die Brandspuren auf meinem Sessel kümmern. Ich hatte eine Feuerfee als Gefährten. Entflammte Polstermöbel kamen nun mal vor.

Meine Gefährten bestanden alle darauf, dem Treffen mit der Repräsentantin der Höllenfeen beizuwohnen, und stellten sich um mich herum wie eine Sicherheitsschranke. Sie sah jedoch nicht allzu angsteinflößend aus. Sie hatte eine Wärme an sich, die mich an eine Feuerfee erinnerte, aber das war auch schon das Einzige, was die beiden Feenrassen gemeinsam hatten.

Hörner ragten aus dem glänzenden tiefschwarzen Haar und ein beunruhigendes Knurren rumpelte in ihrer Brust, als sie ihre kniehohen Absatzstiefel von meinem Schreibtisch schwang. Sie funkelte mich mit glutroten

Augen an, in denen ein finsterer Blick ruhte, als sie mit ihren manikürten Fingernägeln über das Holz fuhr.

„Du bist spät dran", sagte sie mit flachem Tonfall, dem ein Hauch Genervtheit innelag. Ich vermutete jedoch, dass meine Verspätung nicht das Einzige war, das sie aufgebracht hatte.

Ich setzte mein bestes Lächeln auf und stellte das Geschenk auf den Schreibtisch, streckte meine Hand aus. „Es ist mir eine Freude, dich kennenzulernen. Ich bin Claire. Und wie heißt du?"

Sie starrte meine Hand einen Augenblick lang an, trommelte wieder mit ihren Fingernägeln auf das Holz und schob dann das Geschenk beiseite, aus dem sie sich ganz offensichtlich nichts machte. Sie richtete ihren Blick auf meinen gewölbten Bauch, der zwischen den Schichten meiner Ratskleider hervorlugte. „Was ist *das* denn?", fragte sie und zog ihre Lippe zurück.

„*Das* ist unser Kind", sagte Cyrus mit warnendem Tonfall. Wasserperlen formten sich in der Luft – ein Warnsignal seiner Kraft. „Du benimmst dich besser respektvoll in unserem Reich."

Rote Streifen geschmolzener Kraft rannen an ihrem Arm hinab und wanden sich an ihrer Haut wie ein eigenständiges Wesen, als sie die Drohung vernahm. Sie verdrehte ihre Augen, rückte vom Schreibtisch zurück und stellte sich auf ihre Absätze.

„Und du wärst gut beraten, mich nicht aus meinem Reich zu holen für diesen Mist. Du sagtest, ich würde mich hier mit der Königin der fünf Quellen treffen. Ich bin nur hochgekommen, weil Lucifer fasziniert von ihrer Naivität ist." Sie verschränkte ihre Arme und funkelte ihn an. „Anstatt mich mit Höflichkeiten zu langweilen, wie wäre es, wenn wir auf den Punkt kommen und –"

Ein Hitzeschwall ließ uns alle aufschrecken. Ich war so

konzentriert auf die Höllenfee gewesen, dass mir nicht aufgefallen war, dass sie den Weihnachtsbaum gestreift hatte. Höllenfeuer breitete sich an den Ästen aus, steckte sie wie ein Zündholz in Flammen. Der Baum brannte. Titus versuchte, es zu verhindern, aber sein Element konnte gegen die unbekannte Kraft nichts ausrichten.

„Cyrus!", schrie er, schubste mich aus der Gefahrenzone. „Tu etwas!"

Magiefunken züngelten an meinen Fingerspitzen und ich verspürte einen heftigen Tritt in mir. Ich rang nach Atem, realisierte, dass ich gerade meinen Feeling zum ersten Mal gespürt hatte. Nicht aus Aufregung und Freude, sondern aus Angst.

Cyrus löschte den Baum mit einer Welle Wasser, woraufhin Dampf den Raum einnebelte und der Gestank von verbranntem Tannenbaum mir in die Nase stieg. Tränen brannten in meinen Augen, als ich meinen wunderschönen Baum niedergebrannt sah. Höllenfeuer machte keine halben Sachen.

Sol begab sich sofort an meine Seite. „Weine nicht, kleine Blume."

Er streichelte mit ausschweifenden Bewegungen über meinen Kopf und mein Weinen verwandelte sich in Schluchzen. Es ergab keinen Sinn, wegen eines verbrannten Baumes so traurig zu sein, aber es fühlte sich wie eine Metapher für mein Leben an.

Egal, wie viel Mühe ich mir auch gab ... Alles ging immer in Flammen auf.

Es war schon immer so gewesen. Meine erste Erfahrung mit Feenmagie hatte darin geendet, dass ich eine Bar niedergebrannt hatte, in der meine Freunde festgesessen hatten. Würde Mutter zu sein auch so werden?

Würde ich einfach in allem schrecklich sein, das ich zu

bewerkstelligen versuchte? Würden noch mehr Leute sterben, weil ich nichts auf die Reihe kriegen konnte?

Die Selbstzweifel ließen mich nur noch lauter schluchzen, und ich konnte es meinen Gefährten nicht erklären, die allesamt versuchten, die Situation zu retten.

Sol schubste mich in Cyrus' Arme. „Kümmere dich um sie", verlangte er, während er zum Baum ging und seine Magie zur Schau stellte. Er brachte die Äste dazu, sich zu verändern, erweckte sie wieder zum Leben.

Vox half ihm, pustete die Asche in die Ritzen im Boden, während der wiedererweckte Baum Form annahm. Exos packte die Höllenfee am Arm und zog sie beiseite, bevor sie noch etwas anderes verbrennen konnte. Sie fauchte ihn an, was witzig gewesen wäre, wenn ich mich nicht wie eine hysterische Verrückte an Cyrus geklammert und einen Baum beweint hätte, den Sol bereits wieder zum Leben erweckte.

*Ist schon gut, kleine Königin. Er kümmert sich darum.* Er strich mit seinen Lippen über meine Schläfe. *Schhh, ist schon gut.*

Seine Worte brachten mich nur noch mehr zum Weinen.

Dann stellte Sol den Baum fertig. Er war jetzt voller, größer und sogar noch schöner als zuvor. Die einzigartigen, weißen, federähnlichen Äste berührten die Decke und Vox ließ Glitzer und Funken darum herum tanzen. Titus schnippte mit den Fingern, kreierte ein schönes blaues Licht, um die Spitze zu erleuchten.

Und ich weinte noch arger.

Es war einfach so süß, und alles war so … wunderschön. Meine Gefährten würden alles tun, um mich glücklich zu machen. Auch wenn es etwas Frivoles wie das Wiedererschaffen eines Weihnachtsbaumes war.

Und oh, ich verdiente sie nicht.

Oder irgendetwas hiervon.

Ich konnte nicht einmal Haferbrei essen!

Die Höllenfee gaffte mich an, dann sah sie fragend zu Exos. Ich sah ihn die Worte ‚Schwangerschaftshormone‘ mit seinen Lippen formen. Dann grinste sie.

Ich hätte wütend sein sollen, aber es war mir egal. Ich wusste, dass ich überzogen emotional war. Aber was hatten sie erwartet? In mir wuchs binnen neun *Wochen* ein Feeling heran. Nicht Monate. *Wochen.*

„Warum weinst du noch immer, kleine Blume?", wollte Sol wissen, der zurückkam und mir die Tränen vom Gesicht wischte, während ich mich wie verrückt an Cyrus klammerte.

„Es ist einfach so *schön*", sagte ich, lächelte jetzt. Die Tränen liefen noch immer, aber dieses Mal waren es Freudentränen. „Danke." Dann sah ich zu Cyrus. „Neun *Wochen.* Wie konntest du erwarten, dass ich das in *neun Wochen* schaffe?"

Er blinzelte mich an. „Claire …"

„Nein, *das* hier ist deine Schuld!" Ich zeigte auf meinen Bauch, dann schmolz ich dahin, als der kleine Feeling erneut trat. „Oh, bei den Feen. Es ist so süß. Hast du das gespürt?"

„Das habe ich", erwiderte Cyrus, seine Hand auf meinen Bauch gelegt und ein Lächeln auf seinen Lippen. „Tu es nochmal", ermutigte er mit einem faszinierten Tonfall.

Ich lehnte mich zufrieden an ihn.

Dann würgte die Höllenfee und ruinierte den Moment. „Echt jetzt. Genau darum lässt unsere Spezies ihre Feelinge von den Höllenhunden großziehen, um sie taffer zu machen. Wer bitte hat Zeit für diesen Scheiß?"

Cyrus kniff seine Augen zusammen. „Wenn du damit fertig bist, unsere Gefährtin aufzubringen … Wir haben dich eingeladen, um die Pläne für die

Interreichsfeenakademie zu besprechen. Du bist eine Vertreterin von Lucifer, richtig?"

Sie verdrehte ihre Augen. „Ja, aber auch nein. Ich bin nicht interessiert. Wenn er mit euch Verrückten zusammenarbeiten will, kann er selbst hier raufkommen und sich dafür aussprechen." Sie stürmte aus dem Zimmer. Vox sandte ihr einen Windstoß nach, um ihr Höllenfeuer davon abzuhalten, den Festschmuck in Brand zu stecken.

Exos seufzte. „Ich werde ihr nachgehen."

Cyrus führte mich zögernd in die Arme seines Bruders. „Nein, es war meine Aufgabe, die Zustimmung der Höllenfeen einzuholen, und ich habe es vermasselt. Ich werde das wieder hinbiegen." Er legte seine Hand auf meinen Bauch, lächelte, als der Feeling erneut trat. „Du machst das großartig, Claire. Weine nicht und mach dir keine Sorgen. Ich werde sicherstellen, dass die Höllenfeen das Projekt unterstützen."

Schniefend nickte ich. Cyrus küsste mich eilig, bevor er dem Geruch von verbranntem Weihnachtsbaum aus dem Zimmer folgte.

# TITUS

„Irgendetwas stimmt hier nicht." Ich sprach leise, wollte Claire nicht aufwecken, die im Nebenzimmer schlief. Sol war bei ihr geblieben, weil er der Lauteste von uns allen war. Was bedeutete, dass wir sie nahen hören würden, wenn sie beschloss, aufzustehen.

Er wusste, worüber wir hier draußen sprechen wollten.

Es besorgte uns alle, dass Claire nichts aß und ihre Beziehung zu ihren Elementen irgendwie gestört zu sein schien.

„Wann hat einer von uns sie das letzte Mal ein Element einsetzen gesehen?", fragte Exos, seine Arme vor seiner breiten Brust verschränkt.

Wir alle hatten übereingestimmt, dass ihre Reaktion in ihrem Büro gegenüber der Höllenfee völlig verkehrt gewesen war. Sie hatte sich wie ein hilfloser Feeling verhalten, nicht wie eine Königin. Und obwohl wir etwas Nachsicht mit ihr haben mussten, weil sie schwanger war und sie das Kind nicht gefährden wollte, so hatten wir dennoch die gebrochene Verbindung gespürt, weil sie nicht reagiert hatte.

Was war mit unserer Fee passiert, die gefährliche Abscheulichkeiten im Seelenreich besiegt hatte? Eine Höllenfee hätte sie nicht verängstigen sollen. Ich meine … klar, sie waren verdammt nochmal angsteinflößend, aber diejenige in ihrem Büro hatte kaum einen Finger gerührt, und Claire war dahingewelkt wie eine Blume in einem Herbststurm.

Exos glaubte, dass es die Hormone waren.

Vielleicht hatte er recht.

Aber das erklärte andere Ereignisse, oder dass sie nichts von dem essen konnte, was wir ihr gaben, nicht.

„Es ist eine Weile her", sagte Vox langsam. „So um ihre Empfängnis herum."

Ich nickte. „Ich habe in den vergangenen Tagen am meisten Zeit mit ihr verbracht, während ihr alle euch um andere Dinge gekümmert habt. Und sie hat ihre Elemente nie eingesetzt. Nicht einmal, um ihr Haar zu trocknen."

„Das könnte ihre Wasserfee sein, die etwas durchdrückt", meinte Cyrus, hörte sich nachdenklich, nicht etwa arrogant an. „Die meisten meiner Art mögen aus offensichtlichen Gründen feuchtes Haar."

„Okay." Damit hatte er vielleicht recht. „Aber sie hat es vermieden, Feuer zu benutzen. Sie sagt, es sei aus

Sicherheitsgründen. Aber seit wann scheut sie vor Flammen zurück?"

„Auch Luft hat sie kein einziges Mal benutzt, um sicherzustellen, dass sie nicht von der Leiter fallen würde", ergänzte Vox.

„Sie sollte nicht auf Leitern stehen", ermahnte Cyrus ihn mit spürbarer Genervtheit.

„Ja, ja", erwiderte Exos und winkte ab. „Aber wichtiger ist, dass sie ihre Elemente nicht benutzt."

„Oder nicht isst", murmelte Vox. „Ich habe versucht, ihr heute Haferbrei zu geben, und sie konnte nicht einmal den drinnen behalten." Er griff sich an den Nacken und seufzte tief. „Sol hat vorgeschlagen, menschliches Essen nachzuahmen, aber ich glaube, wir sollten es mit echtem menschlichem Essen versuchen. Wir haben diesen Dankstag-Feiertag bereits verpasst, da er diese Woche war. Ich konnte keinen Vogel – oder was auch immer es war, das wir gebraucht hätten – finden und River sagte, dass ich zu lange gewartet hätte, und er die Zutaten nicht rechtzeitig zusammensuchen konnte. Außerdem war ich mir nicht einmal sicher, ob sie es essen würde."

„Einen Truthahn", korrigierte Exos. „Was eine Art von Vogel ist. Aber beim Erntedankfest – wie der Feiertag heißt – dreht sich alles um den Truthahn. Und wir hätten ihr vermutlich einen vorsetzen sollen."

„Vielleicht müssen wir sie nach Hause bringen", unterbrach Cyrus. „Zum Weihnachtsfest."

Ich runzelte die Stirn. „Ähm, sie ist bereits zu Hause." Es sei denn, er meinte das Wasser-Königreich? „Isst sie im Palast?"

„Nein, nicht ein elementares Zuhause", erwiderte er. „*Ihr* Zuhause. Im Reich der Sterblichen."

„Ohio", murmelte Exos mit nachdenklichem

Gesichtsausdruck. „Es würde etwas Zeit bedürfen, es zu organisieren. Aber vielleicht ist das genau das, was sie braucht. Obwohl ihre Feenseite dominant ist, so ist sie nach wie vor ein halber Mensch."

„Kannst du es arrangieren?", fragte Cyrus.

Exos nickte. „Ja, die meisten Feen auf meiner Liste haben der Akademie bereits zugestimmt. Das einzige ausstehende Königreich ist jenes der Höllenfeen."

Cyrus ächzte. „Erinnere mich nicht daran. Diese Mistkerle werden mich noch umbringen."

„Müssen sie wirklich zustimmen?", fragte Vox skeptisch.

„Theoretisch … nicht", antwortete Exos. „Aber Claire will sie mit an Bord haben. Du weißt, dass sie ihnen das Gefühl geben will, willkommen zu sein."

Ja, das taten wir alle. Sie hatte diesen törichten Gedanken, dass die Höllenfeen in das Projekt involviert sein mussten, um die Vergangenheit besser zu machen. Da sie ein Königreich voller Abscheulichkeiten waren, waren sie genau die Art von gemischten Feen, denen Claire mit dieser Akademie zu helfen versuchte.

Was sie jedoch nicht realisierte, war, dass den Höllenfeen nicht mehr zu helfen war. Sie hatten vor Jahrhunderten ihre eigene Art zu existieren entwickelt, und ihnen in den Arsch zu kriechen, würde die Vergangenheit auch nicht ungeschehen machen. Nicht einmal mit der Hilfe einer Zeitreisefee.

Ich stieß einen Atem aus. „Okay. Also planen wir eine Reise ins Reich der Sterblichen. Ist das, wo wir sein wollen, bevor die dritte Phase beginnt?"

Cyrus sah Exos an. „Wir werden ein großes Bett brauchen, wenn wir das tun."

„Es hat in Island auch irgendwie funktioniert",

bemerkte er. „Ich bin mir sicher, dass ich mir für Ohio etwas überlegen kann."

„Und wir werden Platz brauchen", warnte Vox. „Sie ist mit allen fünf Elementen verbunden. Wir haben keine Ahnung, was das mit ihr anrichten wird, wenn die letzte Phase beginnt."

„Sie sollte dem Wasser am nächsten sein, da das Kind an unser geteiltes Element gebunden ist", meinte Cyrus. „Aber ich bin zur Hälfte auch eine Seelenfee. Und, wie du schon gesagt hast, hat sie Zugriff auf alle fünf Elemente."

„Vorausgesetzt, sie kann überhaupt auf sie zugreifen", murmelte ich.

„Wenn sie es nicht kann, wird es nicht mehr lange anhalten", erwiderte Exos. „Es ist nicht unüblich, dass ein Feeling Energie von der Quelle absorbiert, während er im Bauch der Mutter ist. Aber sie hat noch nichts Dahingehendes gesagt."

„Du kennst doch Claire. Sie will alles aus eigener Kraft schaffen." Und das machte mich verdammt nochmal wahnsinnig. „Wir müssen ein Auge auf sie haben."

Exos grinste. „Als täten wir das nicht bereits."

„Du weißt, was ich damit sagen will", murmelte ich, fuhr mir mit den Fingern durch mein kastanienbraunes Haar. Heute stand es in alle Richtungen, dank dieses Treffens mit der Höllenfee. Verdammtes Höllenfeuer-Miststück. Was hatte sie sich dabei gedacht, den Weihnachtsbaum in Flammen zu stecken? Bäh.

„Ja, tue ich", sagte Cyrus mit sanfter Stimme. „Wir müssen extra vorsichtig sein. Wenn sie nicht auf ihre Elemente zugreifen kann, kann sie sich nicht angemessen verteidigen."

„Könnte das im Reich der Sterblichen zu einem Problem werden?", fragte Vox. „Sie an einen anderen Ort zu bringen, wenn sie sich nicht anständig verteidigen kann, könnte eine schlechte Idee sein."

„Vielleicht. Aber Ohio ist, was sie kennt", erinnerte uns Exos. „Sie wird sich dort sicher fühlen. Und hoffentlich wird sie etwas essen."

„Wir werden den Ort schmücken müssen." Claire war besessen von ihren Weihnachtsfarben und Festtagsschmuck. „Können wir das erledigen, bevor wir die Reise antreten?"

„Vielleicht will sie in den Prozess involviert sein", bemerkte Cyrus. „Vielleicht sollten wir warten und einfach alles für sie bereit haben?"

Exos nickte. „Mal sehen, was ich organisieren kann. Dann sehen wir weiter. Konzentrier du dich auf die Höllenfeen. Titus, du passt auf Claire auf. Vox, finde heraus, ob River etwas Sterbliches empfehlen kann, das hilft. Und sagt Sol, dass er sich mit mehr Früchtebäume vertraut machen soll. Und ich werde unsere Reise planen, die während der Sonnenwende stattfinden wird."

Das würde uns allen dabei helfen, nicht weiterhin unsere Arbeit zu versäumen. Ich hatte bereits mehrere meiner Kurse an Lance abgegeben, weil ich Claire zu einer Priorität machen musste. Aber Vox hatte niemanden, dem er den Kurs überlassen konnte, und Sol genauso. Cyrus und Exos hatten den Vorteil, dass sie ihre eigenen Chefs waren, also konnten sie tun und lassen, was immer sie wollten.

„Okay, ich glaube, wir haben einen Plan", meinte Cyrus. „Ich werde die Vorbereitungen für einen Besuch in der Unterwelt treffen, da das der einzige Weg zu sein scheint, wie man zu Lucifer durchdringt."

Exos warf ihm einen beunruhigten Blick zu. „Bist du sicher, dass du das tun willst?"

„Ich will es definitiv nicht tun, aber ich muss es

versuchen. Für Claire", erwiderte er. „Oh, gibt es noch ein paar weitere Formwandlerfeen, die wir aufspüren und auf unsere Seite ziehen müssen?"

Exos schüttelte seinen Kopf. „Die Mehrheit hat zugestimmt, also ist es beschlossene Sache. Kalt hat sich um die Winterfeen gekümmert. Aflora hat bereits mit den Mitternachtsfeen geholfen. Dasselbe mit Gina und den Schicksalsfeen. Und die meisten anderen Rassen haben auch beigepflichtet. Es sind also wirklich nur noch die Höllenfeen übrig."

Cyrus verzog das Gesicht. „Großartig. Na, wünscht mir Glück. Ich werde es brauchen."

„Versuch, nicht in Flammen gesteckt zu werden", sagte ich – was meine Art von ‚viel Glück' zu sagen war.

Die Wasserfee schnaubte höhnisch. „Danke, Glühwürmchen."

Ich verdrehte meine Augen. „Ich hasse diesen verdammten Spitznamen."

„Was auch der Grund ist, warum ich nie aufhören werde, ihn zu benutzen."

„Und ich werde dich für immer einen königlichen Mistkerl nennen", säuselte ich.

„Eines Tages wirst du das schreien, während ich dich ficke."

„Träum weiter", schoss ich zurück.

„Jede verdammte Nacht", meinte er grinsend. Dann teleportierte er sich mit Hilfe seines Sprühregens und ohne ein weiteres Wort aus dem Zimmer. Typisch Cyrus.

„Kannst du River für mich finden?", fragte Vox.

Ich nickte. „Ja, ich werde nachsehen, ob er sich auf dem Wasser-Campus aufhält." Er war jetzt Professor und brachte den Feen alles über die Welt der Sterblichen bei, verbrachte die Mehrheit seiner Zeit jedoch mit seinesgleichen. „Ich bin bald zurück."

„Danke, Titus", sagte Vox mit erschöpfter Stimme. Er hatte in etwa so gut geschlafen wie Claire.

„Wir werden eine Lösung finden", sagte ich zu ihm.

„Das hoffe ich", erwiderte er mit sanfter Stimme. „Das hoffe ich wirklich."

# CLAIRE

Eine Woche später

*J*eden Tag erkundigte ich mich nach den Höllenfeen.

Und jeden Tag versicherte mir Cyrus, dass ich mir keine Sorgen machen müsste.

Ich glaubte ihm nicht, *wollte* mir aber auch keine Sorgen machen. So wichtig mir die Abstimmung auch war, das Leben, das in meinem Bauch heranwuchs, hatte

Priorität. Ich konnte das Gefühl nicht abschütteln, dass ich mich vorbereiten und entspannen musste. Bald schon hätten wir alle Hände voll mit einem kleinen Feeling zu tun, der unsere Liebe und Aufmerksamkeit brauchen würde.

„Was habt ihr vor?", fragte ich. Meine Gefährten hatten mich von meinem Weg zum Büro weggeleitet und in Richtung neutralen Grunds geführt, der sich im Zentrum des Campus befand.

„Das wirst du schon sehen", sagte Cyrus kryptisch.

Ich runzelte die Stirn. Wir kamen üblicherweise nur hierhin, wenn wir in der Sporthalle sparren oder das Portal ins Reich der Sterblichen benutzen wollten. Mein derzeitiger Zustand schloss Ersteres aus und Letzteres ergab nur Sinn, wenn wir für die Abstimmung ins Gebiet des Interreichsfeenrats reisen würden, was erst in ein paar Wochen der Fall wäre.

Ein Abgesandter wartete auf uns, als wir ankamen. Exos grüßte ihn mit Namen, reichte ihm Geld im Austausch für einen wunderschönen Mantel, der mit Fell gesäumt war. „Den hier wirst du brauchen", sagte er zu mir mit trockenem Lächeln, als er mir das Geschenk reichte. „Probier ihn an."

„Werde ich es nicht zu warm haben?", fragte ich, sah ihn mit zusammengekniffenen Augen an.

Seine Augen funkelten. „Vertraust du uns nicht, Prinzessin?"

„Vielleicht würde ich das, wenn ihr mir sagen würdet, wohin wir gehen", sagte ich, während ich ihn den unheimlich weichen Mantel um meine Schultern legen ließ.

Er musste ein Vermögen gekostet haben. Denn der Abgesandte stammte aus dem Reich der Sterblichen. Es war derselbe, der Exos und Cyrus ihre maßgeschneiderten

Anzüge brachte. Aber als der Mantel sich mit erdrückender Wärme um mich legte, fragte ich mich, ob er versuchte, mir eine Wahrheit zu entlocken, indem er mich schwitzen ließ.

„Hab Geduld", murmelte Exos seinen Lieblingssatz.

„Du wirst es lieben, Claire", versprach Vox, nahm meine Finger in seine, um mir einen Kuss auf meine Knöchel zu drücken.

„Ruiniere den Moment nicht", warnte Sol und runzelte dann angesichts meines schleppenden Tempos die Stirn. „Geht es dir gut, Claire? Soll ich dich tragen?"

Ich sah auf meine Stiefel, in denen meine Füße steckten.

Es fühlte sich an, als hätte sich meine Körpermaße in der vergangenen Woche verdoppelt. Ich war nicht direkt dick, nur … na ja, einiges fester als ich es bisher gewesen war. Und … „Ich bin müde", sagte ich. „Und hungrig. Und zu allem hin schwitze ich jetzt." Die letzte Bemerkung war an Exos gerichtet.

Ich kreischte, als Sol mich ohne Vorwarnung in seine Arme hob. Ich kicherte und legte meine Arme um seinen Nacken. Er lächelte mich an, seine erdbraunen Augen funkelten schelmisch.

Echt jetzt … Was führten meine Gefährten im Schilde?

„Du bist *mehr* als nur müde", meinte Exos, öffnete die Tür zur Reichsreisekammer. „Du bist erschöpft, was auch der Grund dafür ist, dass wir dich in den Mutterschaftsurlaub entsenden. Und er beginnt jetzt."

Cyrus und Vox versteckten ihre spitzen Ohren mit ihren Haaren, während Sol, Titus und Exos sich Hüte überzogen. Cyrus küsste mich und verbarg meine Ohren ebenfalls mit meinem Haar.

*Okay, jetzt bin ich neugierig.*

Meine Augen strahlten, als Sol mich ins Zimmer

brachte, und Vox schmiss das Portal an, betätigte ein paar Knöpfe, die festliche Weihnachtsmusik durch die Luft schweifen ließen, als die Kammer sich mit unserer Destination verband.

Ich erkannte die Melodie augenblicklich, denn ich hatte dieselben Weihnachtslieder gehört, als ich noch ein Kind gewesen war.

*Zuhause. Sie erinnern mich an mein Zuhause.*

Ich zog meine Augenbrauen hoch. „Gehen wir …?" Ich konnte den hoffnungsfrohen Satz nicht beenden und mein Herz klopfte in einem Rhythmus, der mich an dieses berühmte Lied über Glocken erinnerte.

„Wir glauben zu wissen, warum es dir nicht gut geht, kleine Königin", sagte Cyrus mit leiser Stimme, während die Weihnachtsmusik in der Luft verweilte. Die Atmosphäre summte und die Welt um uns herum verschwamm. Die geschmeidige Reise durch die Reiche erfolgte durch ein sichereres Gefährt, welches von den Schicksalsfeen gebaut worden war.

„Und wie lautet eure Theorie?", fragte ich. Ein Lächeln zog an meinen Lippen, während ich darauf wartete, dass wir unsere Destination erreichten, um zu sehen, wohin genau wir gingen. Ich war seit Ewigkeiten nicht mehr in meiner Heimatstadt gewesen. Ich konnte die heiße Schokolade aus meinen Kindertagen beinahe schmecken. Obwohl meine Kindheit des Öfteren einsam gewesen war.

Sol lagerte mich in seinen Armen um, stützte meinen Bauch, indem er mich an seine Brust drückte, während Cyrus sich zu mir lehnte und mir einen Kuss auf die Lippen drückte. Seine Wassermagie kitzelte mich, versicherte mir, dass ich dieses Jahr nicht allein sein würde.

„Du bist eine halbe Fee." Cyrus' blaue Augen glänzten voller Magie. „Aber du bist zur Hälfte auch ein Mensch.

Und wir glauben, dass du ein paar menschliche Köstlichkeiten brauchst. Also werden wir dir genau das geben."

Ich lächelte. „Ich glaube, ihr könntet recht haben. Ich habe mich nach menschlichem Essen gesehnt …"

„Warum hast du uns das nicht gesagt?", wollte Vox wissen und seine silbern umrandeten Iriden funkelten mit einer Vielzahl an Emotionen. „Ich hätte es versucht, Claire."

„Ich weiß. Aber ihr alle habt so viel für mich getan … Ich wollte nicht um mehr bitten … Es ist … Es war nicht so schlimm."

Sol schnaubte, als er das hörte. „*Nicht so schlimm* würde ich das nicht nennen, Claire."

„Du hättest es uns sagen sollen", ergänzte Vox.

„Sie sagt es uns jetzt", unterbrach Exos. „Das ist alles, was zählt." Er lehnte sich zu mir, um mir einen Kuss auf die Stirn zu drücken.

Mein Herz nahm einen Sprung als Antwort darauf. *Danke*, sagte ich zu ihm.

Er warf mir ein Lächeln zu. *Für dich doch alles, Baby*.

*Das ist genau das, was ich brauche*, versicherte ich ihm. *Mein Zuhause*.

Ich liebte meine Feen. Ich liebte alles an ihrer Welt. Aber mit einem Kind unterwegs wurde ich von einer Nostalgie heimgesucht, die einfach nicht von mir ablassen wollte.

Ich wollte, dass mein Kind alles kennen würde, was diese Welt zu bieten hatte. Nicht nur das Feenreich, sondern auch das Reich, aus dem ich stammte. Menschen hatten auch gute Seiten. Seiten, die ich an meinen Freunden gemocht hatte, bevor meine Welt in Flammen aufgegangen war. Mein Kind würde zu einem Viertel ein

Mensch sein. Und diesen Teil wollte ich mit dem Kind teilen.

Der Raum erzitterte, als wir im Reich der Sterblichen ankamen. Die Türen öffneten sich und zeigten eine geschäftige Straße, die sich nur wenige Blocks von meinem ehemaligen Zuhause entfernt befand. *Oh!* Ich lächelte. *Alles sieht genauso aus wie in meiner Erinnerung.*

Ich atmete erfreut ein und Sol trug mich hinaus. Eine Schneeflocke landete auf meinen Lippen.

*Winter.*

Nicht nur die unechte Art in Form von Baumwollbällchen an einer Schnur in meinem Büro. *Echter* Schnee landete in dicken Flocken überall um mich herum auf dem Boden, gab mir das Gefühl, dass ich mich im Zentrum einer Schneekugel befand.

*Das* war, was ich vermisst hatte.

Die Kälte streifte um mich, lullte mich in ihre willkommen heißende Begrüßung ein, und der Mantel, den Exos mit gegeben hatte, legte einen guten Job dabei hin, mich warmzuhalten. Ich steckte mein Kinn in den Fellkragen und lächelte.

Sternsinger gingen die Straßen hinab. Ihre Lieder unterstrichen das festliche Ambiente. Ich wollte tanzen und mit ihnen mitsingen. „Oh, Sol. Bitte lass mich runter", flehte ich.

Er kam meiner Bitte nach, aber nicht ohne ein warnendes Stirnrunzeln. „Wenn du stolperst, werde ich dich wieder tragen."

Ich versicherte ihm, dass ich das schon packen würde, während ich durch den Schnee lief, der unter meinen Füßen knirschte. Jetzt war ich froh, dass Cyrus vorhin darauf bestanden hatte, dass ich mir Stiefel anziehen würde. Im Reich der Feen der Elemente waren sie alles andere als praktisch, aber jetzt verstand ich, warum er gewollt hatte, dass ich sie trug.

„Deine Überraschung befindet sich in dieser Richtung", sagte Cyrus grinsend.

„Das ist noch nicht die Überraschung?", fragte ich mit geweiteten Augen. Nur schon hier zu sein, bedeutete mir unheimlich viel.

Titus verdrehte seine Augen, als hätte ich ihn mit meiner Frage beleidigt. „Bitte. Glaubst du wirklich, dass ein Reichswechsel alles ist, was wir uns überlegt haben?" Er nahm mich an der Hand und führte mich die Straße hinab, ignorierte die Menschen, die uns anstarrten. Während sich meine Feen technisch gesehen anpassen konnten, konnten sie nicht verbergen, wie außerweltlich und wunderschön sie waren.

„Sie starren dich an, nicht uns", korrigierte Cyrus mich, hatte gehört, wohin meine Gedanken abgeschweift waren.

Ein trockenes Grinsen machte sich an meinen Mundwinkeln bemerkbar. „Weil ich mit diesem riesigen Bauch langsam aussehe wie ein Schneeball?", riet ich. „Ich bin mir schmerzlich bewusst, wie dick ich bin. Ihr alle wart nett und habt keine Bemerkungen darüber gemacht."

Cyrus legte seine Hand auf meinen Bauch. Seine Liebe floss zusammenn mit seiner Magie durch mich hindurch. „Alle starren dich an, weil du strahlst, Claire."

Zustimmung wand sich ihren Weg durch meine Gefährtenbänder. Sie versicherten mir, dass ich nicht das Marshmallow auf zwei Beinen war, für das ich mich hielt. Für meine Gefährten war ich das Sinnbild von Schönheit und Fruchtbarkeit. Dieser Gedanke ließ mich mein Kinn stolz hochrecken.

Als wir die Hauptstraßen der Innenstadt hinter uns gelassen hatten und in eine ländlichere Gegend gelangten, formten sich Pfützen, wo die Straßen übermäßig gesalzen worden waren – etwas, das ich über meine Heimatstadt vergessen hatte.

Sol streckte seinen Arm aus, ließ mich innehalten, bevor ich versehentlich in eine von ihnen treten konnte. Dann sah er zu einem Auto, das den Gehsteig blockierte. Er stürmte auf das Gefährt zu, hob es von unten an und über seinen Kopf.

„Sol!", kreischte ich, während sich Cyrus die Schläfen rieb.

Mein Erd-Gefährte sah mich blinzelnd an. „Was?"

Vox sah sich um, bevor er einen Stoß Windmagie lossandte, um das Auto von Sols Schulter zu schieben. Es sah aus, als würde es gleich zu Boden fallen, aber Cyrus versah den Untergrund mit einer Lage Schnee, um den Aufprall zu bremsen.

Exos tätschelte Sols Schulter. Mein Erd-Gefährte war noch immer verwirrt über das eben Geschehene.

„Im Reich der Sterblichen gibt es Regeln", erklärte Exos mit weitaus mehr Geduld, als ich im Moment hatte. Das Letzte, was ich wollte, war, dass die interreichischen Gesetze gebrochen würden, wo ich doch kurz davor stand, zu gebären.

Die Konsequenzen waren fatal. Eine Maßnahme, die leider nötig war, um die Feen davon abzuhalten, sich den Nicht-Fee-Spezies zu zeigen.

Das Reich der Sterblichen war eine der letzten neutralen Zonen. Wir schätzten Menschen aus vielerlei Gründen. Viele der Vorteile, die die Feen aus den Menschen gewannen, würden gefährdet sein, wenn jemand, der keine Fee war, herausfand, in welchem Maße sie ausgenutzt wurden.

Es war etwas seltsam, so zu denken, da ich einst ein Mensch gewesen war. Na ja, ich war kein wirklicher

Mensch gewesen. Aber immerhin ein halber Mensch, der sich seiner Herkunft nicht gewahr gewesen war.

Wie auch immer … Dieser Gedankengang war jetzt so natürlich, obwohl er mir einst so fremd gewesen war.

Aber vielleicht sollten Menschen nicht ausgenutzt werden von –

*Entspann dich*, verlangte Cyrus in meinen Gedanken. Es war keine Bitte, sondern ein Befehl. *Du bist hier, um dich zu erholen, nicht um mehr politische Projekte zu starten.*

Ich funkelte ihn an. „Ich bin entspannt", sagte ich laut und lief durch die Pfütze. Ich konnte mich ausruhen *und* mir neue Projekte überlegen.

Cyrus zog die Pfütze von mir weg, wandelte sie in eine kleine Welle um, die in wunderschönen Bögen gefror.

Ich verdrehte meine Augen. „Wer riskiert jetzt, interreichische Gesetze zu brechen?"

„Es ist niemand hier", sagte er mit fröhlicher Stimme und führte unsere Gruppe um die Ecke.

„Darum haben wir uns diesen Ort ausgesucht. Wir wollen dich ganz für uns allein haben."

Ich rang nach Luft, als ich begriff, wovon er sprach. Ein bezauberndes Häuschen befand sich am Ende eines langen verschneiten Weges, umgeben von einem Feld voller Maiskolben.

„Gefällt es dir?", fragte Cyrus.

Tränen stiegen mir in die Augen und kullerten an meinen Wangen hinunter. Ich schniefte und wischte sie mit meiner Hand ab, aber sie liefen immer weiter und durchnässten den Fellkragen meines Mantels. „Oh, Cyrus – ihr alle. Ja! Ja, natürlich gefällt es mir! Ich liebe es!"

„Sie weint schon wieder", sagte Sol beunruhigt. „Ich mag es nicht, wenn du weinst, kleine Blume."

„Es geht mir gut", versprach ich, legte meine Hand in

seine und drückte sie sanft. „Wirklich. Das sind Freudentränen."

Meine Gefährten stellten sich wie eine beschützerische Barriere um mich herum auf, schützten mich vor dem barschen Wind, der über das offene Gelände fegte. Cyrus sah nicht überzeugt davon aus, dass es mir gut ging. Er mochte es genauso wenig, meine Tränen zu sehen. Aber er tadelte mich nicht dafür und wir alle liefen zum Häuschen.

Das hier fühlte sich richtig an.

Ein Tritt in meinem Bauch pflichtete mir bei, was neue Tränen in meine Augen steigen ließ, als ich realisierte, dass die ersten Dinge, die mein Feeling kennenlernen würde, allesamt Dinge waren, die ich an meinem Zuhause liebte.

# SOL

Einige Tage später

$\mathcal{I}$ch hielt den merkwürdigen blättrigen Tannenzapfen hoch, den Claire mir gegeben hatte. Sie hatte gesagt, dass sie Vox erklären würde, wie man ihn zubereitete, aber das Ding sah alles andere als essbar aus. „Wie nennt sich das Ding nochmal?", fragte ich und knabberte daran. Es knickte mit einem Knuspern ein.

„Sol!", rief Claire aus, packte meinen Arm und riss mir

204

den blättrigen Zapfen aus der Hand. Sie setzte sich wieder auf ihren Stuhl, den wir in die Küche gebracht hatten, damit sie nicht stehen musste, während sie uns menschliches Essen beibrachte. „Du musst zuerst die Hülle entfernen", instruierte sie, riss eines der Blätter ab, woraufhin eine merkwürdige gelbe, körnige Textur darunter hervorkam.

Ich zog meine Lippe zurück. „Mit den Blättern hat es besser ausgesehen."

Claire kicherte. „Das ist Mais", sagte sie und holte ein weißes, öliges Ding aus dem Kühlschrank, strich den *Mais* damit ein.

Ich zog eine Augenbraue hoch und sah zu Vox, der bloß mit den Achseln zuckte. „Also ist es Poppercorn?", fragte ich, sah ihr über die Schulter. „Du hast von etwas Dahingehendem gesprochen, das man knabbern kann." Ich mochte Knabberzeugs.

Sie zeigte auf eine Büchse auf der Fensterbank. „Nein. Das in der Büchse ist *Popcorn*." Sie biss sich auf die Unterlippe. „Ich hoffe, es ist frisch. Ich weiß, dass du es eben erst im Laden gekauft hast, aber kannst du das Verfallsdatum an der Unterseite prüfen, Vox?"

Er tat, wie ihm geheißen, hob die Büchse hoch und sah die Unterseite an. „Ich sehe ein paar verschnörkelte Zahlen."

Claire fragte nach den letzten beiden Ziffern, von denen sie sagte, dass sie die Jahreszahl seien, und beschloss, dass es bedenkenlos verzehrt werden konnte.

Begierig darauf, zu wissen, wie dieses Poppercorn schmecken würde, ließ ich Claire ihren gelben, körnigen Zapfen mit dem weißen Ding einreiben, während ich die Büchse öffnete und mir eine Handvoll vom Inhalt in den Mund steckte. Dieses Mal war das Knuspern noch lauter, aber das Zeug schmeckte gut.

„Nein, Sol." Claire lachte, schmiss beinahe ihren Stuhl um, als sie versuchte, auf ihre Beine zu kommen. Sie hielt sich ihren Bauch. Offenbar setzten ihre Instinkte ein, um das Baby vor dem Tresen zu beschützen. „Du musst es zuerst ‚poppen'."

„Ich werde sicherstellen, dass er nicht noch mehr deiner Zutaten isst", versprach Vox, führte sie zurück zu ihrem Stuhl, bevor er mich anfunkelte.

„Woher sollte ich das wissen? Ich verstehe nicht einmal, wie man diese Dinger ‚poppen' soll", beschwerte ich mich.

„Hör auf, sie zu stressen, du wandelnder Berg", murmelte er. „Du machst alles kaputt."

„Tue ich nicht", grummelte ich zurück, was mir einen merkwürdigen Blick von Claire bescherte.

„Natürlich tust du das nicht", sagte sie und lächelte freudig. „Kannst du den Topf mit Wasser füllen, Vox? Die Kolben sind bereit, um gekocht zu werden."

Vox funkelte mich ein weiteres Mal an, bevor er den Topf unter den Wasserhahn schob und ihn füllte. „Hier drinnen kochen wir die Maiskolben? Und dann benutzen wir einen anderen Topf für jene, die wir ‚poppen' müssen?"

Sie kicherte, obwohl ich mir nicht sicher war, was sie so lustig fand. „Jepp."

Ich legte meine Hände ineinander und stand in der Ecke, widerstand dem Drang, mehr vom rohen Poppercorn zu essen. Meiner Meinung nach hatte es auch so gut geschmeckt. Ich war mir nicht sicher, warum es ‚gepoppt' werden musste.

Ich ließ meine Gedanken abdriften, während Vox und Claire arbeiteten, und lauschte stattdessen dem Streit zwischen Cyrus und Exos über die Höllenfeen im Hintergrund. Titus tat seine Meinung laut kund, welcher ich beipflichtete.

Obwohl sie genug Feen hatten, die für die Interreichsfeenakademie stimmen würden, bestand Cyrus darauf, dass wir die Unterstützung der Höllenfeen brauchten. Ich verstand, warum. Um Claire glücklich zu machen. Aber sie verstand nicht, wie schrecklich diese Feen sein konnten. Sie entführten ihre potenziellen Gefährtinnen und zwangen sie dazu, in einem tödlichen Wettstreit gegeneinander anzutreten. Wie konnte Claire mit Geschöpfen wie diesen zusammenarbeiten wollen?

Ich mochte die Interreichspolitik nicht so gut verstehen wie Cyrus und Exos, aber sogar ich wusste, dass sie schlechte Wesen waren. Ich hatte kein Interesse daran, mit Kreaturen wie den Höllenfeen zusammenzuarbeiten, und hätte ihnen lieber ins Gesicht geschlagen, weil sie unsere Gefährtin zum Weinen gebracht hatten.

Aber Claire hatte ein Herz aus Gold.

Und das war, was sie wollte.

Darum auch die Debatte im Nebenzimmer.

Meine Nasenflügel zuckten, als mir der Geruch von etwas Verbranntem in die Nase stieg. Ich drehte mich um und stellte fest, dass die grünen Hüllen zu nahe an die heißen Brenner gekommen waren und jetzt in Flammen standen. Meine Gefährtin war tollpatschig, aber ihre Elemente hatte sie fest im Griff, also empfand ich es nicht für nötig, ihr zu Hilfe zu kommen.

Aber sie benutzte ihre Feuermagie überhaupt nicht. Stattdessen schrie sie schmerzerfüllt auf.

Ich stürmte zu ihr hinüber und stieß die Esszimmermöbel auf meinem Weg um.

„Claire!", schrie Vox, sandte seine Windmagie, um die Flammen in die Knie zu zwingen, bearbeitete sie, bis sie gelöscht waren.

Claire zischte und stolperte in mich, hielt sich ihren Arm und tiefrote Kleckse breiteten sich auf ihrer Haut aus.

Ich blinzelte. *Sie hat sich verbrannt?*

Wie war das überhaupt möglich? Sie war eins mit den Elementen. Flammen züngelten die ganze Zeit über an ihrer Haut.

Meine Brust begann zu brennen, meine Lungen weigerten sich, sich mit Luft zu füllen. *Panik*, realisierte ich. *Ich breche in … Panik aus.*

*Scheiße!*

Der Rest unseres Gefährtenzirkels rannte praktisch in die Küche, hatte den Tumult gehört. „Was ist los?", wollte Cyrus mit seiner autoritären Stimme wissen. Er raste an Claires Seite und sah den Schaden mit eigenen Augen. Er funkelte mich an, als wäre ich schuld daran. „Wie ist das passiert?"

Ich öffnete meinen Mund, um eine Erklärung abzugeben. Ich hatte nicht reagiert und damit zugelassen, dass Claire verletzt worden war. „Es ist … meine Schuld", schaffte ich schließlich zu stammeln. Mir brach das Herz. *Ich habe meine Gefährtin im Stich gelassen.*

„Niemand ist schuld", unterbrach Claire. „Na ja, niemand außer mir." Sie zischte, als Cyrus lauwarmes Wasser über die Verbrennung ausbreitete. Dann entspannte sie sich, als ihre Haut sich auf magische Art und Weise heilte – durch was auch immer für ein königliches Voodoo-Ritual er gerade angewandt hatte, um ihr zu helfen.

Titus runzelte die Stirn. „Du brauchst eine Heilerin, Claire."

Sie schüttelte ihren Kopf und frische Tränen stiegen in ihre Augen. Mir krümmte sich schmerzerfüllt der Magen.

„Claire –"

„Ich will noch nicht zurück", sagte sie, unterbrach mich. „Wir sind erst seit ein paar Tagen hier und –"

„Warum hast du deine Magie nicht eingesetzt?", wollte

Titus wissen, dieses Mal mit barscherem Tonfall als üblich. Er unterbrach Claire nie, aber die Wut in seinem Blick brannte wie heiße Glut. Doch seine Wut schien nicht gegen sie gerichtet, eher gegen sich selbst. Es war sein Element, das sie verletzt hatte, und er hatte sie nicht beschützt, als es passiert war.

Dieses Gefühl kannte ich nur zu gut.

Sie biss sich auf die Unterlippe, dann sah sie zu Boden.

„Was ist los, kleine Blume?", hakte ich nach, griff sanft nach ihrem Kinn, sodass sie mich anblickte.

Sie starrte mich resignierend an.

„Meine Kräfte …", begann sie, dann kamen ihr erneut die Tränen. Sie schniefte und richtete sich auf, als wäre sie entschlossen, nicht zu weinen. „Es ist alles in Ordnung. Ich würde es wissen, wenn etwas nicht in Ordnung wäre. Ich wollte nicht, dass ihr euch Sorgen macht. Ich … Es ist nur …"

„Du schweifst ab", sagte Exos, verschränkte seine Arme. „Fang von vorne an, Claire. Was ist mit deinen Kräften los? Sie funktionieren nicht, richtig?"

„Funktionieren nicht?", wiederholte ich.

„Wir haben ein paar Tage bevor wir ins Reich der Sterblichen gekommen sind, darüber gesprochen, dass es durchaus möglich ist", erklärte Titus. „Aber ich glaube, das hier beweist, dass unsere Befürchtungen wahr sind."

„Ihr habt geahnt, dass ihre Kräfte nicht funktionieren, und habt mir nichts gesagt?" Ich riss die Augen auf. „Was zum Teufel, Titus?!"

„Du warst bei Claire, als wir darüber gesprochen haben", murmelte Vox. „Und dann habe ich vergessen, dir davon zu erzählen. Die Reise bedurfte so viel Aufmerksamkeit, dass …" Er verstummte. Seine silbern umrandeten schwarzen Iriden sahen in meine. „Es tut mir leid, Sol. Ich war abgelenkt."

„Wir waren alle abgelenkt", murmelte Exos, sein Blick auf die zitternde Claire gerichtet. „Wann hast du den Zugriff auf deine Elemente verloren?"

„I-ich konnte nicht mehr auf die Quelle zugreifen, seit ich schwanger geworden bin. Und manchmal … Ich glaube … Ich glaube, manchmal kommt Kraft aus mir, ohne dass ich es will. Wie beim Feuerkuchen." Sie legte ihre Hand auf ihren Bauch, zog sanfte Kreise darüber. Die Bewegung war von mütterlichem Instinkt geprägt. „Ich glaube, der Feeling blockiert meine Kräfte irgendwie, aber ihr habt gesagt, dass merkwürdige Dinge passieren können, oder? Ich bin ein Halbling, und niemand weiß, was man bei einer Schwangerschaft einer halben Fee und einem halben Menschen erwarten soll."

Titus runzelte die Stirn. Ihm gefiel das Ganze genauso wenig wie mir. „Du hättest es uns sagen sollen."

Ihre Unterlippe zitterte und ich schlang meine Arme um sie, wollte sie beruhigen und sie gleichzeitig erwürgen.

Es sah ihr ähnlich, dass unsere Gefährtin uns etwas verschwieg, das sie als belanglos ansah. Oder etwas, vor dem sie uns zu schützen versuchte.

„Es ist unser Job, dich zu beschützen, kleine Blume", sagte ich zu ihr, drückte sie sanft. „Das können wir nicht tun, wenn du uns über *lebensbedrohliche* Dinge nicht in Kenntnis setzt." Ich funkelte die anderen an. „Und ihr seid genauso schlimm. Wenn ich von euren Vermutungen gewusst hätte, hätte ich das verdammte Feuer gelöscht."

„Vox hat sich bereits entschuldigt", sagte Exos, immer ganz der Politiker. „Wir hätten es dir sagen sollen. Mir tut es auch leid. Aber jetzt sind die Karten auf dem Tisch, richtig? Oder musst du uns sonst noch etwas sagen, Claire?"

„Ich wollte nur nicht, dass ihr euch Sorgen macht", murmelte sie, dann sah sie zu mir hoch. „Und ich wollte nicht, dass ihr mich … *so* ansieht. Als würde etwas nicht mit mir stimmen."

Ich lächelte und griff wieder nach ihrem Kinn. „Wir lieben dich, Claire. Wir wollen nur sichergehen, dass es dir und dem Feeling gut geht. Das ist alles."

Sie nickte, biss sich auf die Unterlippe. „Vielleicht, … vielleicht könnte ich mich von einem sterblichen Arzt untersuchen lassen?"

Titus seufzte. „Ich glaube, eine Heilerin wäre besser."

Cyrus sah Titus, dann Claire an. „Tatsächlich glaube ich, dass ein menschlicher Arzt vielleicht keine so schlechte Idee ist. Das wird Claires menschliche Seite weiter beruhigen. Und ich glaube, wir alle können sehen, dass es wirkt. Was kann es schon schaden?"

Er nahm Claires Hand, führte sie in seine Arme. Ich ließ von ihr ab, wusste, dass Cyrus ganz genau wusste, was er sagen musste, um ihr ein besseres Gefühl zu geben.

Er bedeckte ihre Ohren mit ihren Haaren, verbarg die spitzen Enden, die ihre Feengene verrieten. „Und wenn du menschliche Technologie benutzen willst, um das Geschlecht zu erfahren, fände ich das ein wunderbares Weihnachtsgeschenk." Cyrus musste diesen Gedanken aus ihrem Kopf haben, denn ihre Augen glänzten aufgeregt und verständnisvoll. Er küsste sie auf die Stirn und ich entspannte mich, als sich ihr Stirnrunzeln in ein Lächeln verwandelte.

„Wir können herausfinden, was für ein Geschlecht unser Baby haben wird?", fragte Vox mit hoffnungsfroher Stimme.

„Ja", flüsterte Claire.

„Möchtest du das, Baby?" Exos legte seine Hand an ihre Wange. „Willst du das Geschlecht erfahren?"

Sie biss sich auf die Unterlippe und nickte. „Ja, tue ich."

„Dann wollen wir das auch", sagte Titus. Er musterte die Gruppe, um zu sehen, ob irgendjemand nicht zustimmte.

Er würde ganz bestimmt keine Einwände von mir hören.

Die Beunruhigung im Gefährtenzirkel wurde durch Vorfreude ersetzt.

Und das machte alles besser.

*Ist es ein Mädchen oder ein Junge?*, fragte ich mich, sah auf ihren Bauch. Ich wollte, dass es ein Mädchen war. Eine kleine Fee, die eines Tages zu einer Frau heranwachsen würde, die so schön war wie ihre Mutter.

Ja, das war es, was ich mir für uns wünschte.

*Eines Tages*, versprach ich mir selbst. *Eines Tages werden wir ein Mädchen haben.*

Dessen war ich mir sicher. Ein Lächeln zog auf meinen Lippen auf.

Claire erhaschte meinen Blick und lächelte ebenfalls. *Das würde mir gefallen*, sagte sie leise zu mir.

*Mir auch, kleine Blume. Mir auch.*

# CLAIRE

Cyrus half mir aus dem Mietwagen – den er erst gestern gemietet hatte, für den Fall, dass wir ihn brauchen würden – und begleitete mich ins Krankenhaus. Er hatte bereits gesagt, dass er mich umgehend zurück ins Reich der Feen der Elemente zurückteleportieren würde, wenn der Arzt feststellte, dass etwas nicht in Ordnung war – Interreichsgesetze hin oder her.

Ich hoffte, dass es nicht dazu kommen würde, und versuchte stattdessen positive und gute Gedanken zu haben, als wir den riesigen Empfangsbereich des Krankenhauses passierten.

Die meisten Leute mochten Krankenhäuser nicht, aber ich fand es unglaublich, dass es einen Ort gab, an den man gehen konnte und sich andere augenblicklich um einen kümmerten. Menschliches Mitgefühl war großartig.

Titus ging voran, zog den Nikolaushut gerade, den ich ihm vorhin im Laden gekauft hatte.

Ich zog am weißen Bommel und grinste ihn an. „Du bist ein gutaussehender Feuerelf."

Er funkelte mich an. „Treib es nicht zu weit, Claire. Dieser Hut ist beschämend genug mit diesem Ball, der mir ins Gesicht hängt." Er blies den Bommel weg, sah zu einem grinsenden Cyrus.

Die Jungs fanden, dass Titus den Hut tragen sollte, um die weihnachtliche Stimmung aufrechtzuerhalten. Mein Feuer-Gefährte stimmte ganz offensichtlich nicht zu, was mich eher amüsierte als aufbrachte.

Ja, Schwangerschaftshormone waren echt der Wahnsinn.

Irgendwie liebte ich sie.

Eine Empfangsdame begrüßte uns und zeigte mit ihrem Finger den Flur hinab.

Einen Termin zu vereinbaren, war nicht einfach gewesen, aber es hatte seine Vorteile, einflussreiche Gefährten zu haben. Exos hatte bereits Verbindungen in Ohio gehabt, bevor wir angekommen waren – im Wissen, dass dieser Besuch vielleicht erforderlich sein würde. Er hatte auch alles auf eine potenzielle Geburt vorbereitet – welche ich in einem Krankenhaus erleben wollte und nicht zu Hause. Ich liebte es, dass er so vorausdenkend war und dass er alles tun würde, was in seiner Macht stand, um sicherzustellen, dass meine Wünsche erfüllt wurden.

Wir betraten das Büro, zu dem wir gelotst worden

waren, und eine weitere Empfangsdame sah meine Gefährten skeptisch an. „Ähm, kann ich Ihnen helfen?"

„Ich habe einen Termin", sagte ich lächelnd.

Die Frau blinzelte meine Gefährten ein paarmal an. Ihr Blick verweilte vor allem auf Sol, der sich zu den Stühlen begeben hatte und sich– *erfolglos* – hinzusetzen versuchte.

„Und, ähm, wer ist der Vater?", fragte sie, mit Blick auf ihre Notizen, als handle es sich dabei um eine übliche Frage. „Wir lassen keine, ähm, Besucher ein."

Ich runzelte die Stirn. Cyrus war zwar der biologische Vater, aber all meine Gefährten hatten einen Platz in meinem Herzen und im Leben meines wachsenden Feelings. „Sie alle sind der Vater", sagte ich, ohne zu zögern. „Ist das ein Problem?"

Ein paar Frauen im Zimmer husteten.

Exos lehnte sich zur Dame, setzte ein charmantes Lächeln auf, das er immer dann aufhatte, wenn er Verhandlungen führte. Er benutzte es viel zu oft an mir – und viel zu oft bekam er auch, was er wollte. „Ich habe bereits mit Dr. Renalds gesprochen. Wenn Sie sie fragen, bin ich mir sicher, dass sie Ihnen sagen wird, dass alles geregelt ist."

Die Nase der Empfangsdame zuckte. Sie sah aus, als würde sie ihm gleich widersprechen, aber Exos behielt sein perfektes Lächeln aufrecht, sodass sie schließlich seufzte und aufstand.

„Warum starren uns alle an?", fragte Vox flüsternd, während er seine Hand an mein Kreuz legte.

Ja, es gab ein paar Dinge an der menschlichen Kultur, die ich nicht vermisst hatte.

„Polygamie ist sehr selten hier", erklärte Cyrus. „In einigen Ländern ist sie sogar illegal."

Vox runzelte die Stirn, als würde er nicht verstehen.

„Warum würde eine Regierung vorschreiben, wie viele Gefährten jemand haben kann? Haben Menschen manchmal nicht auch mehrere Seelenverwandte wie die Feen?"

Exos räusperte sich, als sich eine Tür öffnete und jemand meinen Namen rief. „Wir werden uns die Menschen-Lektionen für später aufsparen", sagte er leise, bevor er der Krankenschwester zunickte.

Wir alle gingen den Flur hinab. Die Mitarbeiter sahen meine Gefährten neugierig an.

Titus zog seinen Hut über seine Augen. „Jetzt magst du den Hut plötzlich", sinnierte Cyrus, brachte meine Feuerfee zum Grinsen.

Nach kurzer Wartezeit und einem Versuch, mich meiner Kleider zu entledigen und in ein beschämendes Stück etwas zu zwängen, das Krankenhäuser ein Nachthemd nannten, trat die Ärztin endlich ein.

Eine groß gewachsene Frau mit wildem rotem Haar, das zu einem Dutt zusammengebunden war, warf mir ein freundliches Lächeln zu. „Claire Summers, richtig? Und oh, Sie haben so viele Väter hier, die sich uns anschließen möchten! Ich war ganz fasziniert, als Exos mir Ihre Situation erklärt hat. Sie sind aus einem anderen Land. Er hat aber nicht erwähnt, aus welchem."

Exos räusperte sich. „Wir sind Ihnen sehr dankbar, dass Sie so kurzfristig einen Termin frei hatten. Ich hoffe, der Krankenhaus-Zuschuss findet nach wie vor einen guten Verwendungszweck?"

Ihr Lächeln wurde etwas angespannt, und jetzt verstand ich, warum Exos in der Lage gewesen war, mir so kurzfristig einen Termin zu besorgen – und, warum alle meine Gefährten hatten mitkommen dürfen.

„Selbstverständlich. Tatsächlich konnten wir zwei neue Ultraschallgeräte kaufen. Sie sind Spitzengeräte, und wir werden eines davon heute benutzen." Sie sah mich an. „Exos hat erwähnt, dass Sie vielleicht interessiert daran sind, das Geschlecht Ihres Kindes zu erfahren?"

Ich strahlte, sah zu all meinen Gefährten, um zu prüfen, ob sie alle genauso begierig darauf waren, das Geschlecht zu erfahren, wie ich. „Ja, wir würden es sehr gerne in Erfahrung bringen", sagte ich und setzte mich auf die Kante des Untersuchungsstuhls. „Aber zuerst will ich sicherstellen, dass es ihm oder ihr gut geht. Das ist alles, was mir wichtig ist."

Sie nickte und notierte sich etwas auf ihrem Klemmbrett. „Ja, natürlich. Das werden wir sofort machen."

Sie bat mich, mich hinzulegen, und meine Gefährten suchten sich alle einen Stehplatz, ohne in den Weg zu kommen. Ich wusste, dass nichts davon wehtun würde, aber ich war dennoch nervös.

Vox und Sol sahen die Maschine an, die sie hinüberrollte, merklich fasziniert von der Technologie.

Cyrus und Exos hatten mehr Erfahrung mit menschlichen Gerätschaften, während Titus schwieriger zu überzeugen war.

Die Ärztin ließ ein Gerät über meinen Bauch gleiten, nachdem sie es mit kaltem Gel eingerieben hatte. Wir alle erschraken, als ein lautes, schnell summendes Pochen durch das Zimmer hallte. „Ah!", rief sie aus, brachte das Gerät an die linke Seite meines Bauches. „Da. So ein starker Herzschlag."

Mein Herz schien seinen Puls zu beschleunigen, um sich dem schnellen Pochen anzupassen. „Ist es normal, dass der Puls so schnell geht?", wollte ich wissen.

Sie lächelte, ihre entspannte Art beruhigte mich. „Ja. Der Herzschlag eines Fötus sollte zwischen einhundertzehn und einhundertsechzig Schläge pro Minute vorweisen. Ihr

Baby ist am unteren Ende des Spektrums, aber noch immer im gesunden Bereich."

Ich entspannte mich. „Okay, gut."

„Und das Geschlecht?", fragte Cyrus mit hoffnungsvollem Tonfall. Er hatte den Puls vermutlich schon zuvor gemessen und den Fötus durch sein Seelenelement untersucht, auch wenn ich nicht dazu imstande gewesen war. Aber ich ahnte, dass Cyrus es sich verkniffen hatte, das Geschlecht mittels seiner Feen-Fähigkeiten zu erörtern. Er blickte in meine Augen, war aufgeregt – ganz so wie der Rest meiner Gefährten. Ich wusste, dass wir uns für den Rest unseres Lebens an diesen Moment erinnern würden.

Dieses Mal holte sie ein anderes Gerät hervor, und ein fleckiges Bild erschien auf dem Bildschirm. Sie bewegte den Bildabtaster auf meinem Bauch herum, was das Baby darin dazu brachte, sich zu winden. Doch ich konnte keine Bedrängnis verspüren, nur eine Reaktion auf den Druck. Die Ärztin lächelte und klickte auf einen Knopf, woraufhin ein Standbild erschien, das meiner Meinung nach wie ein Tintenfleck aussah.

Sie deutete auf den Bildschirm. „Sehen Sie das? Sieht aus, als erwarten Sie einen Jungen."

Titus kam jubelnd auf seine Beine. „Ja! Ich wusste es!"

Meine Gefährten lachten alle ebenfalls, erfreut über die Neuigkeit. Mir stiegen wieder diese schrecklichen Tränen in die Augen. Sie schienen meine Sicht durchgehend zu trüben, egal ob ich glücklich oder traurig war. Ich hätte mich über jedes Geschlecht gefreut. Aber ein Junge?

Ein Junge.

Ein kleiner Feenkönig.

Der Gedanke daran ließ mein Herz auf seine dreifache Größe anschwellen und ich glaubte, an Ort und Stelle sterben zu müssen.

Ich hielt Cyrus' Hände in meinen, während Tränen an meinen Wangen hinabflossen. „Ein Junge", wiederholte ich den Gedanken laut.

Cyrus teilte meine Freude in Gedanken.

Unser kleiner Festtagserbe.

# EXOS

23. Dezember

Der Gefährtenzirkel surrte geradezu vor Aufregung und dem Bedürfnis, zu feiern.

Claire und dem Baby ging es gut – mehr als gut – und es würde ihnen noch besser gehen, wenn sie erst einmal gefüttert und all ihre Bedürfnisse gestillt waren.

Und wir hatten vor, unsere Gefährtin auf mehrere Arten zu überraschen. Wir alle wollten unserer Claire versichern, dass es sie nur noch schöner und begehrenswerter machte, ein Kind in sich zu tragen.

Ich sah auf die Einkaufsliste mit menschlichem Essen, die Claire mir gegeben hatte. Als ich ihr gesagt hatte, dass ich losgehen und ein paar Einkäufe tätigen würde, hatte sie nicht realisiert, dass ich ein weiteres Mal einen Umweg zu den Höllenfeen einlegen würde. Cyrus war gestern zu ihnen gereist und heute war ich an der Reihe gewesen.

Diese dämonischen Mistkerle machten es uns wirklich schwer. Und ich war mir ziemlich sicher, dass sie es nur zu ihrer sadistischen Belustigung taten.

Dennoch war ich zuversichtlich, dass wir gute Fortschritte machten.

Anstatt Claire von meinem kleinen Ausflug zu erzählen – es gab keinen Grund, sie unnötig zu beunruhigen –, hatte ich ganz einfach eingewilligt, ihre Einkäufe zu tätigen, was auch der Grund war, weshalb ich in einem menschlichen Supermarkt herumstreifte, nachdem ich Stunden in der Hölle verbracht hatte – buchstäblich.

Ich streifte durch die Gänge und griff nach jedem Nahrungsmittel auf der Liste und alles weitere, das interessant aussah. Zudem legte ich etwas Festschmuck für das Häuschen in den Wagen. Ich ahnte, dass Claire nur zu gerne mehr aufhängen wollen würde, als wir bereits hatten.

Die Mehrheit der Nahrungsmittel schienen mir ungesund, aber sie durfte es sich gut gehen lassen. Nein, sie *musste* es sich gut gehen lassen. Einen Feeling in sich wachsen zu haben, bedurfte viel Energie, also brauchte Claire so viele Kalorien, wie sie aufnehmen konnte.

Nach dem Essen würde sie sich entspannen und ausruhen müssen – und ich wusste ganz genau, wie ich sie davon ablenken würde, über Politik und die bevorstehende Geburt unseres Feelings nachzudenken.

Jede Geburt war einzigartig und kompliziert. Leider war das etwas, das sterbliche und Feengeburten gemeinsam hatten. Ich hatte mich gut informiert, bevor ich mich mit meinem Gefährtenzirkel auf dieses Abenteuer eingelassen hatte, damit wir selbst auf das Unerwartete vorbereitet waren.

Aber nicht einmal meine Planung hätte mich auf diesen beschützerischen Instinkt vorbereiten können, der mich einnahm – und diese zusätzliche Liebe, die sich durch mein Band mit Claire und unserem gesamten Gefährtenzirkel wand. Die Schwangerschaft brachte uns alle näher zusammen, band uns fester aneinander und verlieh unserem Band eine Beständigkeit, von der ich nicht bemerkt hatte, dass sie gefehlt hatte.

Wenn ein Kind das bewerkstelligen konnte, freute ich mich auf viele weitere.

Wenn wir die Geburt von diesem hier überstanden hatten.

Und wenn Claire beschloss, dass sie wieder bereit war, natürlich.

Für den Moment würde ich sicherstellen, dass sie so entspannt wie möglich war und sie sich keine Sorgen machte.

Ich beendete meinen Einkauf und stellte alle Tüten ins Auto. Dann begab ich mich zurück zu unserem Häuschen. Als ich ankam, traf ich Claire lachend an. Das Geräusch war Musik in meinen Ohren und ein Lächeln zog auf meinen Lippen auf.

Vox und Sol hatten sie auf ein Plüschsofa gelegt und ihre Füße lagen auf einem Polsterhocker. Sie sah aus wie eine fleischgewordene Fruchtbarkeitsgöttin, die mit Magie vom Nordpol versehen war – eines der einzigen Feenreiche, das die Menschen irgendwie entdeckt hatten, obschon sie den Nikolaus als Mythos ansahen.

Sogar mich überkam Festtagslaune, als ich grinsend die Schneeflocken musterte, die Cyrus von draußen hineingelockt hatte. Er hatte sie permanent eingefroren und Vox benutzte seine Luftmagie, um sie herumwirbeln zu lassen. Dies beschwor ein festliches Ambiente herauf, das wir alle genossen. Titus hatte Kerzen mit lodernden Flammen auf der Fensterbank verteilt. Für die meisten Sterblichen wäre das gefährlich gewesen, nicht aber für eine Feuerfee.

Zusätzlich zur dekorativen Magie hatten wir menschliche Lametta, Stechpalmen und rote Schleifen gefunden, die wir überall im Innern des Hauses angebracht hatten. Ein riesiger, leuchtender Weihnachtsbaum stand neben dem Fenster, der dem Zimmer den letzten Schliff verpasste.

Claire grinste, als ich eintrat, dann half mir Cyrus dabei, alle Einkäufe ins Haus zu tragen. In der Zwischenzeit stritten sich Vox und Sol darüber, wer Claires elegante Füße massieren durfte, welche unter der Decke hervorspähten, in die sie sich eingekuschelt hatte.

„Ich massiere viel besser", insistierte Vox, stellte sein Können an Claires linkem Fuß unter Beweis. Sie stöhnte, während er seinen Daumen gekonnt bewegte und ihren geschwollenen Knöchel bearbeitete.

Sol runzelte die Stirn. „Das werden wir ja sehen. Ist das der Beginn einer neuen Probe für den zweiten Feeling? Denn ich würde nur zu gerne etwas üben."

„Man soll die Feen nicht zählen, bevor sie ausgebrütet sind", meinte Claire in tadelndem Tonfall, was Sol seine Stirn noch tiefer runzeln ließ.

„Du wirst kein Ei legen, Claire." Seine Augen weiteten sich. „Oder? Ich meine ... Legen Menschen Eier?"

Sie kicherte und ließ sich tiefer in den Sessel sinken.

„Keine Eier", versprach sie. „Das ist nur eine Redewendung."

„Menschen haben merkwürdige Redewendungen", beschwerte sich Sol. Selbst nach all den Jahren verwirrten einige Dinge, die unsere Gefährtin von sich gab, ihn noch immer, aber er lernte gerne dazu.

„Eine Massage-Probe wäre nur zum Üben", neckte Vox, bewegte seine Finger erneut und bearbeitete eine Stelle in der Nähe ihrer Ferse, was sie sich auf die Unterlippe beißen ließ.

Oh, sie wusste, wohin das führen würde. Ich konnte es ihr in das leicht errötete Gesicht geschrieben stehen sehen, und wie sie ihre Brust kaum merklich rausstreckte. *Wunderschön*, dachte ich, hörte kurz auf, die Einkäufe zu verstauen. Dann stupste mich Cyrus mit seinem Fuß an, und ich nahm ihm zwei Tüten ab, während er nach draußen ging, um die restlichen reinzuholen.

„Solange wir nicht wieder für die Orgasmus-Probe üben", sagte Claire und ließ ihre Hände über ihren runden Bauch gleiten. „Ich glaube, ich erhole mich noch immer von der letzten Runde." Obwohl sie Einwände dagegen machte, funkelten ihre Augen angesichts der Erinnerung, und ein Hauch Lust schwebte durch das Gefährtenband.

Ja, meine Claire war bereit für das, was wir für heute geplant hatten. Ich war nicht der Einzige, der auf Claires wachsendes Bedürfnis reagierte, auf jedem physischen Level befriedigt zu werden.

Ich war schon längst darauf vorbereitet gewesen. Menschen und Feen hatten während einer Schwangerschaft beide eine erhöhte Libido. Obwohl es Feen definitiv auf einem ganz anderen Level spürten. Etwas, das Claire schon sehr bald herausfinden würde.

Sie war eine Fee, die so schon einen erhöhten Sexualtrieb hatte, was anriet, dass die dritte Phase sie in den Wahnsinn treiben könnte, wenn sie einmal angefangen hatte. Ich hoffte nur, das sie nicht versuchen würde, den Trieb zu unterdrücken. Feen waren sexuelle Geschöpfe voller Leidenschaft. Wir besaßen die nötige Stärke und Ausdauer, um die elementaren Quellen zusammenzufügen und neues Leben zu schaffen. Es war nicht nur ein physischer Akt wie bei den Menschen. Für die Feen waren Kinder genauso eine spirituelle Kreation wie auch eine physische.

Sol grinste, durchschaute Vox' Spielchen. „Dann werden wir eben für die Massage-Probe üben", beschloss er. „Ich fange mit diesem Fuß an, dann werden wir dich weiter massieren, nachdem du gegessen hast." Er sah mich an und ich nickte ihm zustimmend zu.

Titus ging an mir vorbei und begann mir dabei zu helfen, das Essen zu verstauen, während Cyrus die letzten Einkaufstüten ins Haus trug. Er grinste, spürte die steigende Anspannung. Wir alle wussten, was heute Nacht geschehen würde.

Na ja, alle von uns, außer Claire.

„Die hier werde ich gewinnen", verkündete Titus, bezog sich dabei auf die bevorstehenden Ereignisse der heutigen Nacht. In der dritten Phase ging es um elementaren Ausgleich ... durch Sex.

„Ich bin zuversichtlich", ergänzte er, legte einen Kochschinken auf den Tresen neben ein paar andere Nahrungsmittel, die ich bereits für unser Mahl ausgelegt hatte.

Ich grinste, erwiderte jedoch nichts.

Denn er würde heute Nacht nie und nimmer am längsten von uns durchhalten. Ich setzte auf mich oder Cyrus. Wir beide hatten zuvor schon mit der Kraftquelle getanzt. Wir wussten, wie wir sie im Gleichgewicht behielten.

Natürlich würde uns in der dritten Phase all unser Wissen nichts bringen. Also konnte mittlerweile jeder gewinnen. Und offen gesagt, würden wir am Ende alle gewinnen, weil es bedeutete, dass wir in Claire kommen konnten.

Vox sah abwechselnd zur Küche und unserer Gefährtin. „Muss irgendetwas gekocht werden?", fragte er, wollte seinen Wettkampf mit Sol ganz offensichtlich nicht aufgeben.

Ich lachte. „Das Meiste ist vorgekocht oder abgepackt. Wir können uns darum kümmern, Vox. Du musst nicht immer für uns kochen."

Claire summte zustimmend. „Ja, du machst besser weiter mit dem, was du da tust. Ich ernenne dich hiermit zu meinem offiziellen Massage-Gefährten."

Sol sah das als Herausforderung. Er hatte über die Jahre hinweg gelernt, wie er seine Kraft kontrollieren konnte, und demonstrierte seine Fähigkeiten, indem er Claires anderen Fuß mit dem richtigen Maß an Druck durchknetete – wenn man von ihren in den Hinterkopf rollenden Augen ausging.

„Ich korrigiere", sagte sie. „Ihr könnt beide meine Massage-Gefährten sein."

Ich lächelte. „Wir werden es euch wissen lassen, wenn das Essen fertig ist."

# EXOS

Claires Augen weiteten sich, als wir Tabletts voller Essen zu ihr brachten und sie um sie herum verteilten, damit sie sich nicht von ihrem Sessel wegbewegen musste. Ich hatte ein Tablett gefunden, auf welchem man das Essen perfekt auf Augenhöhe stellen konnte, ohne dass ihr wachsender Bauch in die Quere kam.

Sie musterte die Gaben und leckte sich die Lippen, was sich meinen Schwanz direkt anspannen ließ.

Ja. Sex war absolut nötig heute Nacht.

Genauso wie das menschliche Essen.

Bereits jetzt schien sie gesünder und glücklicher – und auf bestem Wege in die dritte Phase.

Wir alle spürten es.

*Heute Nacht.*

Sie griff nach einem kleinen Kuchen mit weißer Füllung in der Mitte und stöhnte, als sie einen Bissen davon nahm, was sich meine Hose plötzlich fürchterlich eng anfühlen ließ.

„Claire", warnte Cyrus und setzte ein schelmisches Grinsen auf. „Wenn du weiterhin solche Geräusche von dir gibst, wirst du uns dazu bringen, auch etwas essen zu wollen. Und ich spreche nicht von einem Nahrungsmittel."

Ihre Wangen erröteten, ließen sie zauberhaft aussehen, während sie kaute. „Ich kann nicht anders", sagte sie mit einem Mundvoll und griff nach einer weiteren Köstlichkeit. „Ich bin am Verhungern, und das hier ist verfickt nochmal köstlich."

*Mmh, ich mag es, dieses Wort über deine Lippen hören zu kommen*, sagte ich zu ihr. *Sag nochmal ‚verfickt'.*

Ihre Augen glänzten, als sie zu mir sah. *Verfickt.*

Ich lächelte. *Gutes Mädchen, Claire. Ich werde dich später dafür belohnen.*

*Mach keine Versprechen, die du nicht halten kannst.*

*Wann habe ich jemals ein sexuelles Versprechen nicht gehalten?*, fragte ich und zog eine Augenbraue hoch.

Sie errötete am ganzen Leib.

Ich entschuldigte ihre ausbleibende Antwort, vorwiegend, weil sie ein weiteres Stöhnen von sich gab, als sie erneut in ihr Gebäck biss. Ich konnte an nichts anderes mehr denken außer an das sexy Geräusch. Wir sahen ihr alle beim Essen zu. Unser eigener Appetit stieg mit jeder

Minute an. Ihr schien die intensive Stimmung völlig zu entgehen, war zu verloren in ihrer Mahlzeit. Was gut war. Sie brauchte die Energie für die dritte Phase.

Aber das neue Band pulsierte in uns allen. Das Leben in ihr zog so sehr an unseren Quellen, dass wir es nicht weiter ignorieren konnten. Die elementare Quelle lockte meine Affinität für Seelenmagie, drängte mich dazu, das Leben in ihrem Bauch zur Reife zu bringen, indem ich meine Magie auf einem intimen Level mit den Bändern teilte.

Ich sah üblicherweise nur zu.

Ich wartete üblicherweise.

Dieses Mal … war ich nicht sicher, ob ich das konnte.

Als Claire sich genügend am Essen gelabt hatte, lehnte sie sich zufrieden seufzend zurück. „Ich fühle mich schon viel besser", meinte sie. Ihre Augen schlossen sich und ihre Hände strichen über ihren Bauch. Sie lächelte, als ihre Finger zuckten. „Der Feeling tritt. Er ist auch zufrieden."

*Und wächst vermutlich*, dachte ich.

Sie würde bald in einen Schlaf fallen, der sie vorbereiten würde. Ich spürte, wie sie sich der letzten Phase zusehends näherte. Diejenige, in der eine weitere Paarung vonnöten sein würde. Es war ein unbeschreiblich erwartungsvolles Gefühl im Gefährtenband zu spüren. Eines, das mich dazu brachte, das andere Bedürfnis meiner Gefährtin zu stillen.

Obschon ihr Hunger gestillt war, so entging mir das kurze Stirnrunzeln auf ihrem Gesicht nicht, bevor sie ihre Augen aufschlug und uns ansah. Da war noch immer ein Bedürfnis, das noch nicht gestillt war.

Oder besser gesagt … fünf Bedürfnisse – angesichts der Art, wie sie ihren Gefährtenzirkel jetzt musterte.

Ich entfernte das Tablett und Claires Decke, dann griff

ich nach ihrer Hand. „Ich glaube, wir haben eine Massage-Probe zu üben", sagte ich mit einem verruchten Grinsen.

Ihre Augen glänzten, dann aber runzelte sie die Stirn, griff nach meinem Kragen und schnüffelte daran. „Hast du geraucht?"

Ups. Unterwelt-Probleme.

„Nein, aber ich bin an ein paar rauchenden Leuten vorbeigelaufen, als ich all die menschlichen Dinge besorgt habe, um die du mich gebeten hast", sagte ich und erinnerte sie daran, dass ich alles von ihrer Liste für sie besorgt hatte. Und es war nicht gelogen. Ich war an ein paar Menschen vorbeigelaufen, die geraucht hatten – obwohl sie sich auf der anderen Seite des Parkplatzes befunden hatten. Ich drückte ihr einen Kuss auf die Wange. „Bist du bereit für eine Massage, Claire?"

Ihre Finger ballten sich zu Fäusten und sie blickte auf ihren Bauch hinab. „Ich glaube, ich kann nicht …" Sie wusste, was ich angedeutet hatte, und es verängstigte sie. Ich spürte ihre Angst durch das Gefährtenband sausen, und es brach mir das Herz.

Cyrus tat es mir gleich, griff nach ihrer anderen Hand, um ihr auf die Beine zu helfen. „Du musst nichts tun, kleine Königin." Seine Zuversicht drang in meine Seele, versicherte mir, dass Claire überzeugt werden konnte. Wir waren noch nie zuvor gescheitert. „Lass uns dich verehren", sagte er mit liebevollem und königlichem Tonfall. „Das ist alles, worum wir dich bitten."

Sie biss sich auf die Unterlippe, bevor sie uns zunickte, was die einzige Zustimmung war, die ich brauchte. Der Ruf ihrer Seele war so klar. Es war eine Melodie, die sich in meinem Kopf ausbreitete. Eine, zu der unsere Seelen miteinander tanzten und ein neues Band begannen.

*Wunderschön.*

Cyrus und ich führten sie zum riesigen Bett, dann hielt ich sie daneben an. „Darf ich dich ausziehen, Claire?", fragte ich. „Massagen fühlen sich nackt am besten an."

Sie leckte ihre Lippen, dann nickte sie langsam.

„Worte, Baby", murmelte ich. „Benutz Worte."

„Ja", flüsterte sie. „Du darfst mich ausziehen."

Ich lächelte und belohnte sie mit einem zärtlichen Kuss. Meine Finger glitten am Saum ihres Nachthemds entlang.

„Danke, Claire", sagte ich, liebte es, ihr ihre Kleidung auszuziehen. Und die anderen genauso. Aber ich wollte sie mit meinen Worten und Berührungen daran erinnern, sicherstellen, dass sie sich jetzt genauso schön fühlte wie immer. Denn in unseren Augen war sie perfekt. Atemberaubend schön. Eine Göttin der Elemente, auch wenn sie derzeit blockiert waren.

Gänsehaut breitete sich an ihren Armen aus, als ich den Träger ihres Nachthemds langsam abstreifte. Dann erstarrte sie, als der Stoff ihre Brüste entblößte.

Mh, nein. Das würde nicht reichen.

Ich wollte, dass sie feucht war. Warm. Sich nach unserer Berührung sehnte. Nicht erstarrt und verängstigt darüber, was wir von ihrer wunderschönen Körperform halten würden. Ich konnte diese Unsicherheit in unserem Band spüren, hatte sie in ihrer Stimme gehört, als sie behauptet hatte, dass sie vielleicht nicht in der Lage wäre, eine Massage zu akzeptieren.

Unsere Gefährtin musste die dritte Phase mit einem Gefühl beginnen, begehrt und geliebt zu werden.

Nicht unsicher und allein.

Konnte sie das Ziehen der Quelle nicht spüren? Diese äußerst echte Melodie, die in meinen Ohren, meinem Herz und meiner Seele summte und mich anflehte, sie zu nehmen? Die nächste Ebene zu betreten? Ihr zu geben, wonach ihr Körper sich sehnte und was er begehrte?

*Oh, Claire.*

Ich ließ meine Lippen an ihrer Schulter entlanggleiten, hielt sie dazu an, sich zu entspannen, und streichelte ihre Seele mit meiner, lockte sie näher zur blendenden Quelle unserer Kraft. Ein neues Leben war hier geschaffen worden. Eines, das wir zusammen als Familie hegen und pflegen würden.

Aber zuerst musste sie wissen, wie sehr sie von uns allen geliebt wurde. Wie sehr wir sie immer begehren würden. Ein Kind änderte nichts an dieser Tatsache. Wenn überhaupt, brachte es uns nur noch näher zusammen.

„Leg dich hin", befahl ich, was mir ein streitlustiges, rebellisches Funkeln in ihren Augen einbrachte. Sie mochte es nicht, herumkommandiert zu werden, aber in diesem Fall musste sie auf mich hören. Sie war viel zu tief in ihren Selbstzweifeln und Ängsten versunken. Sie musste loslassen und mir die Kontrolle überlassen.

Sie richtete ihr Nachthemd, versteckte die glänzende Haut darunter, legte sich jedoch aufs Bett, wie ich es ihr befohlen hatte. Ich kniete neben ihr und ließ meine Finger an ihrer Wange hinabgleiten. „Ich muss dich lieben, Claire."

Ich flehte selten, und mehr als das würde sie nicht bekommen. Sie biss sich auf die Unterlippe, bevor sie erwiderte: „Na ja, auf meinem Rücken zu liegen ist etwas unbequem", gab sie zu.

Ich grinste. Na gut. Dann würden wir eben eine andere Position versuchen. Eine, die sogar noch besser zu meiner Stimmung passte.

„Kannst du dich auf deine Knie stellen?", fragte ich mit hochgezogener Augenbraue, während ich einen Plan entwickelte. „Ich wollte deine Brüste massieren, aber ich kann mich auch auf eine andere Stelle konzentrieren."

Sie schluckte trocken und sah den Rest des Gefährtenzirkels an, bemerkte, wie Sol und Vox gegen die Wand gelehnt und begierig darauf waren, einen guten Blick auf das Kommende zu erhaschen. Cyrus und Titus hatten sich links und rechts von uns hingesetzt, schlüpften mit sinnlichen Absichten ins Bett, die durch das Gefährtenband flossen.

Ich ließ meine Seelenmagie durch sie hindurchfließen, was ihren Blick zu mir zurückschießen ließ. „Aber ich bin so ... *schwanger*", protestierte sie, zweifelte ihre Schönheit noch immer an. Als würde ihr Anblick unserer Liebe Abklang tun oder unsere Begierde verringern.

Das war ganz genau der Grund, warum es hier und jetzt passieren musste.

„Stell dich auf deine Knie, Claire", sagte ich zu ihr, ließ sie den befehlshaberischen Tonfall in meiner Stimme hören.

Sie schluckte leer, gehorchte jedoch. Ihr Herz pochte so schnell, dass ich ihre Pulsader schlagen sehen konnte.

Worte würden das hier nicht lösen.

Also würden wir stattdessen Taten sprechen lassen.

Ich bediente mich meiner zweiten Fähigkeit, Feuer, und verbrannte vorsichtig ihr Nachthemd, welches sich in Asche verwandelte und sie nackt zurückließ. Die Hitze glühte angenehm an ihrer Haut, als sie ihre Hände an den Seiten zu Fäusten ballte – noch immer nervös und unsicher.

Entschlossen, sie rückzuversichern, folgte ich meiner Magie mit meinen Händen, dann meinen Lippen, und küsste ihre geschwollenen Brüste, bahnte mir meinen Weg an ihrem gewölbten Bauch hinab. Dann schubste ich sie leicht nach vorne, sodass sie auf ihren Händen und Knien stand.

Cyrus und Titus warteten geduldig, obschon ihre Lust merklich zu spüren war. Ich hatte keinen Zweifel daran, dass sie dieselbe Melodie hören konnten. Der Ruf unserer Elemente war zu stark, um ihn zu ignorieren.

Unsere Gefährtin erschauderte, als ich meine Hände über ihre bebende Mitte gleiten ließ. „Exos", sagte sie, mein Name jetzt eher ein Flehen. Ich lächelte. Das war die richtige Richtung, aber ich brauchte mehr von ihr.

„Was für eine Massage hättest du gerne?", fragte ich, griff mit beiden Händen nach ihrem Arsch und spreizte ihre Pobacken.

Bei den Feen, war sie schön. Mein Schwanz wurde steif, als ich sah, wie feucht sie für mich war – begierig darauf, dass meine Zunge ihre süße Mitte kostete.

Vox und Sol gaben beide ein erregtes Geräusch von sich, waren genauso angeheizt vom hinreißenden Anblick. Aber es war nicht nur das. Claire sandte eine Welle Lust durch uns alle hindurch, die uns wie ein Blitzschlag traf.

*Da ist es*, sinnierte ich. *Die dritte Phase beginnt.*

*Exos …*

*Kämpf nicht dagegen an, Baby. Genieße es. Entledige dich deinen Ängsten und erlaube dir, alles zu spüren.*

Ich küsste ihren unteren Rücken, meine Hände an ihre Hüften gelegt, während ich ihre Unsicherheit wegmassierte und sie ermutigte, zum Spielen rauszukommen.

*Du bist unsere Göttin, Claire. Unsere Königin. Lass uns dich verehren.* Ich knabberte an ihrem Hüftknochen, dann ließ ich meine Zunge erneut an ihrem Rückgrat hochgleiten. *Bitte, Baby. Alles, was wir wollen, ist, dir ein gutes Gefühl zu verschaffen.*

Sie stöhnte, und ihre Sorgen ließen von ihr ab, als sie ihren Fokus auf die Lust zwischen ihren Beinen richtete.

Ich konnte spüren, wie ihre Seele davon eingenommen wurde und sich sogar in meine ausbreitete. Sie brauchte das hier. Genauso sehr, wie wir es brauchten.

*Kannst du unsere Begierde spüren?*, fragte ich sie. *Verbrennt sie dich genauso, wie deine Begierde mich verbrennt?*

Ein weiteres Stöhnen folgte und sie krallte sich in den Decken fest.

Cyrus verstärkte das intensive Gefühl, indem er den Reißverschluss seiner Hose öffnete und seinen erigierten Penis hervorholte, den Schaft gemächlich massierte, während er sie, mit Augen auf halbmast, anblickte.

Titus ahmte die Bewegung nach, ließ unsere Claire sehen, was sie mit ihm anstellte. Mit *uns*.

„Siehst du, wie hart wir sind, Baby?", fragte ich an ihr Ohr gelehnt, meine Hände noch immer über ihren Körper gleitend. Es war eine sanfte Berührung, keine gründliche und wissende. Zuerst wollte ich, dass sie nachgab. Dann würde ich ihr geben, was sie brauchte – was wir alle brauchten. „Sehe ich da einen Lusttropfen, Titus? Ich glaube, du solltest Claire davon kosten lassen. Erinnere sie daran, wie sehr wir sie wollen."

Titus streifte seinen Daumen über seine Eichel und führte die Flüssigkeit an ihre Lippen. Sie stöhnte daraufhin laut, ihr Körper wand sich unter meinen Händen.

„Mmh, das bringt mich dazu, dich kosten zu wollen, Baby", sagte ich, spreizte ihre Beine etwas, damit meine Schultern Platz hatten, bevor ich mich hinabsenkte. Meine Füße berührten noch immer den Boden. „Setz dich auf mein Gesicht", sagte ich zu ihr. „Lass mich dich kosten."

Sie erschauderte. Ihre Beine zitterten angesichts der Intensität, die meinem Befehl innewohnte, und ihrer überwältigenden Sehnsucht, mir zu gehorchen. Cyrus kam näher. Er berührte ihre Nippel und zwackte sie leicht.

„Mein Bruder hat dir einen Befehl erteilt, kleine Königin. Wirst du dich ihm etwa widersetzen?"

„Ich …" Sie zitterte, brachte ihre Muschi an meinen Mund, woraufhin ich sie fest und ausgiebig mit meiner Zunge leckte. „Oh, bei den Feen", keuchte sie, purzelte beinahe nach vorne. Aber Cyrus fing sie mit seiner Hand an ihr Brustbein gelehnt auf.

Ich nuckelte an ihrer Klitoris, woraufhin sie meinen Namen in diesem Tonfall ausstieß, den ich verdammt nochmal liebte. Ich tat es erneut und sie belohnte mich, indem ihr ganzer Körper erschauderte.

„Oh", wiederholte sie mit zitternden Beinen. „Ich brauche … Ich *brauche* …"

„Sag uns, was du brauchst, kleine Königin", murmelte Cyrus.

„Ja, Schätzchen. Sag uns, was du willst", stimmte Titus mit leiser und warmer Stimme zu, als er ihr einen weiteren Lusttropfen mit seinem Daumen zuführte.

Ich sah es weniger geschehen, spürte es eher durch das Band. Ihre Lust verwandelte sich in einen vernichtenden Rausch.

„Einen Schwanz", sagte sie. „Oh, sofort. Ich brauche ihn *sofort*."

Ich knabberte an ihrer Klitoris, dann entfernte ich mich von ihr, während die anderen sich auszogen.

Cyrus und Titus nahmen sie zuerst, da ihre Schwänze bereits freigelegt und äußerst begierig darauf waren, sie zu befriedigen. Sie nahm Titus in ihren Mund und tief in ihren Rachen auf, bevor sie nach Cyrus griff und dasselbe mit seinem machte.

Und verdammt … Es war das Wunderschönste, das ich je gesehen hatte.

Sosehr ich es genoss, zuzusehen, wollte ich dieses Mal meine Gefährtin als Erster nehmen. „Ich war noch nicht fertig mit meiner Massage", warnte ich sie. „Ich hatte gerade erst angefangen."

Sie sah zu mir zurück, als ich meinen Reißverschluss öffnete. Dann leckte sie sich die Lippen und richtete ihren Arsch aus, um mir eine bessere Sicht zu verschaffen.

Ja, so mochte ich meine Gefährtin lieber. Willig. Geil. Fordernd. Und *lüstern*.

Als ich mich näherte und meinen Schwanz an ihrer feuchten Mitte rieb, mich jedoch weigerte, in sie einzudringen, stöhnte sie frustriert und nahm Titus erneut in ihren Mund. Dieses Mal so fest, dass er zusammenzuckte. Er stieß ein Stöhnen aus. „Vorsichtig, meine Schöne. Andernfalls werde ich die Ladung, die ich für dich aufgespart habe, in deinen Rachen schießen."

Das ermutigte sie nur dazu, fester und härter an ihm zu saugen, vermutlich, weil sie seine Bemerkung als Herausforderung ansah.

Ich ließ meinen Schwanz über ihre Klitoris gleiten, was ihre Hüften dazu brachte, über meine sensible Haut zu kreisen. Ich würde ihr zuerst so einen Höhepunkt verschaffen und sie im Anschluss richtig ficken.

Sie löste sich mit einem Ploppgeräusch von Titus' Schwanz, als ich durch ihre Schamlippen stieß, und sie drückte ihren Rücken durch. „Ich will Vox und Sol schen", stöhnte sie.

Die beiden Feen hatten angefangen, einander zu massieren. Etwas, von dem sie wussten, dass Claire es mochte, und das sie nur für sie taten, wenn sie wussten, dass sie als Nächste dran waren. Ich richtete sie so aus, damit sie die beiden sehen konnte, und ihre Augen fielen lusterfüllt auf halbmast. Sie mochte es, ihren Gefährten beim Spielen zuzusehen. Etwas, an dem ich mich nie beteiligte. Aber ich hatte Verständnis für ihre voyeuristische Veranlagung, weil ich es auch genoss, zuzusehen.

Sol stemmte sich mit seiner Faust gegen die Wand, während er Vox ansah. Wir konnten den beiden dabei zusehen, wie Vox seinen eigenen Schwanz massierte und dann seine andere Hand um Sols Glied schlang. Das Beben zwischen Claires Beinen intensivierte sich, als sie das erotische Lustspiel verfolgte, was mich dazu ermutigte, meine Eichel erneut über ihre Klitoris gleiten zu lassen.

Sie schrie und fiel kopfüber in einen Orgasmus, den sie sich ganz offensichtlich eine Weile lang verkniffen hatte.

*Wie ungezogen, Claire*, dachte ich in ihre Richtung. *Jetzt werden wir dich die ganze Nacht lang kommen lassen müssen, nur um sicherzugehen, dass all die Höhepunkte, die du dir verwehrt hast, nachgeholt werden.*

Ihr Körper erschauderte daraufhin, was eine sinnliche Welle durch unsere Bänder fließen ließ.

Die Melodie wurde lauter, surrte gnadenlos durch unsere Bänder und verlangte, dass wir die Kontrolle über unsere Elemente abgaben. Etwas, das wir alle erlernt hatten, *nicht* zu tun.

Die dritte Phase hatte offiziell begonnen, und sie bedurfte allen fünf Elementen. Nicht nur einem oder zwei.

*Baby, in dir wächst eine äußerst mächtige Fee heran*, murmelte ich. *Er will all unsere Elemente.*

*Alle?*, erwiderte sie, hörte sich bereits erschöpft an. Dann schien eine plötzliche Welle der Energie durch sie hindurchzufließen. Ihre Seele summte in unseren Bändern, als sich die letzte Ebene entfachte.

„Oh, Fuck", keuchte Claire. Das Wort klang so wunderbar, als es ihr über ihre sexy Lippen kam.

„Ja, Claire. Das ist genau das, was wir tun werden", bestätigte ich.

Sie schien mich nicht zu hören. Ihre Instinkte nahmen

überhand und sie sandte den Befehl durch uns, saugte uns aus, bis nichts mehr übrig war.

Wir hatten keine andere Wahl, als zu gehorchen. Die Regel zu brechen, an die wir uns alle gehalten hatten, seit wir selbst junge Feelinge gewesen waren.

*Lasst die Elemente los.*

*Öffnet die Quelle.*

*Ertrinkt in Ekstase.*

Claire nahm Titus tief in ihren Mund, ruinierte seine Chance darauf, sich gegen die elementare Erlösung zu wehren.

Dann wackelte sie mit ihren Hüften, drückte sich an mich und hielt meinen Schwanz dazu an, zum Spielen rauszukommen.

Ich war eine starke Fee.

Aber nicht stark genug, um mich meiner Gefährtin zu widersetzen.

Ich stieß in ihren zitternden Körper, gab ihr, was sie brauchte, und fluchte, als sie mir das Leben aus meinem verdammten Schaft drückte. Ich war entschlossen, noch nicht zu kommen, da wir noch nicht einmal richtig angefangen hatten. Doch jede Bewegung ihrer Hüften schwächte diese Entschlossenheit.

Titus ergab sich ihr, schaffte es nicht, sich und seine Kraft zurückzuhalten, stöhnte, als er kam. Cyrus grinste an den Hals der anderen Fee gelehnt, dann drückte er ihm einen zärtlichen Kuss auf die Pulsader. Es war keine neckische, sondern eher eine liebevolle, verständnisvolle Geste. Eine, die Titus anscheinend zu schätzen wusste, da er seine Stirn an Cyrus' legte.

Ich verlangsamte meine Stöße, zögerte meinen Höhepunkt hinaus, während Claire sich von ihrem erholte, und das raue Bedürfnis ihrer Melodie wurde leiser, besänftigt von Titus' Opfer. Die Feuerfee ließ sich aufs Bett sinken und warf seinen Kopf fluchend zurück.

Oh, dieses Spiel – wer am längsten durchhalten konnte – hatte er verloren, aber auch ich war meinem Höhepunkt nicht mehr fern. Cyrus kam als Nächster dran. Claire schlang ihren Mund um sein Glied, als würde ihr Leben davon abhängen, nuckelte mit erneuter Lust an seinem Schwanz, als die Melodie wieder lauter wurde – begierig darauf, uns alle zu verschlingen.

Ich folgte ihren Bewegungen mit meinen Hüften, belohnte sie, als sie meinen Bruder tiefer in sich aufnahm. Es war mir egal, ob diese Paarung mich zerstören würde. Es war das Wunderbarste, das ich je erlebt hatte. Sol und Vox streichelten einander weiterhin, während sie uns zusahen. Ihre Blicke waren auf Claire gerichtet, die drohte, einen Orgasmus zu erleben, der uns allen den Verstand rauben würde.

Das hier war neu, *rau* – etwas, das ich nicht erwartet hatte, als ich über die sexuellen Nebeneffekte von Feen-Schwangerschaften gelesen hatte.

Aber jetzt spürte ich den Grund. Den Zusammenschluss unserer Magie, der an unserer Kraft zehrte und sie genauso speiste, wie Nahrung es getan hätte. Anstatt jedoch ihren Körper zu nähren, füllten wir die Stränge ihrer elementaren Kraft auf, die das Leben in ihr dazu bringen würde, sich zu Ende zu entwickeln.

Ich würde mich all meiner Magie entledigen, wenn es sein musste, um Claire und dem Kind zu geben, was sie brauchten. Und so fickte ich sie leidenschaftlich, bewahrte nicht länger die Kontrolle und goss meine Kraft in sie. Sie rang nach Luft, als die uneingeschränkte Magie in sie floss, und alle Elemente breiteten sich im Zimmer aus, als alle in unserem Gefährtenzirkel es mir gleichtaten.

Funken glitzerten in ihrem Haar.

Staubige Erdpartikel schwebten durch die Luft.

Und eine warme Brise strich über meine Brust.

Dann ließ Sprühregen Dampf in die Luft steigen, und wir atmeten ihn ein, sandten unsere Lebenskraft in unsere Gefährtin, während wir über den Abgrund sprangen, ohne nach unten zu blicken.

*Nimm alles von mir, Claire,* sagte ich zu ihr. *Bis zum letzten Tropfen.*

# CYRUS

*F*uck.

Ich konnte kaum atmen. Mein Herz hämmerte so fest gegen meine Brust, dass ich fürchtete, es könnte jede Sekunde explodieren.

Ich war mir ziemlich sicher, dass Claire gerade versucht hatte, uns mittels Sex umzubringen. Und um ehrlich zu sein, war ich nicht das kleinste bisschen verärgert darüber. Denn … wow.

Das war wohl eines der intensivsten sexuellen

Erlebnisse meines Lebens gewesen. Sobald ich mich wieder bewegen konnte, wollte ich es nochmal tun. Aber sie hatte mir gerade so ziemlich das Wasserelement aus dem Körper gesogen, was mich ausgetrocknet und schwach zurückließ.

Zum Glück hatten wir das hier im Reich der Sterblichen getan. Ich wollte mir nicht einmal vorstellen, was passiert wäre, wenn wir es zu Hause getan hätten, wo wir noch stärker mit unseren Quellen verbunden waren.

Vielleicht war das der Grund, warum sie so negativ auf Feen-Essen reagiert hatte. Auf einem unbewussten Level wusste sie, wo sie für die dritte Phase sein musste.

Oder es war Ironie des Schicksals gewesen.

Was auch immer es gewesen war, es war richtig gewesen. Und wir hatten überlebt. *Gerade so.*

*Einen frohen Heiligabend, kleine Königin*, murmelte ich ihr zu. Technisch gesehen, war es jetzt eher der Morgen des ersten Weihnachtstages. Aber da sie mich nicht hören konnte, spielte es keine allzu große Rolle.

Ich nahm einen beruhigenden Atemzug.

Dann schloss ich mich ihr im Land der Träume an.

„DEN FEEN SEI DANK."

Exos sprach mir aus der Seele.

Unser dritter Besuch in der verdammten Unterwelt hatte sich ausgezahlt, und ich hielt den Beweis dafür in meiner Hand. Lucifer mochte der Abstimmung nicht beiwohnen, aber ich hatte seine Vollmacht, und das war alles, was zählte.

Es hatte etwas Verhandlungsgeschick bedurft – mehrheitlich, weil er im Austausch für seine Kooperation weibliche Elementefeen verlangt hatte. Als ich ihm gesagt hatte, dass das auf keinen Fall infrage kommen würde, hatte er nach pragmatischeren Dingen verlangt. Zum Beispiel sollten wir ihm dabei helfen, essbare Pflanzen anzubauen. Und ein paar, die ihnen erlauben würden, high zu werden.

„Ich bin bloß froh, dass es geschafft ist", sagte ich, faltete den Brief, um ihn in meine Brusttasche zu stecken. „Ich kann es kaum erwarten, zu Claire zurückzukehren und die gestrige Nacht zu wiederholen."

„Hört sich nach einem guten Weihnachtsabend an", meinte Exos und betätigte die Knöpfe auf der Schaltfläche des Portals. Dann wandte er sich mit einem Grinsen auf seinem Gesicht zu mir, während das System seine Magie spielen ließ. „Titus will eine Revanche."

„Er wird trotzdem verlieren", säuselte ich.

„Ich weiß", stimmte Exos zu. „Ich aber nicht."

Ich zog eine Augenbraue hoch. „Letzte Nacht hast du das aber allemal."

„Ich war nicht vorbereitet."

Ich lachte schnaubend. „Von wegen. Du bist immer vorbereitet."

Er lächelte. „Stimmt. Vielleicht bin ich letzte Nacht meinen Begierden erlegen, aber du auch."

„Das waren wir alle", erwiderte ich. „Sie war verdammt nochmal atemberaubend."

„Das war sie wirklich", murmelte er. „Was auch der Grund ist, warum wir es nochmal tun müssen."

„Bin ich damit dran, sie zu verführen? Denn ich könnte die Aufgabe vermutlich schneller bewältigen."

„Nur weil ich dir letzte Nacht geholfen habe", entgegnete Exos.

Ich zog eine Schulter hoch. „Es ist nicht meine Schuld, dass du dich freiwillig gemeldet hast, als Erster loszulegen."

„Ja, ja." Er winkte ab und wir kamen im Reich der

Sterblichen an. „Wir müssen uns mehr …" Er verstummte, runzelte die Stirn.

Ich spürte, was ihn zu diesem Gesichtsausdruck veranlasst hatte.

*Irgendetwas stimmt nicht.*

Ich fragte nicht um Erlaubnis und Exos zögerte nicht. Er wusste, was ich tun musste. Ich packte sein Handgelenk und griff auf seine Magiereserven zu, um uns direkt zum Häuschen zurückzusprühen. Obwohl es nicht weit entfernt lag, so war das Teleportieren außerhalb des Reichs der Feen der Elemente unheimlich ermüdend, und ich sah Sternchen, während ich nach unserer Gefährtin suchte.

„Geht es ihr gut?", wollte ich wissen, konnte nichts sehen.

Wenn ich verdammt nochmal das Bewusstsein verlor, wenn sie mich brauchte, würde ich –

„*Cyrus!*", schrie Claire und klammerte sich an mich. Ihr Tonfall war panisch, ihr Griff jedoch stark. Meine Sicht klärte sich genug, damit ich den Auslöser ihrer Beunruhigung ausmachen konnte. Sie hielt sich ihren Bauch, knirschte mit den Zähnen, als eine Welle des Schmerzes durch die Gefährtenbänder rauschte. *Geburtswehen*, realisierte ich. *Sie hat Geburtswehen.*

Claire versuchte augenblicklich, uns auszuschließen, um uns den Schmerz zu ersparen, aber ich zog sie in meine Arme.

„Tu das nicht", sagte ich und strich ihr Haar aus dem Gesicht. „Gib uns deinen Schmerz, kleine Königin. Wir können damit umgehen."

*Wir sind für dich da*, ergänzte ich in Gedanken. *Du bist nicht allein. Wir sind alle hier bei dir.*

# CLAIRE

„Ich kann das nicht", gab ich zähneknirschend von mir, während meine Gefährten mich ins Krankenhaus brachten.

Meine Fruchtblase war überhaupt nicht so geplatzt, wie man es immer in den Filmen sah. Es war eher ein Tröpfeln gewesen. Ich hatte geglaubt, dass ich die Kontrolle über meine Blase verloren hatte, was ganz schön peinlich gewesen wäre. Aber nein. Wie sich herausstellte, war das der Beginn der Geburtswehen.

„Du schaffst das", versicherte mir Cyrus mit einem Kuss, während er mich zu einem Rollstuhl geleitete. Mein Gefährte sah noch immer blass davon aus, dass er sich zu mir gesprüht hatte, wo auch immer er gewesen war. Ich wollte ihm und Exos eine runterhauen, weil sie weggegangen waren, auch wenn meine Wehen unerwartet frühzeitig eingesetzt hatten. Was war so wichtig gewesen, dass sie dieses Risiko eingegangen waren?

Und zu allem hin noch am ersten Weihnachtstag?

Die derzeitige Wehe ließ nach und ich stieß den Atem aus, den ich unbewusst angehalten hatte. Jetzt, wo mir die Schmerzen nicht mehr den Kopf vernebelten, konnte ich wieder klar denken.

*Oh, stimmt.*

„War heute die Abstimmung?", fragte ich mit heiserer Stimme.

Cyrus und Exos grinsten einander an. „Nicht ganz, kleine Königin. Aber fast."

„Raus mit der Sprache", sagte ich, begierig darauf, zu erfahren, was passiert war. Sie hatten das Reich aus einem guten Grund verlassen.

„Sollten wir uns nicht auf den Feeling konzentrieren?", fragte Vox.

Ich sah ihn mit zusammengekniffenen Augen an. „Ich kann mich derzeit kaum auf etwas anderes konzentrieren."

Er zuckte zusammen. „Tut mir leid."

Titus schob mich in den Aufzug und starrte auf die Knöpfe. „Auf welchem Stockwerk war es nochmal?"

„Auf dem dritten", sagte Vox, immer ganz der Effiziente, als er seinen Arm ausstreckte und den Knopf betätigte. „Da ist die Triage, wo sie sie einschätzen werden."

„Sie hat ganz offensichtlich Wehen", meinte Exos

irritiert. „Was für eine Einschätzung müssen sie noch vornehmen?"

„*Exos*", sagte ich. „Sag mir, was passiert ist."

„Sogar schwanger gibt sie noch Befehle von sich", sinnierte Cyrus, lehnte sich zu mir und strich seine Lippen über meine. „Wir waren in der Unterwelt, kleine Königin. Lucifer hat zugestimmt, die Initiative zu unterstützen, und ich habe seinen unterzeichneten Abstimmungszettel in meiner Tasche."

Meine Augen weiteten sich. „Ihr habt die Höllenfeen dazu gebracht –" Ich unterbrach den Satz nach Luft ringend, da mich ein weiterer Schmerz durchfuhr, mir alle Luft aus den Lungen raubte und meine Muskeln sich alle schmerzerfüllt anspannen ließ.

Ich schloss meine Augen und versuchte, den Schmerz nicht in meine Gefährtenbänder fließen zu lassen.

„Ich habe dir doch gesagt, dass du das nicht tun sollst", tadelte mich Cyrus und griff nach meiner Hand. „Wenn du es aushalten kannst, können wir das auch."

Als ich meine Augen wieder öffnete, sah ich, dass all meine Gefährten ihre Hände auf mich gelegt hatten und wortlos verlangten, dass ich meine Last mit ihnen teilte.

Bei einer sterblichen Geburt wäre das niemals passiert. Wie viele Frauen konnten ihren Schmerz mit denen teilen, die ihnen helfen wollten?

Ich hasste es, es tun zu müssen, aber ich wusste, dass sie mir nicht vergeben würden, wenn ich versuchte, die Last allein zu schultern.

Wir waren aus gutem Grund ein Gefährtenzirkel.

Für immer und ewig.

Und das war ganz genau der Grund, wozu unsere Verbindungen da waren. *Um einander zu helfen und zu unterstützen.*

Zögernd hörte ich auf, zurückzuhalten, und ließ die

Gefährtenbänder durch mich fließen, während sich der Schmerz im Zirkel verteilte.

All meine Gefährten knickten ein. Allen voran Sol, was den Aufzug erschüttern ließ, als er gegen die Seite prallte.

„Heilige Fee", gab er zähneknirschend von sich. „Es ist, als würde man von einem Berg erschlagen."

Vox ächzte und rieb sich seinen Nacken. „*Fuck*, Claire. Du hast das alles allein ertragen? Ich stimme Cyrus zu. Steh das nicht allein durch."

Ich grinste schwach, war erleichtert, als der Schmerz abnahm. Er war jetzt, wo ich ihn in den Bändern verteilen konnte, weitaus aushaltbarer.

Der Fahrstuhl läutete und Titus rollte mich zum Empfangstresen. Ich hielt einen Teil meines Unbehagens zurück, damit meine Gefährten mich anmelden konnten. Sobald ich die Ersteinschätzung hinter mir hatte und zum Kreißsaal gebracht wurde, teilte ich den Schmerz wieder mit meinen Gefährten.

Eine Geburt dauerte weitaus länger, als ich gedacht hatte. Ich durchlebte stundenlang mehrere schmerzhafte Wellen. Jedes Mal, wenn der Arzt vorbeikam, war mein Muttermund noch nicht weit genug geöffnet.

Als wir das zigste Mal allein gelassen wurden, wandte ich mich an Cyrus. Seine silberblauen Augen sahen mich besorgt an. „Soll der Muttermund einer Fee geweitet sein, bevor sie gebärt?", fragte ich, wünschte mir, dass ich mehr Zeit damit zugebracht hätte, mit den Heilern zu sprechen.

Er zog seinen Mundwinkel hoch. „Ja. Hab Geduld, Claire. Dein Körper ist halb menschlich. Du hast eine beschleunigte Schwangerschaft hinter dir, was deine menschlichen Gene nicht gewohnt sind. Du kannst es schaffen, aber lass dir Zeit."

„Geduld haben?", wiederholte ich. „Du willst, dass ich *Geduld* habe?" Das war Exos' Lieblingssatz. Nicht Cyrus'.

Und ich war die ganze verdammte Nacht lang schon ziemlich geduldig gewesen. „Warum kooperiert mein Körper nicht?"

„Weil du noch nicht bereit bist, Claire", erwiderte Cyrus mit einem Hauch seines üblichen tadelnden Tonfalls.

„Aber ich war an Halloween mehr als bereit, als du mich *geschwängert* hast", zischte ich.

Er seufzte. „Claire … Ich weiß, dass es wehtut, aber du schaffst das. Du bist stark genug."

Ich zog meine Augenbrauen hoch. „Stark genug? Willst du …" Ich verstummte, gab ein Zischen von mir, als die nächste Wehe kam. Diese sandte ich durch die Gefährtenbänder, was Cyrus dazu brachte, sich zu krümmen und schwer auszuatmen. „Geduldig … genug … für dich?", fragte ich zähneknirschend, als eine weitere Wehe beinahe augenblicklich folgte.

*Fuck!* Der Schrei kam von all meinen Gefährten. Oder vielleicht von einem von ihnen. Ich konnte es wirklich nicht sagen, weil Chaos um uns herum ausbrach, als die Ärzte zurückkamen.

Sol und Vox stritten sich wegen irgendetwas.

Exos sprach mit drängender Stimme mit Cyrus.

Und Titus sah mich an, als läge ich im Sterben.

*Sterbe ich?*, fragte ich ihn panisch.

*Dir geht es gut, Schätzchen. Ich verabscheue es bloß, dich so zu sehen.*

„Claire", sagte Cyrus, zog meine Aufmerksamkeit zurück auf sich. „Es ist an der Zeit, zu pressen."

„Was?"

„Pressen, kleine Königin", drängte er.

Mir war komplett entgangen, was die Ärzte zu mir gesagt hatten, aber ich sah ihre drängenden Gesichtsausdrücke.

„Ist es so weit?", kreischte ich. Dann durchfuhr ein weiterer Schmerz meinen Unterbauch und ich stand kurz davor, aus dem Bett zu springen. „Cyrus!" Er gab mir seine Hand und ich klammerte mich daran. Mein Bauch rebellierte, und meine Instinkte nahmen überhand.

*Pressen.*

*Okay.*

*Pressen.*

*Jepp.*

*Ich kann das schaffen.*

Aber ganz egal, wie viele Male ich auch presste, die Schmerzen vergingen nicht. Die Schmerzen breiteten sich bloß in meine Hüfte und in mein Rückgrat aus. Es fühlte sich an, als würde ich auseinandergerissen – und das nicht auf eine gute Art. „Es funktioniert nicht!", schrie ich voller Wut und Trauer. Ein Gefühl des Versagens erfüllte mich und ich vernahm ein Summen. „Warum funktioniert es nicht?"

Cyrus und Exos sangen in meinen Gedanken.

Titus stimmte mit ein.

Im nächsten Moment konnte ich auch Vox und Sol hören.

Ich konnte den Arzt kaum vernehmen. Seine Stimme schien so weit entfernt. Versteckt hinter einer beruhigenden Wolke, die von meinen Gefährten hochbeschworen worden war.

„Ich kann das Köpfchen sehen", informierte mich der Arzt. „Nur noch einmal fest pressen, wenn die nächste Wehe kommt. Sie schaffen das!"

Ich wartete darauf, dass sich der Druck aufbaute, und dann meldete sich der Schmerz erneut. Das war mein Zeichen.

Ich schrie, als ein neuartiges Brennen mich durchfuhr. Es war eher ein magischer als physischer Schmerz. Alle

Elemente, die bisher blockiert gewesen waren, explodierten jetzt zeitgleich, verbrannten mich mit ihrer rauen Energie, als hätte ich die Quellen persönlich berührt.

Feuer sauste über meine Haut.

Wasser klatschte gegen die Wände.

Luft wirbelte in einer gefährlichen Spirale, warf Stühle und medizinische Geräte umher.

Der Boden tat sich auf und Leben spross überall um uns herum.

Rosarote Schmetterlinge erschienen aus dem Nichts, glänzten, während sie durch die sich windenden Elemente flatterten, die im Kreißsaal freigelassen worden waren.

Das hier war nicht ich. Das war mein *Kind.*

Ich hatte keine Zeit, um zu begreifen, was das alles zu bedeuten hatte. Alles, was ich wusste, war, dass mein Sohn mich im Moment brauchte, um das Licht dieser Welt zu erblickten – und selbst wenn ich beim Versuch sterben würde, würde ich es bewerkstelligen.

All meine Gefährten legten ihre Hände auf mich, beruhigten das Inferno aus Elementen, als ein letztes Pressen mir Erleichterung verschaffte. Ich hielt meinen Atem an und starrte zur Decke, während die herumwirbelnden Farben sich miteinander vermischten und Funken ausstießen, die wie Sterne aussahen.

Dann hörte ich einen Schrei.

*Mein Sohn …*

Er war endlich da.

# EXOS

"Gratulation", flüsterte eine düstere Stimme aus den Schatten von Claires Zimmer. "Die Erinnerungen der medizinischen Angestellten wurden verändert."

Ich kannte Shade nicht gut, aber Aflora und Zeph hatten mir ihn empfohlen. Sie hatten mir gesagt, dass, wenn jemand uns dabei helfen konnte, dieses Chaos zu beseitigen, es die geheimnisvolle Mitternachtsfee mit einem Hang zum Spielen mit der Zeit und Erinnerungen war.

„Hat Kyros dir geholfen?", fragte ich ihn, wusste von seiner engen Freundschaft mit der Zeitreisefee.

„Wenn dem so war, würde ich es dir nicht sagen", erwiderte er und lächelte, als er aus den Schatten trat. „Aber alles ist, wie es sein sollte."

Ich nickte. Wir hatten uns bereits um das elementare Chaos gekümmert, das Claires Geburt angerichtet hatte. Jetzt ruhte sie friedlich, mit ihrem Sohn an ihrer Brust, im Bett. Cyrus saß neben ihr, strich mit seinen Fingern durch ihr Haar, während er Shade eingehend musterte. Titus, Vox und Sol hatten allesamt ähnlich skeptische Blicke auf ihren Gesichtern.

Shade war nicht bloß eine Mitternachtsfee. Ich konnte die außerweltliche Energie von ihm ausgehen spüren. Sie zeigte sich in dicken Strängen aus Rauch, die jeden in seiner Nähe erstickten.

„Braucht ihr sonst noch etwas?", fragte er, zog eine dunkle Augenbraue hoch und sah uns mit seinen eisblauen, funkelnden Augen an.

„Wir brauchten nur jemanden, der die Erinnerungen verändert", erwiderte ich.

Er nickte und drehte sich um, als wollte er in die Wand laufen.

„Lass uns wissen, was du im Gegenzug dafür willst", ergänzte ich, war mir nicht sicher, was ich sonst noch zu ihm sagen sollte. Wir kannten einander kaum, und er wohnte den Treffen mit Aflora nie bei.

Shade blickte über seine Schulter zu uns. „Ich will nichts", sagte er. „Meine Gefährtin hat mich um einen Gefallen gebeten. Und ich schlage meiner Gefährtin keinen Wunsch ab." Seine eisblauen Augen funkelten erneut. Hunderte Geheimnisse waberten in ihren Tiefen. „Ich glaube, du verstehst."

„Das tue ich", erwiderte ich.

„Gut." Er lächelte. „Wie schon gesagt: Gratulation."

Mit diesen Worten verschwand er in den Schatten. Buchstäblich.

Ich erschauderte. Seine tiefschwarze Magie hinterließ einen Abdruck in der Luft, der einen herben Kontrast zu meiner Seelen-Essenz bildete. Ich hatte keine Ahnung, wie oder warum er sich mit Aflora verbunden hatte, aber es war klar, dass er den Boden verehrte, auf dem sie ging, was mich rückversicherte.

Sol aber schien nicht zuzustimmen, hatte einen finsteren Ausdruck im Gesicht. „Weidenstumpf", murmelte er.

Ich zog eine Augenbraue hoch. „Was?"

„Nichts", knurrte er.

„Mh?", murmelte Claire, erwachte von ihrem Nickerchen, woraufhin das Baby an ihrer Brust ebenfalls munter wurde. Anstatt zu weinen, sah er mit seinen großen blauen Augen zu seiner Mutter hoch, bevor er Cyrus anblickte.

Meine Mundwinkel zuckten. „Jepp, er wird ganz schön kühn sein."

„Natürlich wird er das", säuselte Cyrus und lächelte auf das kleine Glücksbündel hinab. „Er ist ein zukünftiger König."

„König?", wiederholte Claire gähnend, blinzelte mit ihren langen Wimpern und öffnete ihre Augen. „Oh. Ja. König. Hallöchen, kleiner König. Oh, und wie süß du bist." Sie strahlte vor Glück, während ihre ganze Aufmerksamkeit auf dem kleinen Feeling lag.

Er blinzelte zu ihr zurück. Seine Liebe und Bewunderung waren klar in seinem intelligenten Blick zu erkennen, mit dem er sie bestaunte.

Sie legte ihren Kopf schief. „Es ist, als würde er mich verstehen."

„Das tut er", erwiderte Cyrus. „Feelinge sind etwas anders als menschliche Babys."

Sie richtete ihren Blick langsam auf Cyrus. „Etwas anders, wie in ‚neun Wochen Schwangerschaft anstatt neun Monaten' anders?"

Ich biss mir auf die Unterlippe, um mir ein Lächeln zu verkneifen.

Cyrus aber versteckte sein Grinsen nicht. „Ja, so in der Art."

Sie kniff ihre Augen zusammen. „Ich will eine bessere Erklärung als das."

„Wie wäre es, wenn wir ihm zuerst einen Namen geben?", meinte er. „Wir können anschließend über die Unterschiede sprechen."

Ich näherte mich, war jetzt äußerst interessiert am Gespräch. Nicht, dass es mich zuvor nicht amüsiert hatte, aber das hier hatte Priorität.

„Ihm einen Namen geben?", wiederholte sie und schluckte leer. „Oh, ich … Vor lauter Vorbereitungen … habe ich …"

„Schhh", sagte Cyrus. „Ich habe mir auch noch keinen überlegt. Ich wollte ihn zuerst treffen, bevor ich meine Entscheidung fälle."

„Schwebt dir jetzt ein bestimmter Name vor?", fragte sie.

„Irgendwie schon." Er musterte den Feeling eingehend. „Er ist unser Weihnachts-Baby, geboren im Reich der Sterblichen, unter dem Ansturm aller fünf Elemente. Also braucht er einen starken Namen. Einen, der seine Geburt und seinen elementaren Status widerspiegelt. Was hältst du von Storm?"

„Das ist nicht besonders weihnachtlich", sagte sie bedächtig. „Aber er hat auf seinem Weg nach draußen einen ganz schönen Sturm ausgelöst."

„Er hat das Licht der Welt wie ein Sturm erblickt, ja", stimmte mein Bruder mit zuckenden Mundwinkeln zu. „Ich habe auch an Frost gedacht, weil er Eis an der Decke kreiert hat, das selbst Titus nicht hat schmelzen können."

„Er wird ganz schön kompliziert sein", sagte die Feuerfee mit anbetendem Tonfall. „Ich mag Storm. Der Name passt zu ihm."

„Mir gefällt der Name auch", sagte ich. „Aber ich will, dass Claire ihn mag."

Sie starrte das Baby an. „Wie wäre es mit Blizzard?" Sie zog ihren Mund zur Seite. „Nein. Das ist zu viel. Hm …" Ein nachdenklicher Blick zog auf ihrem Gesicht auf. „Jack ist zu simpel. Winter ist nicht stimmig und Christmas hört sich auch falsch an."

„Wie wäre es mit Ciro?", schlug ich vor. „Es ist eine Nebenform von Cyrus, aber es bedeutet ‚von der Sonne'."

Claire blinzelte mich an, dann sah sie wieder auf das Baby hinab. „Ciro", wiederholte sie und strahlte. „König Ciro."

„Prinz Ciro", korrigierte Cyrus. „Der König bin immer noch ich."

Sie strahlte. „Ja, Prinz Ciro. Oh, das ist der perfekte Name. Ich liebe ihn." Das Baby schien ihr zuzustimmen, denn es stieß ein kleines Kichern aus, was Claire ihre Augen aufreißen ließ. „Sie können das schon so früh?"

„Feeling", erinnerte Cyrus sie.

Aber anstatt zu verlangen, dass er ihr alle Unterschiede aufzählte, summte sie bloß zustimmend und wiederholte immer wieder: „Prinz Ciro", während sie den Kleinen in ihren Armen hielt.

Alle lächelten, waren zufrieden mit dem Namen.

Und Cyrus sah mich mit seinen eisblauen Augen an. Eine Emotion ruhte darin.

Er wusste, warum ich diesen Namen vorgeschlagen hatte.

Es war nicht nur wegen der Ähnlichkeit mit seinem Namen, sondern auch mit ‚Cira' – dem Namen unserer Mutter.

Wir sprachen selten über sie, da sie verstorben war, als wir noch einiges jünger gewesen waren. Aber sie lebte für immer in unseren Herzen weiter. Genau wie unsere Gefährtin. Und jetzt auch Baby Ciro.

„Fröhliche Weihnachten, Prinz Ciro", murmelte unsere Gefährtin. Tränen glänzten in ihren Augen, als sie uns alle anblickte. „Fröhliche Weihnachten, Jungs."

„Fröhliche Weihnachten, Claire", erwiderten wir alle, beugten uns zu ihr, um ihr einen Kuss auf die Wange und ihre Lippen zu drücken.

„Und alles Gute zum Geburtstag, Ciro", ergänzte ich, berührte sanft die Nase des Kleinen. „Und jetzt sei schön brav und lass deine Mutter etwas schlafen. Sie hat es sich redlich verdient."

# CLAIRE

„Ich finde, wir sollten einen vielfarbigen Weihnachtsbaum haben", sagte Vox, grinste einen schweißbedeckten Sol an, der die letzten paar Minuten damit zugebracht hatte, eine Auswahl an Bäumen in unserem Wohnzimmer wachsen zu lassen.

Er hatte den üblichen Tannenbaum geschaffen, hatte dann einen weißen Farn kreiert, der jenem in unserem Garten ähnlich sah. Zuletzt hatte er einen dritten hochbeschworen. Es handelte sich dabei um seine neueste

Erfindung. Ein Baum, der mehrfarbige Äste hatte. Er war wirklich beeindruckend.

„Das Baby mag den vielfarbigen Baum definitiv am liebsten, oder Claire?" Vox sah mich an. Seine silbern umrandeten Iriden glänzten.

Natürlich brauchten wir nicht wirklich einen Weihnachtsbaum für das Neujahrsfest, aber die Wintersonnenwende war im Reich der Feen der Elemente in vollem Gange, und ich war am Weihnachtstag ziemlich beschäftigt gewesen.

Nicht, dass ich mich beschweren konnte – oder wollte.

Jetzt, wo wir zurück in unser Zuhause an der Akademie gekehrt waren, nuckelte mein Sohn an meiner Brust, war zufrieden und machte leise, erfreute Geräusche, während ich den anderen dabei zusah, wie sie einen Baum aussuchten.

„Ich fürchte, Vox hat recht", sagte ich zu Sol, der permanent ein Sabberlätzchen auf seiner Schulter hatte. Etwas, von dem er sich weigerte, es zu entfernen. Er liebte es, das Baby zu halten, und ich würde es ihm nicht verwehren.

Wann immer mein Arm etwas zu schwer wurde, war mein Fels da, um unseren Sohn an meiner Stelle zu halten.

Sol warf mir ein warmes Lächeln zu. „Du hast Glück, dass du so gut aussiehst", sagte er, lehnte sich zur Erde hinab, die durch unseren Fußboden gebrochen war, berührte sie. Er sah auf das Kind an meiner Brust. „Und du hast Glück, dass du so süß bist, Ciro." Dann seufzte er. „Mehr Bäume. Kommt sofort."

Der Boden bebte, während Sol seine Arbeit verrichtete, und ich kicherte, war bezaubert vom Rot, Grün, Gelb und Violett, die sich in den Ästen bemerkbar machten – ein neuer Trick, den ich nur zu gerne erlernen wollte. Cyrus und Exos betraten das Zimmer und mein Wasser-Gefährte rieb sich seine Schläfen. „Habt ihr die Erdfee schon wieder von der Leine gelassen? Ich habe den Fußboden eben erst reparieren lassen."

Titus kam von der Küche hinüber und schüttelte eine Flasche, stieß Cyrus seinen Ellbogen in die Brust, bevor er zu mir kam. „Du tust so, als hättest du das nötige Kleingeld dafür nicht", neckte er, dann reichte er mir die Babymilch.

Ich zog an meiner Brust, um meinen Sohn davon zu lösen, dann bereitete ich das Fläschchen vor, in dem Funken sprühten. Ich lächelte Titus an, war dankbar dafür, dass meine Gefährten mir damit halfen, unseren Sohn mit mehr Magie zu versorgen.

Das Baby weinte, bis ich das Fläschchen ansetzte. Dann saugte er sich daran fest, was mich zum Kichern brachte. „Du bist ganz schön gefräßig, was?"

„Unersättlich", stimmte Cyrus zu, bevor er zu mir kam und mir einen Kuss auf den Kopf drückte. „Ich habe keine Ahnung, woher er das hat."

Ich lächelte amüsiert. „Ja, nicht die leiseste."

Er führte seine Lippen an mein Ohr. „Wirst du uns gar nicht fragen, wo wir waren?"

Ich blinzelte. „Warum würde ich …?" Mir klappte die Kinnlade herunter. „Oh, bei den Feen! War heute die Abstimmung?"

Cyrus grinste. „Ganz genau."

„Warum habt ihr mich nicht daran erinnert?", wollte ich wissen.

„Du und Ciro habt ein Nickerchen gemacht, und wir wollten euch nicht stören", erwiderte Exos. „Also sind wir hingegangen, um die Abstimmung zu beaufsichtigen."

Ich wartete, doch keiner von ihnen sprach weiter. *„Und?!"*

Ciro rümpfte angesichts meines Tonfalls die Nase, dann nuckelte er weiter am Fläschchen. Der kleine Junge hatte seine Prioritäten, genauso wie meine Gefährten. Was auch der Grund war, warum ich nicht wütend darüber wurde, dass sie mich nicht geweckt hatten. Denn ich hätte Ciro vermutlich sowieso nicht hier lassen wollen. Es war noch zu früh.

„Die Abstimmung ist zu unseren Gunsten ausgefallen", sagte Cyrus schließlich, und ein Lächeln breitete sich auf seinen Lippen aus. „Niemand hat gegen die Akademie gestimmt. Das Interreichsfeenakademie-Projekt kann offiziell beginnen."

Ich machte einen aufgeregten Luftsprung, hielt aber augenblicklich inne, als Ciro daraufhin gurgelte. Es dauerte eine Sekunde, bis ich realisierte, dass er an sein Fläschchen gedrückt gekichert hatte.

Vox lief zu uns, sprach leise zum kleinen Mann und nahm ihn mir ab, damit ich angemessen reagieren und Exos und Cyrus extra fest umarmen konnte. Dann küsste ich die beiden innig und versprach ihnen in Gedanken lauter schmutziger Dinge.

„Das habe ich gehört", sagte Cyrus.

„Ich habe nichts anderes erwartet", erwiderte ich und grinste wie eine Verrückte. „Oh, ich kann es kaum fassen, dass das Projekt angenommen wurde!" Ich wusste, dass sie es irgendwie geschafft hatten, die Zustimmung der Höllenfeen einzuholen. Wie genau sie das bewerkstelligt hatten, hatten sie mir jedoch verschwiegen. Vorwiegend, weil sie mir die Neuigkeit eröffnet hatten, als meine Wehen eingesetzt hatten. Trotzdem hätte ich nicht glücklicher darüber sein können, dass sie es für mich geschafft hatten. Ich hatte wahrhaftig die besten Gefährten der Welt.

„Ich habe dir doch gesagt, dass du dich auf uns verlassen kannst", murmelte Cyrus. „Wir sind gut im Verhandeln."

„Ich weiß", sagte ich ausdruckslos. „Sehr gut sogar."

„Eigentlich die Besten", meinte Exos, und klang, als ob er es auch so meinte.

Titus schnaubte, dann übernahm er Ciro von Vox und begann ihm ein Feenlied vorzusummen. Liebe und Bewunderung lagen in seinem Blick, der auf dem jetzt grinsenden Feeling in seinen Armen gerichtet war.

Ich lächelte mit erfülltem Herzen. All meine Gefährten halfen mir mit allem, was anfiel – sogar dem Wechseln von Windeln. Und ich musste sie nicht einmal darum bitten.

Echt jetzt, ich war vermutlich die glücklichste Frau der Welt. Und ich war einfach so dankbar für sie und wie sie mich unterstützten und liebten.

Genauso, wie ich dankbar für meine multiplen Weihnachtsbescherungen war, als Sol seinen farbenfrohen Wald aus Bäumen fertigstellte. Cyrus nahm unseren Sohn auf seinen Arm, während Vox und Titus sich daran machten, magischen Weihnachtschmuck daran anzubringen, welcher in der untergehenden Sonne funkelte. Etwas, das Ciro genauso hypnotisierend fand wie ich.

Es waren wahrhaftig fröhliche Weihnachten. Mein bisher liebstes Weihnachtsfest. „Ihr Jungs seid sowas von geliefert", realisierte ich laut denkend und lachte. „Kein Feiertag wird diesem hier jemals das Wasser reichen können."

Titus' Augen weilte ein brodelnder Blick inne, während Exos mir ebenfalls einen heißen Blick zuwarf.

„Sei dir da mal nicht so sicher, kleine Königin", murmelte Cyrus. „Dieser Gefährtenzirkel fängt gerade erst an."

# Epilog
# Cyrus

Zehn Monate später

„Also, wann fangen wir an?", wollte Titus mit neugierigem Blick wissen. „Denn wir fangen definitiv mit der Orgasmus-Probe an. Ich verdiene eine Revanche."

Ich grinste, amüsiert über Titus' Zuversicht, dass er dieses Mal gewinnen würde. Und vielleicht würde er das.

Doch ein Blick zum Rest des Gefährtenzirkels bewies, dass er sich ranhalten müsste.

Sol trug den Sabberlatz und hielt einen Rekord darin, dem Baby das Fläschchen zu geben. Es schien, als ob der rumpelnde Puls der Fee unseren Sohn beruhigte.

Vox hielt den Rekord im Wickeln, wofür wir alle unheimlich dankbar waren.

Titus konnte den Feeling immer zum Lachen bringen, ohne sich groß anzustrengen. Mein Sohn fand seine Wutausbrüche genauso witzig wie ich.

Exos wusste immer, was mein Sohn brauchte – ganz egal, was es auch war. Seine Seele hatte sich mit jener des Kindes verbunden. Sie hatten durch Claire ein Band zueinander, das ich zutiefst bewunderte.

Und dann war da ich. Ich konnte Ciro immer beruhigen – egal, wie unzufrieden er auch war. Ich konnte ihn mit einem Hauch meiner Ruhe und meines Friedens in den Schlaf lullen. Etwas, das mir immer gelang, wann immer ich an Claire dachte.

Wenn ein Feenkind zu haben so war, dann freute ich mich schon auf viele weitere.

Wir alle waren bereit für die zweite Runde. Außer vielleicht Claire. Was auch der Grund war, weshalb wir dieses Mal einen längeren Zeithorizont für die Proben festgelegt hatten.

„Wir hatten bei der Orgasmus-Probe einen Gleichstand, Glühwürmchen", erinnerte ich ihn, genoss die aufflackernde Wut in seinen Augen, als ich den Spitznamen von mir gab.

Ja, ich würde ihn bis an mein Lebensende so nennen.

Ich liebte es, ihn auf jede erdenkliche Art zu reizen.

„Dieses Mal bist du disqualifiziert", informierte mich Titus. Seine grünen Augen funkelten herausfordernd. Er stupste mir mit seinem Finger in die Brust, was mich zum

Grinsen brachte. „Ich finde, du solltest dich dieses Mal nicht einmal beteiligen dürfen."

Oh, ich würde mich definitiv beteiligen, auch wenn ich keine Punkte bekommen würde. Ich brauchte keinen Grund, um Claire zu ficken.

Titus rasend vor Wut zu machen, war nur ein netter Bonus.

„Ich dachte, du wolltest eine Revanche?", neckte ich ihn.

Er spannte seinen Kiefer an. „Ich werde dich in die Knie zwingen, königlicher Mistkerl."

Meine Mundwinkel zuckten. „Ich knie mich nur vor Claire nieder."

„Das sagst du immer", erwiderte er. „Aber ich werde das ändern. Eines Tages."

„Träum weiter", stimmte ich zu.

„Niemals –"

„Wir brauchen andere Proben", unterbrach Sol und tippte sich an die Lippe. „Wie wäre es mit einer Gärtner-Probe?"

„Als hättest du keinen offensichtlichen Vorteil bei so einer Probe", meinte Vox augenrollend.

„Eine elementare Probe", schlug Exos vor. „Eine, in der jeder von uns in seiner elementaren Fähigkeit geprüft wird."

Er verschränkte seine Arme und lehnte sich gegen die Wand des leeren Kinderzimmers, was ein paar violette Schmetterlinge mit Titus' herumschwebenden Funken tanzen ließ. „Nach der Paarung in der dritten Phase glaube ich, wäre eine Probe in magischer Ausdauer eine gute Idee."

Wir alle traten auf der Stelle, als wir uns daran erinnerten. Ja, wir alle wollten das nur zu gerne erneut erleben.

Claire räusperte sich im Türrahmen, funkelte uns an. Wasser tropfte zu Boden. „Ich hoffe, ihr Jungs sprecht nicht von dem, von dem ich denke, dass ihr es tut. Es ist nicht fair, ein Komplott zu schmieden, während ich unseren Sohn bei seiner Großmutter abliefere." Sie bewegte ihr Handgelenk, woraufhin ein paar weitere Tropfen zu Boden fielen. „Er hat immer noch Probleme damit, von mir getrennt zu sein. Mögen die Feen meiner Mutter beistehen. Die Frau ist eine Heilige, dass sie auf ihn aufpasst."

Titus schlang seinen Arm um ihre Hüfte, warf ein Lasso aus Flammen um ihre Brust.

„Wer kann es ihm verübeln? Ich mag es auch nicht, von dir getrennt zu sein", murmelte er. „Obwohl … Jetzt, wo du frei hast, schlage ich vor, dass wir dafür sorgen, dich wieder trocken zu kriegen. Angefangen damit, dass wir dir deine nassen Kleider ausziehen."

„Mh-hm", sagte sie und hüllte sich in Flammen ein, um ihre Klamotten selbst zu trocknen. Das war Erinnerung genug, dass all ihre Elemente wieder vollends funktionierten. „Ihr könnt mich nicht ablenken. Ich weiß, was ihr vorhabt."

Na, das hörte sich für mich wie eine Herausforderung an.

Titus schien dasselbe zu denken, denn er knabberte an ihr. „Unser Feeling braucht einen kleinen Bruder oder eine kleine Schwester. Vielleicht jemanden, der seiner elementaren Affinität entgegenwirken kann?", schlug er vor, bezog sich dabei darauf, dass sie eben noch völlig durchnässt gewesen war. Mein Sohn hatte gelernt, wie er seine Magie anwenden konnte, und liebte es, uns mit magischen Wellen zu überschütten.

Ich liebte es.

Claire hingegen nicht allzu sehr.

„Ich bin noch nicht bereit", sagte sie mit entschlossener Stimme, während sie ihre Feuermagie anzapfte, um ihr Haar zu trocknen.

Ich zog sie in meine Arme, nahm an, dass ihr Zögern daher rührte, dass sie das letzte Mal zu viele Überraschungen erlebt hatte. Wir hätten sie definitiv besser auf ihre Feengeburt vorbereiten sollen, aber ich würde denselben Fehler kein zweites Mal begehen. „Dieses Mal wissen wir, was auf uns zukommt", versicherte ich ihr, ließ meinen Daumen über ihre Unterlippe gleiten. „Ich will damit nicht sagen, dass es einfach sein wird, … aber wir haben bewiesen, dass du das nicht allein stemmen musst, kleine Königin."

Sie seufzte. „Ja, habt ihr. Das ist nicht das Problem." Sie legte ihre Wange an meine Schulter und ihr Blick schweifte in die Ferne. „Ich mache mir nur Sorgen, dass ich ihn vernachlässigen werde, wenn ein neuer Feeling unsere ganze Aufmerksamkeit auf sich zieht, weißt du? Ich will, dass mein Sohn alle Liebe bekommt, die er braucht."

Vox lachte. „Claire. Du hast fünf Gefährten, die dich vergöttern, und du machst dir Sorgen, dass du deine Liebe nicht gerecht verteilen kannst?"

Sie kräuselte ihre Lippen. „Wenn du es so sagst, hört es sich wirklich irgendwie albern an."

Sie streckte ihre Hand aus, griff nach Sols Fingern und musterte unseren Gefährtenzirkel. Sie hatte keinen von uns je vernachlässigt, und ich wusste, dass sie in der Lage sein würde, ihre Liebe problemlos mit fünf Feelingen zu teilen.

Vielleicht sogar mit mehr.

„Würdest du gerne wissen, was die neuen Proben beinhalten?", fragte ich sie, ließ meine Finger hinabgleiten. „Ich glaube, sie werden dir gefallen."

„Verlängerte Proben", sagte sie augenblicklich, drehte sich in meinen Armen um, um alle anderen anzusehen.

Ich zog meine Augenbraue hoch und sah zu Exos. Sein Gesichtsausdruck sagte mir, dass er denselben Gedanken hatte wie ich.

*Sie hat bereits darüber nachgedacht.* Was bedeutete, dass sie das Unvermeidbare bereits akzeptiert hatte. Jedenfalls auf einer gewissen Ebene.

Gut.

Das würde die Angelegenheit einfacher machen.

„Ich bin noch nicht bereit für den nächsten Feeling", ergänzte sie. „Schwangerschaft und Geburt ätzen ganz schön. Ihr werdet ganz schöne Überzeugungsarbeit leisten müssen, um mich dazu zu bewegen, das nochmal durchzustehen."

„Hat dir die dritte Phase nicht gefallen?", fragte ich an ihr Ohr gelehnt, während ich meine Hände an ihre Hüfte bewegte.

Sie erschauderte. „Okay, das … Das zählt nicht."

„Ach, wirklich?" Titus näherte sich von vorne, ließ seine Finger an ihrer Brust hinabgleiten, zog eine Linie aus Feuer durch ihr Oberteil. „Können wir mit der Überzeugungsarbeit sofort anfangen?"

„Ich …" Ihre Lippen öffneten sich, als Vox und Sol sich an ihre Seite stellten und ihre nackte Haut berührten. „Vielleicht."

„Vielleicht?", wiederholte Sol und nahm ihre Brust in seine Hand. „Und wie sollen wir dich überzeugen, kleine Blume?"

„Orgasmen", keuchte sie, drückte sich an seine Hand, während er ihren Nippel durch den Stoff hindurch zwickte.

„Jede Menge Orgasmen."

Ich presste mein Glied an ihren Po, drückte mich an sie und konnte es kaum erwarten, all ihre Gelüste zu stillen. „Das lässt sich einrichten."

Titus knurrte, knabberte an ihrem Hals. „Und dieses Mal habe ich fest vor, zu gewinnen."

Ich grinste. „Dann lasst die Proben beginnen."

Claire stieß ein Seufzen aus, als ich meine Hand wieder nach unten gleiten ließ, um ihr Höschen beiseitezuschieben, sodass Titus den Zugriff hatte, den er brauchte. Vielleicht würde ich ihm etwas Vorlauf geben.

Ihre Beine zitterten und sie stieß ein wunderbares Wimmern aus. „Na, schöne Festtage ...", sagte sie. „*Schon wieder.*"

Willst du mehr über Kalt und seine Winterfeen-Triade wissen? Dann lass dir *Königin der Winterfeen* auf keinen Fall entgehen!

**Die königliche Wasserfee, in die ich verliebt bin,
hat mich gerade als seine Praktikantin angestellt.**

*Bei. Den. Feen.*

Ich hatte mich bloß auf die Stelle beworben, weil mich
jemand dazu herausgefordert hatte, und jetzt packe ich
meine Sachen, um zum Nordpol zu reisen.

Keine große Sache. Ich kann total professionell sein. Ich
habe ihn sowieso nicht mehr gesehen, seit wir auf der
Akademie waren. Vielleicht ist er von all den Winterfeen-
Süßigkeiten dick geworden?

Aber nein ... Kalt ist überhaupt nicht dick geworden. Er
hat noch immer einen perfekten, muskulösen Körper und
sieht jetzt noch besser aus als in meiner Erinnerung. Was
noch schlimmer ist ... Er hat zwei ähnlich heiße Freunde.

Eine königliche Elfe namens Lark.
Und ein sündhaft heißer Selkie namens Norden.

Ich bin sowas von gefickt. Und das meine ich wörtlich,
denn der Elf und der Selkie scheinen mich für ihre
Gefährtin zu halten. Aber Kalt pflichtet ihnen überhaupt
nicht bei.

Oh, und ich muss mich nicht nur mit diesen drei heißen
Typen herumschlagen … Meine Wassermagie gibt
zusehends den Geist auf. Ich habe versehentlich eine
Schneeballschlacht inmitten der Weihnachtswerkstatt
angezettelt. Und dann ist Eis-Lametta wie Konfetti aus
meinen Fingern geschossen.

Das ist ein Problem.
Und ich weiß nicht, wie ich es lösen soll.
Also wünscht mir Glück! Und schickt mir warme
Gedanken. Ich könnte echt etwas Hilfe gebrauchen, um all
den Schnee zu schmelzen …

Königin der Winterfeen *ist ein skurriler, paranormaler
Liebesroman über eine Wasserfee aus dem Universum der Feen der
Elemente und ihre drei potenziellen Gefährten.*

## Ein Nachwort von J.R. Thorn

Danke, dass du ‚Königin der Elementefeen: Die nächste Generation' gelesen hast und Claire auf ihrer Reise gefolgt bist, die über die Jahre hinweg zu einer äußerst persönlichen wurde.

Nachdem ich meine Tochter am selben Tag zur Welt brachte, an dem Lexi und ich den dritten Band von *Königin der Elementefeen* zu Ende geschrieben hatten, hatte ich das gesamte darauffolgende Jahr über dieses Buch nachgedacht und konnte es kaum erwarten, es zu Papier zu bringen.

Eine Geburt ist kein Zuckerschlecken. Und das erste Lebensjahr eines Kindes ebenfalls nicht. Ich wollte mit dieser Geschichte einen Zufluchtsort schaffen, an dem die Lasten eines neugeborenen Kindes von fünf liebevollen und aufmerksamen Gefährten geschultert werden, die durch dick und dünn für Claire da sein wollten. Ich will damit nicht sagen, dass mein Ehemann nicht für mich da war – aber das echte Leben ist selten so, wie man es sich vorgestellt hat.

Ich hoffe, ihr konntet euch mit Claire und ihren Gefährten eine kleine Auszeit nehmen, ganz so, wie ich es konnte. Ich wünsche euch ein fröhliches Feen-Festivus – ganz egal, in welcher Jahreszeit ihr das hier lest. Bis zum nächsten Mal!

Mit viel Liebe und Pfirsichen
Jen

*USA Today* Bestsellerautorin Lexi C. Foss ist eine
Schriftstellerin, verloren in der Welt der Computer. Sie lebt
in Chapel Hill, North Carolina mit ihrem Mann und ihren
haarigen Gesellen. Wenn sie nicht gerade schreibt, ist sie
mit Sicherheit auf Reisen. Viele der Orte, die sie schon
besucht hat, lassen sich in ihren Büchern wiederfinden,
einschließlich der mystischen Welt von Hydria, die auf der
griechischen Insel Hydra basiert.

Lexi ist ein bisschen verschroben, trinkt viel zu viel Kaffee
und schwimmt gern.

Würden Sie gern über Neuerscheinungen informiert
werden? Dann tragen Sie sich für ihren Newsletter ein:
https://www.lexicfoss.com/deutschen-newsletter

Besuchen Sie Lexi im Netz!
https://www.lexicfoss.com/aktuell
www.facebook.com/LexiCFoss
twitter.com/LexiCFoss
www.instagram.com/LexiCFoss
E-Mail: lexicfoss@gmail.com

# BÜCHER VON LEXI C. FOSS

Buch Drei

Königin der Elementefeen: Die nächste Generation

Königin der Winterfeen

**Unsterblich verflucht:**

Blood Laws – Blutgesetze (Buch 1)

Forbidden Bonds – Unsterblich entfesselt (Buch 2)

Blood Heart – Blutige Unschuld (Buch 3)

Blood Bonds – Unsterblich geboren (Buch 4)

Angel Bonds – Himmlische Bande (Buch 5)

Blood Seeker – Die Fährte des Blutes (Buch 6)

Blood Burden – Himmlische Bürde (Buch 7)

Wicked Bonds - Himmlisch verrucht (Buch 8)

**Eigenständiger paranormaler Liebesroman**

Rotanev – Eine Poseidon-Erzählung

**Und auch die folgenden Bücher von Lexi C. Foss werden in Kürze auf Deutsch erhältlich sein:**

*Aus der Reihe »Dark Provenance Series«:*

Daughter of Death – Die Tochter und der Tod (Buch 1)

Paramour of Sin – Die Geliebte und die Sünde (Buch 2)

Son of Chaos - Der Sohn und das Chaos (Buch 3)

Heiress of Bael - Die Erbin von Bael (Buch 3.5)

Princess of Bael (Buch 4)

## Über J.R. Thorn

Die USA Today Bestsellerautorin J.R. Thorn ist eine
Autorin von Reverse-Harem-Liebesromanen. All ihre
Bücher handeln in derselben Welt – ausgenommen Bücher,
die zusammen mit einer Co-Autorin geschrieben wurden.
Also lass dir die empfohlene Lesereihenfolge oben oder auf
der Website nicht entgehen! (Sie ist außerdem besessen von
magischen Tätowierungen und Alphamännchen.)

Lies mehr von J.R. Thorn, erhältlich auf Amazon.de!

# BÜCHER VON J.R. THORN

Alle Bücher sind unabhängige Buchreihen, die in der
fortlaufenden Folge ihrer der Ereignisse aufgelistet werden

## Feen der Elemente − Lesereihenfolge

• Königin der Elemente: Bücher 1-3 (Co-Authored)

• Akademie der Mitternachtsfeen (Lexi C. Foss)

• Akademie der Schicksalsfeen (J.R. Thorn)

• Candela (J.R. Thorn) − Englisch

• Winter Fae Mates (Co-Authored) − Englisch

• Hell Fae Captive (Co-Authored) − Englisch

## Blutstein-Reihe − Lesereihenfolge
## Die empfohlene Lesereihenfolge befindet sich unten

### Sieben Sünden

• *Buch Eins: Sünden des Sukkubus*

• *Buch Zwei: Sünden der Sirene*

• *Buch Drei: Sünden des Vampirs*

### Ihre Vampir-Beschützer: Königliche Zirkel

• *Buch Eins*

- *Buch Zwei*

- *Buch Drei*

## Fortune Academy (Part I) – Englisch

- *Year One*

- *Year Two*

- *Year Three*

## Fortune Academy Underworld (Part II)

- *Episode 1: Burn in Hell*

- *Book Four*

- *Episode 2: Burn in Rage*

- *Book Five*

- *Book Six*

## Fortune Academy Underworld (Part III)

- *Book Seven*

- *Book Eight*

- *Book Nine*

## Crescent Five: Rejected Wolf Shifter RH – Englisch

- *Book One: Moon Guardian*

- *Book Two*

- *Book Three*

## Unicorn Shifter Academy – Englisch

- *Book One*

- *Book Two*

- *Book Three*

Non-RH Books (J.R. Thorn writing as Jennifer Thorn)

**Noir Reformatory Universe Reading List – Englisch**

Noir Reformatory: The Beginning

Noir Reformatory: First Offense

Noir Reformatory: Second Offense

**Sins of the Fae King Universe Reading List – Englisch**

(Book 1) Captured by the Fae King

(Book 2) Betrayed by the Fae King

Erfahre mehr auf: www.AuthorJRThorn.com